中國語言文字研究輯刊

十九編

許學仁 主編

第 5 冊

《清華大學藏戰國竹簡（柒）‧
子犯子餘》集釋

李宥婕 著

花木蘭文化事業有限公司

國家圖書館出版品預行編目資料

《清華大學藏戰國竹簡（柒）‧子犯子餘》集釋／李宥婕 著 --
初版 -- 新北市：花木蘭文化事業有限公司，2020〔民109〕
目 2+164 面；21×29.7 公分
（中國語言文字研究輯刊　十九編；第 5 冊）
ISBN 978-986-518-155-0（精裝）
1. 簡牘文字 2. 研究考訂
802.08　　　　　　　　　　　　　　　　　　109010417

ISBN-978-986-518-155-0

9 789865 181550

中國語言文字研究輯刊
十九編　　第五冊　　　　　　ISBN：978-986-518-155-0

《清華大學藏戰國竹簡（柒）‧子犯子餘》集釋

作　　者　李宥婕
主　　編　許學仁
總 編 輯　杜潔祥
副總編輯　楊嘉樂
編　　輯　許郁翎、張雅淋　美術編輯　陳逸婷
出　　版　花木蘭文化事業有限公司
發 行 人　高小娟
聯絡地址　235 新北市中和區中安街七二號十三樓
　　　　　電話：02-2923-1455 ／傳真：02-2923-1452
網　　址　http://www.huamulan.tw 信箱 hml810518@gmail.com
印　　刷　普羅文化出版廣告事業
初　　版　2020 年 9 月
全書字數　133524 字
定　　價　十九編 14 冊（精裝）　台幣 42,000 元　　　版權所有‧請勿翻印

《清華大學藏戰國竹簡（柒）‧子犯子餘》集釋

李宥婕　著

作者簡介

李宥婕，國立台灣師範大學國文學系畢業後，直接進入國中端實習。爾後在國中端任教八年後，經由高中教師甄試進入彰化縣立彰化藝術高中任教，迄今仍任職中。105 年進入國立彰化師範大學國文學系國語文教學碩士班進修，師事文字學專長蘇建洲教授，並於 107 年順利畢業。108 年繼續於彰化師範大學國文系博士班就讀中，研究方向仍為文字學，並且楚系文字為主。

提　要

　　本文對《清華大學藏戰國竹簡柒・子犯子餘》進行了集釋，除了蒐集、整理集釋的內容，並且一一分析做出按語。

　　本文主要由兩個部分組成：

　　緒論部分介紹了《清華簡》壹到柒概況，以及《清華大學藏戰國竹簡柒・子犯子餘》內容簡介。

　　集釋部分對《清華大學藏戰國竹簡柒・子犯子餘》進行了集釋，盡力蒐集諸家的觀點，並依自己的學識做出按語。集釋中對斷句、隸定或解釋有諸多說法者列成表格整理，以便讀者參考。

致謝辭

從就讀國語文教學碩士學位班開始，即希望自己除了順利修業之外，可以寫出一本堪稱有意義的論文。

暑碩一時期經由建洲老師再次帶入門文字學領域，才發現文字學是一門有趣並且可以幫助教學實務的課程。暑碩一結束後，十分幸運適逢復旦大學的陳劍教授至彰師大客座，一學期的旁聽期間，每每驚嘆陳老師的學問之淵博，更在課堂中受益良多。爾後三學期跟著建洲老師的課堂，更是感謝老師毫不藏私的文獻分享以及悉心指導。十分明白自己的不足，所以更是感謝老師願意給予耐心的指導。在建洲老師身上除了可以汲取無窮的學問外，更可以學習老師做學問的態度，不僅是宥婕的經師，也時常在學問的路上給予許多的策勵與鼓勵。

寫論文的期間，除了老師的悉心指導外，更有家人的支持與鼓勵。在此感謝先生與婆家的親人們，讓宥婕在工作之餘，能夠心無旁鶩的進行自己的論文，時刻給予這股強大的支持與力量。亦感謝高中的死黨們，除了平時幫忙紓解壓力，更有旻珮在口考時的大力協助。還有研究所的同學婉婕、羽萱兩位好戰友，共同砥礪論文進度，並且互相鼓勵及陪伴。

依宥婕的學識，論文中有許多不足之處，也期許自己能更上一層樓，精益求精。

李宥婕　2018/09/19

目

次

凡　例

1. 本論文簡文資料採自清華大學出土文獻研究與保護中心編，李學勤主編：《清華大學藏戰國竹簡（柒）·子餘子犯》。文中引用此書簡稱《清華七》。

2. 本文的釋文依釋讀後結果斷句，或與原整理者不同。後加以（）符號標示今字、通假字，＝為合文、重文符號，□表因殘缺而無法辨識的字，若因線索而得知為某字，則用□把文字加框。

3. 釋文之中，以符號【】標明簡號，數字一、二、三……為原簡編號。集釋以句子為單位，在句末以符號上標（）標明順序，以數字一、二、三……為集釋內容順序編排。該句中依文字出現順序釋讀，標示 1、2、3……為順序編排。

4. 簡文集釋說明次序以整理者為先，其餘學者論述依時間先後依次排列，說法諸多者則加上表格整理，最後加上筆者按語。

5. 授業師稱某師，其餘學者皆敬稱先生，論壇網友則直稱其網名。

6. 本論文集釋收稿日期至 2018 年 7 月 19 日。

第一章 緒 論

第一節 研究動機與目的

　　二十世紀迄今是出土簡帛最精采的時期，亦是考古文物大發現的時代。中國各地陸續出土大量古文物與古文獻，尤其是戰國楚簡的大量面世，使楚文字成為戰國文字研究的主體，亦成為古文字學的焦點。除楚簡外，秦漢簡帛佚籍的出現與釋讀對中國學術史掀起推動與重新詮釋之作用，這批地下新材料對於解決聚訟紛紜的先秦古籍時代與源流問題有極其重要的作用，亦是校正古書今本文字訛誤與解讀古籍的重要依據，而非文字的考古資料有助於釐清古書中所提到的器物形制、服飾與墓葬制度。

　　二十世紀末發現的郭店楚簡和上博楚簡為文字學與經學研究帶來轉機，隨著研究的深入，其在學術史上的重要性與價值日益突顯，逐漸勾勒出先秦學術的真實面貌。因此大量出土的楚國文字材料成為六國古文的新方向，藉由研究楚文字可梳理商周以來文字傳襲的寫法，為釋讀更早的文字充當敲門磚，楚文字研究的重要性不言可喻。

　　李學勤先生在《古文字研究的今天》曾說：

　　　　戰國文字的發現和甲骨文的發現一樣，補足了古文字演變歷程的一大塊。從宋代以來研究商周青銅器的銘文都是依據《說文》，小

篆與金文中間隔了一大塊。這個距離太大，有些字不能解釋。50 年代初，我在考古所，陳夢家先生對我說：「你這麼學甲骨文不對，應該先學《說文》，然後往上倒推著學習－戰國文字、春秋文字、金文、甲骨文。」我今天也對學生講，學習古文字最好倒推著學。文字的演變是一環扣一環的，如果中間缺了一塊，必然會影響到我們釋讀。現在因為有了一系列新的發現，從理論上說，我們考釋古文字可以貫通。〔註1〕

可見戰國古文字的研究能銜接小篆與西周金文乃至於甲骨文，讓學習者更能了解文字演變的脈絡。

李學勤先生亦說：

在歷史長遠的時期中，書籍是認識古代文化極重要的方式，古書一直是古代文化的生存之道，但是書籍的傳遞方式常因人為因素而變形；直到近代，當傳統產生變革時，傳世古籍出現重新評估之必要，因此民初疑古風潮湧現。而現代考古學為認識古代文化提供另一條通道，古文物簡帛與遺跡的發現是與古文化的直接接觸，並且能提出客觀、信而有徵的原始依據，而如何呈現與詮釋出土簡帛將對古代文化的再認識產生重要的影響，亦能重新省察前次疑古風潮的的成果，有利於對古書的辨偽。〔註2〕

簡帛具有傳世文獻無法比擬的文獻真實性，而且諸多材料均已亡佚一兩千年，亦能彌補了史籍記載之不足。

出土文獻中，2008 年 7 月，清華大學校友趙偉國向清華大學捐贈了一批自香港搶救回來的戰國竹簡。這批竹簡於 2008 年 7 月入藏清華大學。學界通稱這批竹簡為「清華簡」。據報導，清華簡總計為 2388 枚（包含整簡與斷簡），且形制多種多樣，最長的為 46 釐米，最短的為 10 釐米，簡上的墨書文字出自於不同書手，字體風格不盡相同。有少數簡上還有朱色的欄線，即所謂「朱

〔註 1〕李學勤：〈古文字研究的今天〉，復旦大學出土文獻與古文字研究中心，http://www.gwz.fudan.edu.cn/SrcShow.asp?Src_ID=505，2008 年 9 月 13 日。

〔註 2〕李學勤：《簡帛佚籍與學術史》，（南昌：江西教育出版社，2004 年 5 月再版），頁 28～29。

絲欄」。〔註3〕經整理者統理研究，全部簡文約記載了 60 篇以上的文獻，字數近 60000 字，涉及中國傳統文化的多方面研究，而其中大多數篇章不見於傳世文獻，於此足見清華簡之珍貴。

2008 年 10 月 14 日，經由來自北京大學、復旦大學、吉林大學、武漢大學、中山大學、香港中文大學和國家文物局、中國文化遺產研究院、上海博物館、荊州博物館的 11 位專家、學者鑑定，確定這批竹簡的年代為戰國中晚期，指出：「這批竹簡內涵豐富，初步觀察以書籍為主，其中有對探索中國歷史和傳統文化極為重要的『經、史』類書，大都在已經發現的先秦竹簡中是從未見過的，具有極高的學術價值；在簡牘形制與古文字研究等方面也具有重要價值。」〔註4〕2008 年 12 月，北京大學加速器質譜實驗室、第四紀年代測定實驗室：「對這批簡中的無字殘片標本進行了 AMS 碳 14 年代測定，經樹輪校正的數據為公元前 305±30 年，即相當戰國中晚期之際，與上述專家的時代判斷一致。」〔註5〕

經過學者們不懈努力，截至今日，經由中西書局，清華簡已經陸續發表了七次成果：

第一次成果為 2010 年底出版的《清華大學藏戰國竹簡（壹）》。包括以戰國時期楚國文字書寫的《尹至》、《尹誥》、《程寤》、《保訓》、《耆夜》、《金縢》、《皇門》、《祭公》和《楚居》九篇文獻。

第二次成果為 2012 年底出版的《清華大學藏戰國竹簡（貳）》。主要包括一部帶有紀年性質的著作，研究小組將其命名為《系年》。全篇主要記述了從西周初年一直到戰國前期的歷史。

〔註3〕「朱絲欄」見於《清華大學戰國竹簡〈肆〉·算表》。《算表》中「凡見十八條朱色欄線」，與三道編繩一起「用以分隔數字等」。「除最上端與最下端的朱色欄線外，其餘欄線接二次形成，即先畫墨色細線，再在墨線所在位置畫朱色線或設編繩。」（清華大學出土文獻研究與保護中心：《清華大學藏戰國竹簡（肆）》，中西書局，2013 年 12 月，頁 135。）

〔註4〕李學勤：《清華簡整理工作的第一年》，《清華大學學報》（哲學社會科學版），2009 年第 05 期。

〔註5〕李學勤：《清華簡整理工作的第一年》，《清華大學學報》（哲學社會科學版），2009 年第 05 期。

　　第三次成果為 2013 年 1 月 7 日，清華大學發布的《清華大學藏戰國竹簡（叁）》。共收入六種八篇清華簡文獻，八篇清華簡文獻分別是已失傳兩千多年的《傅說之命》三篇、《周公之琴舞》、《芮良夫毖》、《良臣》、《祝辭》以及《赤鵠之集湯之屋》。

　　第四次成果為 2014 年 1 月 7 日，清華大學發布的《清華大學藏戰國竹簡（肆）》。此次出版的第四輯中刊出的三篇竹簡文獻——《筮法》、《別卦》與《算表》，都是傳世文獻及以往出土材料所未見的佚篇。《筮法》、《別卦》與先秦易學相關，《算表》則是一篇具有計算功能的數學文獻。

　　第五次成果為 2015 年 4 月 9 日，清華大學發布的《清華大學藏戰國竹簡（伍）》。共收入六篇戰國竹書，此批文獻的整理公布將為歷史學、文獻學等領域的研究提供寶貴的研究資料。這六篇竹書中，除《命訓》見於今本《逸周書》外，其他五篇《厚父》、《封許之命》、《湯處於湯丘》、《湯在啻門》、《殷高宗問於三壽》皆為傳世文獻未見之逸篇。

　　第六次成果為 2016 年 4 月 16 日，清華大學發布的《清華大學藏戰國竹簡（陸）》。第六輯整理報告裡五篇文獻中有三篇是關於鄭國史事的，即《鄭武夫人規孺子》《鄭文公問太伯》和《子產》；一篇是關於齊國史事的，題為《管仲》；一篇是關於秦、楚史事的，題為《子儀》。

　　第七次成果為 2017 年 4 月所出版的《清華大學藏戰國竹簡（柒）》〔註6〕。其中說明：

　　　　第七輯共收錄了戰國竹簡四篇，均為傳世文獻及以往出土材料所未見的佚篇。其中《子犯子餘》、《晉文公入晉》、《趙簡子》三篇皆載於晉國史事，前兩篇記晉文公事，後一篇記趙簡子事；《越公其事》則載越國史事，以句踐滅吳為主題。簡文內容與《國語‧吳語》、《越語》密切相關，首尾的記載尤為相同。從形制、文字而言，《子犯子餘》與《晉文公入於晉》，《趙簡子》與《越公其事》分別相同，應是兩位書手所錄。〔註7〕

〔註6〕李學勤主編，清華大學出土文獻研究與保護中心編：《清華大學藏戰國竹簡（柒）》。（上海：中西書局，2017 年），以下簡稱《清華七》。

〔註7〕李學勤主編，清華大學出土文獻研究與保護中心編：《清華大學藏戰國竹簡（柒）》。

據整理者介紹，《子犯子餘》共 15 支簡，簡長約 45 釐米，寬約 0.5 釐米，共三道編，其中第 1、4、5、6 簡在第一道編繩處殘斷，各殘缺三字，第 14 簡的簡首殘缺一字，其他各簡都保存完好。篇題「子犯子餘」書於第 1 簡簡背，近第一道編繩，與正文是同一書手。簡文無次序編號，有點斷及結尾符號。其形制、字跡與《晉文公入於晉》相同，都是記晉國史事，當為同時書寫。而簡文的性質則類於《國語》，記述重耳流亡到秦國時，子犯、子餘回復秦穆公的詰難，以及秦穆公、重耳分別問政於蹇叔。〔註8〕關於本篇簡文的主旨，整理者說「蹇叔答秦穆公、重耳之問，互為應合，論說邦的興衰存亡都決定於在上位者，這也是本篇簡文的主旨」〔註9〕。自《清華七‧子犯子餘》公佈以來，已引起了學界的廣泛關注，學者們主要圍繞字形的釋讀、斷句展開了討論，紛紛在簡帛網、簡帛論壇、復旦大學出土文獻與古文字研究中心網以及清華大學出土文獻研究與保護中心網等平台發表自己的觀點和釋讀意見。

　　本文將參酌諸位學者與先進的研究，在匯集諸家說法的基礎上，進行《清華七‧子犯子餘》的文字考釋、辭義論證，呈現簡文原意涵；然簡文斷讀與先進略有不同，文字考釋隨之更動，僅提出個人一些不太成熟的意見和觀點。本文還將依托於相關的出土文獻資料及傳世的文獻資料，著眼於簡文本身的文義，利用古文字學、文獻學等相關學科的研究方法進行分析、研究，以期在前賢研究成果的基礎上有所發現。在這一部份，進行了詳細的彙集、歸類、概括工作，基本依照發表時間的先後順序，編排了各家的觀點和意見，並給出自己的按語。

　　由於筆者學識、眼界有限，因而可能存在著對諸加考釋意見彙集遺漏及按語失當的情況。此外，對於一些疑難問題，亦未做出合理的解釋，只能存疑待考。故此本文所作研究還有待進一步的深入與完善，敬請方家指正批評。

（上海：中西書局，2017 年），頁 1。

〔註8〕清華大學出土文獻研究與保護中心編，李學勤主編：《清華大學藏戰國竹簡（柒）》（上海：中西書局，2017 年），頁 91。

〔註9〕清華大學出土文獻研究與保護中心編，李學勤主編：《清華大學藏戰國竹簡（柒）》（上海：中西書局，2017 年），頁 91。

第二節　研究方法

　　唐蘭先生在《古文字學導論》中總結前人考釋文字的經驗，歸納為「辨明形體」、「對照法」、「偏旁分析」、「歷史考證」、「字義解釋」、「字義探索」等方法，但撰書時戰國文字的研究尚在萌芽階段，該書很少參酌戰國文字材料。因此在考釋楚文字時尚需注意：文字的歷史發展、地域關係、特殊演變規律。〔註10〕

　　何琳儀先生在《戰國文字通論》中將戰國文字的解讀方式分為八種「1. 歷史比較 2. 異域比較 3. 同域比較 4. 古文比較 5. 諧聲分析 6. 音義相諧 7. 辭例推勘 8. 語法分析，前四種方法側重於字形考釋，後四種方法側重於字音字義及其關聯的探討。〔註11〕此八種方法應可相輔相成，符合戰國文字的特殊狀況，其看法如下：

> 　　「歷史比較」是縱向的文字追尋。古文字並不是孤立存在的不變形體，而是在不斷發展演變過程中呈現出的某一階段的形式。因此，大多數的戰國文字不但有可能在殷周文字中找到其來源，而且也應該在秦漢篆隸中找到其歸宿。我們不但要善於比較戰國異體字之間的對應關係，而且也要善於尋繹戰國文字與殷周、秦漢文字之間的因襲關係。使用此方法應注意：1. 比較的對象應是明確無疑的可識字。2. 比較的中間環節應盡可能準確。3. 比較的結果應置於具體辭例中驗證。〔註12〕

本文以《清華七》為研究資料，在文字集釋上，將簡文中未知或有疑問的的合體字拆成若干偏旁，再與已知的獨體楚文字做分析比對，比對時為確認其文字傳襲或演變因素，可以上溯甲骨或金文，以期對簡文字形作出正確的隸定與釋讀。如簡一：「公子不能弆（持）女（焉）」的「弆（持）」字，整理者隸定為「弆」，從収，之聲，讀為同音的「止」。甲骨文中有的形體在用作表意偏旁時可以和另一形體相通，也即唐蘭先生所說的「凡義近的字在偏旁裡可以通轉」。如……又－収－臼－𦥑－𦥑。〔註13〕以「戒」字為例：

〔註10〕何琳儀：《戰國文字通論訂補》（南京：江蘇教育出版社，2003 年），頁 268。

〔註11〕何琳儀：《戰國文字通論訂補》（南京：江蘇教育出版社，2003 年），頁 268。

〔註12〕何琳儀：《戰國文字通論訂補》（南京：江蘇教育出版社，2003 年），頁 269。

〔註13〕劉釗：《古文字構形學》（福建：福建人民出版社，2011 年），頁 41，43。

（《合》3814）－（《合》20558）

金文亦同，例如：

（叔尸鐘272）－（叔尸鐘274）

古文字「廾」、「又」做為表意偏旁常可互作，比如「淺」作（《上博六‧用曰》20），又作、（《子產》01）。「秉」字作作（《孔子詩論》05），又作（《靈王遂申》03）。〔註14〕

據此，「（舁）」減省一個「又」即為「寺」，在簡文中當讀為「持」，掌握、把握之義。此句當從明珍：言晉邦有禍，而重耳不能「掌握」時機從中得利。「持焉（「焉」代指「禍」）」與下文之「秉禍利身」之「秉禍」同義。

何琳儀先生在「歷史比較－縱向的文字追尋」後又提出「異域與同域的文字比較」：

> 「異域比較」是橫向的文字對照。即同一時期不同地域的文字比較。〔註15〕

「同域比較」側重於同一地區或同一國家的文字比較分析。同域比較的對象是具有地域特點的文字。具體的比較方法是：首先把未識的特殊形體與同一地區或同一國家的文字相互比較，找出其共同特點；然後與通常的形體相互比較，縝密的觀察期點畫的演化蹤跡，結構的因襲關係，找出其歧異的原因。同域比較強調地域特點。〔註16〕

在文字集釋上，對於「異域比較」、「同域比較」，就《清華七》簡文中未知或有疑問的合體字拆成若干偏旁，再與已知楚文字或同時期他系文字作分析比對，以期對簡文字形作出正確的隸定與釋讀。如簡九：「斤（斤）亦不遷（僭）」中「斤」字：首先比對書手上句的「上」字作「」，十分標準；若

〔註14〕蘇師建洲：〈《清華六》文字補釋〉，簡帛網，http://www.bsm.org.cn/show_article.php?id=2526，2016 年 4 月 20 日。又「秉」字見〈上博九《靈王遂申》釋讀與研究〉，《出土文獻》第五輯。

〔註15〕何琳儀：《戰國文字通論訂補》（南京：江蘇教育出版社，2003 年），頁 274。

〔註16〕何琳儀：《戰國文字通論訂補》（南京：江蘇教育出版社，2003 年），頁 281。

下句的「下」字不應差距如此。比對下列「下」字：

下（郭・老甲・4）、下（上（2）・容・2）、下（帛乙7・21）、下（天卜）、千（郭・緇・5）、下（九・56・47）、下（上（2）・容・10）

其最後一筆皆為橫畫並與豎筆接上，然簡文中的「斤」最後一筆完全不同。若將此字作為「下」字之誤，於文意上雖然十分通順，但於字形上卻仍差異甚大。對比簡五「忻（忻）」字、簡九「折」字，簡文的「斤」確定為「斤」字。對照上句「凡民秉厇（度）端（端）正暦（曆）試（式），才（在）上之人」，此句的「上」對應「才（在）上之人」；則「斤」應對應「民」才是。若依整理者讀為「近」，在文意上實有未安之處。此處當從陳偉所謂將「斤」解釋為斤斧而比喻為人民。

何琳儀先生最後指出「諧聲分析、音義相諧」須以先秦古音為依據，「辭例推勘」是為補救各類比較法缺陷的權宜之計，「語法分析」則可整理出特殊句型的模式：

> 「諧聲分析」，形聲字與其諧聲偏旁應是音同或音近之字。具體分析時應注意：1. 分清形符和音符。2. 形聲字與其諧聲偏旁的聲韻未必完全吻合，但兩者必須為雙聲或疊韻。3. 考慮疊加音符或雙重音符的可能性。4. 分析形聲字與其諧聲偏旁的關係，不一定要有典籍異文或其他資料為證。「音義相諧」，辨明二字是否音同或音近，必須以先秦古音為依據。同聲系（諧聲偏旁相同）之間的通假一般都不成問題。異聲系（諧聲偏旁不同）之間的通假則比較複雜。分析聲韻必須注意：聲紐的通轉須以音韻界公認的結論為依據。韻部的對轉一般要以雙聲為紐帶，韻部的旁轉則必須以雙聲為紐帶。〔註17〕「辭例推勘」，堅持以形為主，是釋讀古文字總的原則。「辭例推勘」是為補救各類比較法缺陷的權宜之計。〔註18〕「語法分析」，戰國出土文獻與大多數先秦典籍為同時代作品，因此釋

〔註17〕何琳儀：《戰國文字通論訂補》（南京：江蘇教育出版社，2003 年），頁 290。

〔註18〕何琳儀：《戰國文字通論訂補》（南京：江蘇教育出版社，2003 年），頁 298。

讀出土文獻，即戰國文字材料，也應注意「求其虛」。所謂「虛」

者，包括虛詞的使用、實詞的活用、特殊的句型等等。〔註19〕

在諧音分析方面，例如簡十二「面見湯（七十九）若霷雨方奔之」中「（字形圖）」字就字形上看從雨，鳧聲。「鳧」字甲金文從「隹」，「勹」聲，為幫紐幽部字，則可將「（字形圖）」字視為幫紐幽部字。「暴」字為並母宵部字，「（字形圖）」、「暴」二字聲音相近，故此處或可將「霷雨」釋為「暴雨」。「暴雨」在簡文中即道出四方夷貊莫後與人而急於奔向成湯的渴望與氣勢。「辭例推勘」部分，例如簡十三中「邦乃述嵒」的「嵒」字。「嵒」字整理者無釋，以為是「亡」。然而在古文字字形演變中，常以添加新形旁來增強全字的表意功能，「喪」字既增「死」或「歺」旁，上半隨之省訛，由「（字形圖）」而「（字形圖）」，由「（字形圖）」而「（字形圖）」，遂與「芒」同形，而出現「（字形圖）」類寫法。從「（字形圖）」到「（字形圖）」這種字內偏旁類化現象，古文字材料並不罕見。〔註20〕《公羊傳·僖公二十二年》：「君子不厄人，吾雖喪國之餘，寡人不忍行也。」、《論語·子路》：「一言而喪邦，有諸？」，「喪國」、「喪邦」即亡國。簡14-15中「欲亡邦系（奚）以」的「亡」作「（字形圖）」，故此處「嵒」應釋為「喪」。最後，「語法分析」部分，可見簡十二中「用果念（咸）政（征）九州而奮君之」一句，「奮君」可與「念（咸）政（征）」對看，皆為副動結構，則「奮」讀為「鈞／均」作副詞用，釋為「同」，詞意也可對應「奄」。

上述釋讀方法並不是孤立的，實際上是釋讀者都在交叉的使用這些方法，擇其要旨。

〔註19〕何琳儀：《戰國文字通論訂補》（南京：江蘇教育出版社，2003 年），頁 303。

〔註20〕詳見禤健聰：《戰國楚系簡帛用字習慣研究》（北京：科學出版社，2017 年），頁 509～511。

第二章 《清華大學藏戰國竹簡（柒）》《子犯子餘》集釋

第一節 釋 文

公子㣚（重）耳自楚迡（蹠）秦⁽¹⁾，尻（處）女（焉）。三㪍（歲）⁽²⁾，秦公乃訋（召）子軲（犯）而䪼（問）女（焉）⁽³⁾，曰：「子若公子之良庶子⁽⁴⁾，者（胡）晉邦又（有）禣（禍）⁽⁵⁾，公子不能畀（持）女（焉）⁽⁶⁾，而【一】走去之，母（毋）乃獣心是（寔）不趹（足）也㢉（乎）⁽⁷⁾？」子軲（犯）畬（答）曰：「誠女（如）宔（主）君之言。虗（吾）宔（主）好定而敬訐（信）⁽⁸⁾，不秉禣（禍）利身⁽⁹⁾，不忍人⁽¹⁰⁾，古（故）走去之【二】，以即（節）中於天⁽¹¹⁾。宔（主）女（如）曰疾利女（焉）不趹（足）⁽¹²⁾，誠我宔（主）古（故）弗秉⁽¹³⁾。」

省（少）公乃訋（召）子余（餘）而䪼（問）女（焉）⁽¹⁴⁾，曰：「子若公子之良庶子，晉邦又（有）禣（禍），公【三】子不能畀（持）女（焉）⁽¹⁵⁾，而走去之，母（毋）乃無良右（左）右也㢉（乎）？」子余（餘）畬（答）曰：「誠女（如）宔（主）之言⁽¹⁶⁾。虗（吾）宔（主）之弍（二）晶（三）臣⁽¹⁷⁾，不閞（閑）良䛑（規）⁽¹⁸⁾，不諓（敝）又（有）善⁽¹⁹⁾，

必出又（有）【四】惡（二十），吾主於難（二十一），瞿（懼）輆（留）於志（二十二）。幸旻（得）又（有）利不忻蜀（獨）（二十三），欲皆僉（僉）之（二十四）。事（使）又（有）訛（過）女（焉）（二十五），不忻以人（二十六），必身廛（擅）之（二十七）。虗（吾）宔（主）弱寺（恃）而弲（強）志（二十八），不【五】□□□募（顧）監於訛（禍）（二十九），而走去之。宔（主）女（如）此胃（謂）無良右（左）右（三十），誠殹（繄）蜀（獨）亓（其）志（三十一）。」

公乃訋（召）子軋（犯）、子余（餘）曰：「二子事公子，句（苟）聿（盡）又（有）【六】心女（如）是，天豐愁（謀）禍（禍）於公子（三十二）？」乃各賜之鑰（劍）繡（帶）衣常（裳）而敱（善）之（三十三），思（使）還。

公乃韶（問）於邗（蹇）昌（叔）曰（三十四）：「夫公子之不能居晉邦，訐（信）天【七】命哉？割（曷）又（有）儳（僕）若是而不果以戈（國）（三十五），民心訐（信）難成也哉？」邗（蹇）昌（叔）畣（答）曰：「訐（信）難成，殹（繄）或易成也（三十六）。凡民秉厇（度）耑（端）正僣（僭）試（忒）（三十七），才（在）上之【八】人（三十八），上繝（繩）不逄（失）（三十九），斤（斤）亦不遹（僭）（四十）。」公乃韶（問）於邗（蹇）昌（叔）曰：「昌（叔），昔之舊聖折（哲）人之塼（敷）政命（令）荆（刑）罰（四十一），事（使）眾若事（使）一人（四十二），不穀（穀）余敢韶（問）亓（其）【九】道系（奚）女（如）（四十三）。猷（猶）昌（叔）是韶（聞）遺老之言（四十四），必尚（當）語我才（哉）。盗（寧）孤是（寔）勿能用（四十五）？卑（譬）若從鸔（雉）肰（然）（四十六），虗（吾）尚（當）觀亓（其）風（四十七）。」邗（蹇）昌（叔）畣（答）曰：「凡君齋=（之所）韶（問）【一〇】莫可韶（聞）。昔者成湯以神事山川（四十八），以惪（德）和民（四十九）。四方㠯（夷）莫句（後）與人（五十），面見湯若霓（暴）雨方奔之（五十一），而鹿雁（膺）女（焉）（五十二），用果念（咸）政（征）【一一】九州而寅君之（五十三）。遂（後）殜（世）憙（就）受（紂）之身（五十四），殺三無竍（辜）（五十五），為爒（炮）為烙（五十六），殺某（梅）之女（五十七），為檪（桼）樺（梏）三百（五十八）。醫（殷）邦之君子，無少（小）大，無遠逐（邇）（五十九），見【一二】受（紂）若大隉（岸）牀（將）具隑（崩）（六十），方走去之，思（懼）不死型（刑）以及于厈（厥）身（六十一），邦乃迷（遂）嵩（喪）（六十二）。用凡君所韶（問）

莫可聒（聞）。」

　　公子襠（重）耳聒（問）於邗（蹇）書（叔）曰^{（六十三）}：「嵒（喪）【一三】人不孫（遜）^{（六十四）}，敢大膾（膽）聒（問）：天下之君子^{（六十五）}，欲記（起）邦系（奚）以^{（六十六）}，欲亡邦系（奚）以？」邗（蹇）書（叔）畣（答）曰：「女（如）欲記（起）邦，則大甲與盤庚、文王、武王^{（六十七）}，女（如）欲【一四】亡邦，則燦（桀）及受（紂）、剌（厲）王、幽王，亦備才（在）公子之心巳（已）^{（六十八）}，系（奚）裝（勞）聒（問）女（焉）。」【一五】

　　子軛（犯）子余（餘）【一背】

第二節　集　釋

簡　一

（一）公子襠（重）耳自楚迮（蹠）秦

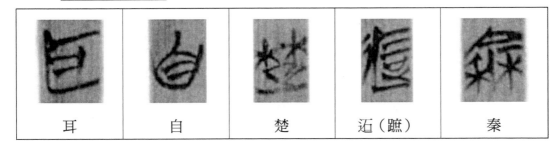

| 耳 | 自 | 楚 | 迮（蹠） | 秦 |

1. 公子襠（重）

　　【整理者】：簡首缺三字，據後文可補為「公子襠（重）。」（頁93）

　　【羅小虎】：本篇共有九支完簡。從完簡的容字來看，除去合文符號，其容字分別為：簡二41字，簡三42字，簡七41字，簡八42字，簡九41字，簡十40字，簡十一40字，簡十二41字。簡十三42字。說明本篇完簡容字在40至42之間。簡一存39字。除去每隻簡開頭的空白，其殘損的長度差不多可容三字。如此，簡一容字42，與整篇竹簡完簡容字的數目比較吻合。〔註1〕

　　【伊諾】：簡首缺字，整理者補為「公子襠（重）」正確，下文簡13有「公

─────────────

〔註1〕羅小虎：清華七《子犯子餘》初讀，簡帛論壇，http://www.bsm.org.cn/bbs/read.php?tid=3458&page=9，第八十五樓，2017年7月1日。

子褆（重）耳餌（問）於邧（蹇）㤅（叔）曰」等內容，可與之補證。〔註2〕

謹按：依羅小虎、伊諾說法，整理者補上「公子褆（重）」三字，字數符合簡文容字的字數；據後文簡13「公子褆（重）耳餌（問）於邧（蹇）㤅（叔）曰」亦可與之補證，將主語確立。故此處整理者說法可從。

2. 耳

【整理者】：「重耳」係名，晉獻公子，後入國稱霸，史稱晉文公，與齊桓公並稱「齊桓晉文」。驪姬之亂後，重耳出亡十九年，據《左傳》記載，其自楚適秦為僖公二十三年（前六三七）。《史記·晉世家》：「居楚數月，而晉太子圉亡秦，秦怨之；聞重耳在楚，乃召之。」（頁93）

迠（蹠）

【整理者】：迠，即「蹠」字，《淮南子·原道》「自無蹠有」，高誘注：「蹠，適也。」（頁93）

【子居】：整理者讀為「蹠」的「迠」字，上博簡與清華簡等出土文獻已多次出現，陳佩芬《昭王毀室》注指出：「或讀為『適』，《集韻》：『適，往也。』」先秦傳世文獻中用為「往」義的「適」辭例甚多，但卻基本不見用「蹠」之例，故「或讀為『適』」當是。〔註3〕

【伊諾】：整理者將「迠」讀為「蹠」，或以從辵與從足可通，又常見從庶之字有從石之異體，如《廣韻》之石切「隻」小韻下：「摭，拾也。拓，上同。蹠，足履踐也，楚人謂跳躍曰蹠。跖，上同，《說文》曰：『足下也。』」然考之本義，蹠，《說文》：「楚人謂跳躍曰蹠。」「引申有踩、至的意思。蹠也可作名詞，指腳或腳掌。蹠和跖二字常可通用，古音亦同。」《玉篇》卷第七足部：「跖，之石切，《說文》曰：『足下也。』蹠，同上，又楚人謂跳曰蹠。」是故蹠、跖二字可通，常指在「足下」義上可通，先秦傳世文獻鮮見二字用為「往」義。故子居之說可從。「適」字古籍常見，且《廣韻》訓往的「適」與「蹠、跖」同在「隻」小韻下，讀之石切，與「蹠」同音，其所記很可能為先秦方音，故「迠」

〔註2〕伊諾：〈清華柒《子犯子餘》集釋〉復旦大學出土文獻與古文字研究中心網站，http://www.gwz.fudan.edu.cn/Web/Show/4210，2018年1月18日。

〔註3〕子居：〈清華簡柒《子犯子餘》韻讀〉，中國先秦史網站，http://xianqin.22web.org/2017/10/28/405?i=1，2017年10月28日。

字當可直接讀為「適」。〔註4〕

【袁證】：「迉」字見於包山簡和九店簡偉先生認為包山簡 120 號、128 號及九店簡 32 號的「迉」即「跖」，古書往往寫作「蹠」，訓為「適」，往適之意。李家浩先生認為楚簡「迉」應當是「遮」字的異體，讀為「蹠」。古代「蹠」字有「適」、「至」義。九店簡「蹠四方野外」之「蹠」訓為「適」，包山簡「蹠楚」和「蹠郢」之「蹠」訓為至。上博簡《昭王毀室》亦見「迉」字，單育辰先生讀為「之」，往、去、到的意思。結合諸家意見，簡文「自楚迉秦」之「迉」讀為「蹠」，訓適，可信。〔註5〕

謹按：「迉」字從辵，石聲。「蹠」字從足，庶聲。「庶」本從石聲，故「石」、「庶」二字作聲旁可以通用。然「迉」字在《繫年》第六、十四、十五、二十章中出現，其後均接國名，意思和用法與「適」無別，《繫年》整理者則將「迉」字直接括讀為「適」。張富海先生認為「迉」的聲旁「石」是鐸部字，而「適」屬於錫部，兩字的讀音有別，不能這樣通假過去。並且「迉」字已見於包山楚簡和九店楚簡。陳偉先生在考釋九店楚簡 32 號時說：「迉」，即「跖」，古書往往寫作「蹠」。……又包山簡 120 號、128 號也有此字，亦為往、適之意。〔註6〕李守奎、賈連祥、馬楠三位先生編著的《包山楚墓文字全編》在「迉」字下注云：「當即《說文》之蹠，適也。」〔註7〕張富海先生也指出楚文字已有「適」作「啻（適）」（凡甲 05）、《卜書》01「而它方安（焉）適」。《湯處於湯丘》05「繀（適）逢道路之祟」（「適」，若也。）〔註8〕以上「適」字皆「啻」聲。可知楚文字中「迉（蹠）」與「適」本有不同寫法。據此，簡文中的「迉」應從整理者讀為「蹠」、訓為「適」。

〔註4〕伊諾：〈清華柒《子犯子餘》集釋〉復旦大學出土文獻與古文字研究中心網站，http://www.gwz.fudan.edu.cn/Web/Show/4210，2018 年 1 月 18 日。

〔註5〕袁證：《清華簡〈子犯子餘〉等三篇集釋及若干問題研究》（武漢：武漢大學碩士學位論文，2018 年）

〔註6〕陳偉：《新出楚簡研讀》（武漢：武漢大學出版社 2010 年 3 月），頁 53。

〔註7〕李守奎、賈連祥、馬楠主編：《包山楚墓文字全編》（上海：上海古籍出版社，2012 年），頁 77。

〔註8〕張富海：〈清華簡《繫年》通假柬釋〉，收入李守奎主編：《清華簡《繫年》與古史新探》（上海：中西書局，2016 年），頁 449～450。

（二）尻（處）女（焉）三散（歲）

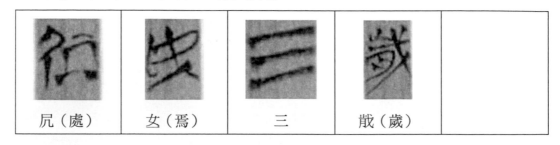

尻（處）	女（焉）	三	散（歲）	

1. 尻（處）

【羅小虎】：簡1：「居焉三歲」之間斷開似乎是沒有必要的。簡文中的「居」字，整理報告理解為「處」，亦無必要，直接讀為「居」即可，居住。焉，指示代詞，指前面提到的秦國。「居焉三歲」，意思是說，在秦國住了三年。〔註9〕

【伊諾】：《說文》：「尻，處也，從尸得几而止。」「處，止也，得几而止。處，処或從虍聲。」段注「処」曰：「人遇几而止。引申之為凡尻処字。」注「尻」曰：「尸卽人也。引申之為凡尻処之字。旣又以蹲居之字代尻，別製踞為蹲居字，乃致居行而尻廢矣。《方言》、《廣雅》尻処字皆不作居，而或妄改之，許書如家尻也、宋尻也、寠尻之速也、婁無禮尻也、窅羣尻也之類皆改為居，而許書之脈絡不可知矣。」鄂君啓車節、舟節「尻」用為「處」，郭店簡、包山簡中亦多「尻」字，皆用為「處」。整理者括注為「處」可從。〔註10〕

謹按：羅小虎認為「尻」直接讀為「居」即可，釋為居住。然「居」字，從 、、中明顯可見字形從尸從古；「」字則從尸從几，其字形與「居」則明顯不同。

在包山簡 32 號簡中現「居尻名族」連稱，顯示「居」、「尻」二字古人用法有別。陳偉先生認為「居」在簡書中也用作表示居住的動詞，見於包山簡 90、126～127 號簡：龔酉被稱為「繁丘之南里人」，陽錯被稱為「（漾陵之）州里人」，然而當時他們卻都住在外地。「居」用在外地的地址之前，可能有遷居或臨時居住一類的意思。而他們被稱為「繁丘之南里人」或「漾陵之州里人」，當因這是名籍登記中的地址。簡書裡的「尻」應是用來表示這

〔註9〕羅小虎：清華七《子犯子餘》初讀，簡帛論壇，http://www.bsm.org.cn/bbs/read.php?tid=3458&page=11，第 104 樓，2017 年 10 月 10 日。

〔註10〕伊諾：〈清華柒《子犯子餘》集釋〉復旦大學出土文獻與古文字研究中心網站，http://www.gwz.fudan.edu.cn/Web/Show/4210，2018 年 1 月 18 日。

種居地。〔註11〕

　　劉信芳先生認為「居」代表住址；「凥」代表身份（供職處所）。「居凥名族」猶今人所言姓名籍貫之類。「凥」即「処」，後世作「處」，乃是另以「虍」為聲符。鄂君啟節：「王凥於葴郢之游宮」，此處「凥」強調楚王現時處所；然而（包山簡）簡7中「凥郢里」，也是強調現時正在郢里。〔註12〕以上可知陳偉先生認為「居」後的地點應是遷居之處，「凥」後的地點則指的是「戶籍地」；劉信芳先生則認為「凥」強調的是現時處所。凡此，「凥」不可以「居」代之。

　　簡文中「凥（處）女（焉）」的「凥」表示重耳現正在秦國，亦可支持劉信芳先生的說法。此處「凥」字依整理者括注為「處」可從。

2. 焉

　　【整理者】：焉，指示代詞，裴學海《古書虛字集釋》：「之也。」（中華書局，二〇〇四年，第九六頁）重耳在秦的時間，《左傳》、《史記‧晉世家》、《秦本紀》等皆記為二年，與簡文的「三年」不同。（頁93）

　　【暮四郎】：簡1，相關釋文當標點為（我們的改動之處用下劃綫標出，下同）：……耳自楚適秦，<u>處焉。三歲，</u>秦公乃召子犯而問焉。〔註13〕

　　【米醋】：「居焉三歲」沒有主語，如果說省略主語的話，和下面分句的主語又不一樣。〔註14〕

　　【子居】：整理者斷句有誤，首句當讀為「公子重耳自楚適秦處焉」，類似的句式如〈孟子‧梁惠王下〉：「昔者大王居邠，狄人侵之，去之岐山之下居焉。」關於重耳在秦的時間，《左傳》只是將重耳流亡事基本皆係於魯僖公二十三年，並非是整理者理解的「自楚適秦為僖公二十三年」、「記為二年」等情況，之所以係於魯僖公二十三年，是因為所記重耳流亡過程這一大段內

〔註11〕陳偉：《楚地出土戰國簡冊〔十四種〕》（北京：經濟科學出版社，2009年9月），頁26。

〔註12〕劉信芳：《包山楚簡解詁》（台北：藝文印書館，2003年1月），頁46。

〔註13〕暮四郎：清華七《子犯子餘》初讀，簡帛論壇，http://www.bsm.org.cn/bbs/read.php?tid=3458&page=1，第二樓，2017年4月23日。

〔註14〕米醋：清華七《子犯子餘》初讀，簡帛論壇，http://www.bsm.org.cn/bbs/read.php?tid=3458&page=11，第105樓，2017年10月24日。

容中最後的事件為「秦伯納女五人，懷嬴與焉」在魯僖公二十三年，而不是說「公子重耳之及於難也，晉人伐諸蒲城」及之後所記皆為魯僖公二十三年事，因此「自楚適秦為僖公二十三年」、「記為二年」等等，都只是整理者承襲自《史記》以來的觀點，與《左傳》無關。《史記》承《左傳》而來，但誤解秦妻重耳的時間為重耳至秦的時間，所以才會將重耳入秦記在秦穆公二十三年、晉惠公十四年。筆者在〈清華簡《繫年》5～7 章解析〉已指出：「重耳入秦大概是在魯僖公二十二年秋季……若按整年計算，自魯僖公二十二年重耳入秦至魯僖公二十四年重耳在晉國即位，正可如《韓非子·十過》所言「入秦三年」。清華簡《子犯子余》也記重耳入秦三年，恰與《韓非子》所記相合。〔註15〕

【伊諾】：我們認為網友米醋的懷疑是對的，羅小虎的斷讀在句法層面上不安。「處焉三歲」主語當為重耳，非秦公。子居的斷讀當可從。首先雖誠如羅小虎（104 樓）所述：「……所『居』之地皆用實詞表具體地點、範圍或方向」，但本簡的「焉」顯為指示代詞，指代前文「秦」地。古漢語「焉」確指前文地點、人物、事件時，通常附於句末或語末，其後未見有接其他成分者。本簡「秦公乃召子犯而問焉」即是其例。置於句首（包括小句句首）者，則通常作疑問代詞。比如下文子犯回答秦穆公答話的「主如曰疾利，焉不足」，即是說哪裡會不足呢？其次，子居還為我們列舉了《孟子·梁惠王下》「昔者大王邠，狄人侵之，去之岐山之下居焉」的例證。故其說可從。網友暮四郎將「處焉」與前後文皆斷讀，雖從語法上可通，但語感上停頓太多，亦不如子居的斷讀，即「耳自楚適秦處焉，三歲，秦公乃召子犯而問焉」。〔註16〕

【袁證】：「歲」字後有點斷符，《子犯子餘》各個點斷符皆在句末，此處亦不應例外。羅小虎先生對「焉」字的解釋可從。伊諾先生認為「焉」如果是指示代詞，祇能在句末。《呂氏春秋·季春》：「天子焉始乘舟」，高誘注：「焉，猶於此也。」「處焉三歲」的「焉」同樣可以解釋為「於此」。〔註17〕

〔註15〕子居：〈清華簡柒《子犯子餘》韻讀〉，中國先秦史網站，http://xianqin.22web.org/2017/10/28/405?i=1，2017 年 10 月 28 日。

〔註16〕伊諾：〈清華柒《子犯子餘》集釋〉復旦大學出土文獻與古文字研究中心網站，http://www.gwz.fudan.edu.cn/Web/Show/4210，2018 年 1 月 18 日。

〔註17〕袁證：《清華簡〈子犯子餘〉等三篇集釋及若干問題研究》（武漢：武漢大學碩士學位論文，2018 年）

　　謹按：在斷句方面，暮四郎認為應斷為「耳自楚適秦，<u>處焉。三歲</u>，……」，而子居則依〈孟子・梁惠王下〉：「昔者大王居邠，狄人侵之，去之岐山之下居焉。」的句式將之斷句為「公子重耳自楚適秦處焉，……」。二者皆將「尻（處）女（焉）」與「三戠（歲）」斷開。《國語・晉語》：「公說，乃城曲沃，太子處焉；又城蒲，公子重耳處焉；又城二屈，公子夷吾處焉。驪姬既遠太子，乃生之言，太子由是得罪。」《史記・孔子世家》：「夏，衛靈公卒，立孫輒，是為衛出公。六月，趙鞅內太子蒯聵于戚。陽虎使太子絻，八人衰絰，偽自衛迎者，哭而入，遂居焉。冬，蔡遷于州來。是歲魯哀公三年，而孔子年六十矣。齊助衛圍戚，以衛太子蒯聵在故也。」亦有相似句式可相參。此處可依暮四郎斷句為「耳自楚迲（適）秦，尻（處）女（焉）。三戠（歲），……」，其中「三戠（歲），……」則可說明在第三年時秦公召子犯子餘問話之事。

　　依《史記・秦本紀》：「二十三年，晉惠公卒，子圉立為君。秦怨圉亡去，乃迎晉公子重耳於楚，……。二十四年春，秦使人告晉大臣，欲入重耳。晉許之，於是使人送重耳。二月，重耳立為晉君，是為文公。」《史記》中重耳在秦的時間記為二年。

　　在此處記為三年，則依子居所言可與《韓非子・十過》：「公子自曹入楚，自楚入秦。入秦三年，……，輔重耳入之于晉，立為晉君。」內容相印證。

　　由於《史記》與《韓非子》文本性質不同，記年或有出入亦屬正常。本簡文主題重點實不在記年部分，在此處作為出土文獻輔助傳世文獻中歧異的分別與補充即可。

（三）秦公乃訋（召）子軋（犯）而霝（問）女（焉）

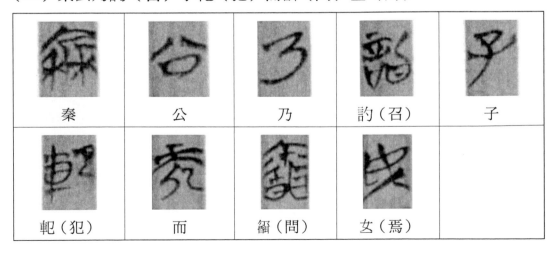

秦	公	乃	訋（召）	子
軋（犯）	而	霝（問）	女（焉）	

1. 秦公

　　【整理者】：秦公，指秦穆公，名任好，在位三十九年（前六五九～前六二一）。秦穆公二十三年（前六三七）迎晉公子重耳，次年送其歸國為君。（頁93）

　　謹按：「秦」字甲金文從「午（杵）」從「卅」從二「禾」或三「禾」，金文、竹簡或加從「臼」，作從「舂」從「禾」之形。戰國竹簡用作國名，例如《清華簡二・繫年》簡39：「秦晉焉始會好，穆（勠）力同心。」

　　本簡中一共出現三處「秦」字：（子犯01）、（子犯01）、（晉文公01），字形比對一般楚簡字形：（楚居11）、（繫年39）、（包2・132）、（包2・167）、（天卜）、（望山2・13）、（望山2・13）上方的午（杵）形皆為形或形，與本簡文中三個「秦」字的上方的午作略有不同，其豎筆皆未出頭，看出其筆畫較一般「秦」字減省，值得注意。

2. 訋（召）

　　【整理者】：訋，讀為「召」。（頁93）

　　謹按：《廣雅・釋詁》：「訋，挈也。」《集韻・嘯韻》：「訋，聲也。」與簡文用法不合。簡文中的字與「王訋而予之裎袍（清華二・繫年37）」中用法相同，從言，勺聲，與「召」通。〔註18〕故整理者讀為「召」可從。

3. 子軲（犯）

　　【整理者】：子軲（犯），與子犯編鐘（《近出殷周金文集錄》一〇二五，中華書局，二〇〇二年）器主名寫法同。「子犯」係字，名偃，狐氏，狐突之子，重耳之舅，故史稱「舅犯」、「咎犯」，在重耳流亡以及入國後的稱霸中，都起了重要作用。《韓非子・外儲說右上》：文公「一舉而八有功。所以然者，無他故異物，從狐偃之謀」。《呂氏春秋・不廣》：「文公可謂智矣……出亡十七年，反國四年而霸，其聽皆如咎犯者邪。」子犯編鐘據傳出土於山西聞喜某墓，疑子犯即葬在附近。（頁93～94）

〔註18〕李學勤主編：《清華大學藏戰國竹簡（貳）》（上海：中西書局，2011年），頁152。

【伊諾】：有關本簡「子犯」的身份，整理者之說可從，即為晉文公重耳的舅父狐偃。然「晉文公時，實際上有兩個同以「子犯」為字的大臣，一個是司空季子（臼季、胥臣），另一個是舅犯（狐偃）。」具體可參看郭永秉老師《春秋晉國兩子犯──讀清華簡隨札之一》一文。〔註19〕

【袁證】：清華簡（叁）《良臣》中將「子範（犯）」「咎範（犯）」并列，整理者認為皆指狐偃，簡文乃是誤書；羅小華先生提出「子犯」「咎犯」并非同一人，「子犯」乃是狐偃，「咎犯」乃是臼季；郭永秉先生則認為「子犯」是臼季，「咎犯」才是狐偃，文獻中提到「咎（舅）犯」時一定是指狐偃，但提到「子犯」時則應視情況而定。那麼，《子犯子餘》中的「子犯」是狐偃還是臼季呢？事實上，雖然狐偃和臼季都跟隨重耳流亡，但兩人的地位是不同的。狐偃在一行人中的地位僅次於重耳，而臼季的地位則相對較低，不僅不及狐偃，也不及趙衰（子餘）。據此，《子犯子餘》篇中似位在「子餘」之前的「子犯」，當是狐偃無疑。〔註20〕

謹按：關於〈子犯編鐘〉的器主是哪個子犯？在郭永秉先生《春秋晉國兩子犯──讀清華簡隨札之一》一文中已說明：子犯編鐘的器主決不可能是胥臣。首先，舅犯是城濮之戰及協助晉文公定王室霸諸侯最重要的謀臣，文獻記載與鐘銘在這一點上是相合的，胥臣雖也是文公重要的臣佐，多聞（《國語・晉語四》趙衰語）且有嘉言（《左傳》《國語》多記其言，可知他確實博聞強記，熟知《詩》《書》典籍），但功績與器銘所言內容不倫。其次，編鐘銘文以第三者口氣撰作，通篇敬稱狐偃之字「子犯」，這也是完全恰當的，無庸慮及與胥臣字相重而引致誤解的問題；舅犯則是站在晉文角度上的稱呼，鐘銘不會這樣寫。〔註21〕本簡文「子範」寫法與〈子犯編鐘〉器主名「子範」相同。故，整理者之說可從。

〔註19〕伊諾：〈清華柒《子犯子餘》集釋〉復旦大學出土文獻與古文字研究中心網站，http://www.gwz.fudan.edu.cn/Web/Show/4210，2018 年 1 月 18 日。

〔註20〕袁證：《清華簡〈子犯子餘〉等三篇集釋及若干問題研究》（武漢：武漢大學碩士學位論文，2018 年）

〔註21〕郭永秉：《春秋晉國兩子犯──讀清華簡隨札之一》，牛鵬濤、蘇輝編：《中國古代文明研究論集》（北京，科學出版社，2018 年）

（四）曰子若公子之良庶子

曰	子	若	公	子
之	良	庶	子	

1. 子

　　【陳偉】：頗疑相關文字應讀作：「子，若公子之良庶子，……」子，是對子犯、子餘的稱呼。〔註22〕

2. 若

　　【整理者】：若，《國語·周語上》「若能有濟也」，韋昭注：「猶乃也。」（頁94）

　　【陳偉】：若，代詞。《史記·項羽本紀》：「吾翁即若翁。」〔註23〕

3. 之

　　【陳偉】：之，相當于「為」。《經詞衍釋》卷九「之」字條：「之，猶為也。《孟子》：『欲其子之齊語。』言欲子為齊語也。『賊仁者謂之賊。』《左傳》成二年：『謂之君子而射之，非禮也。』凡言『謂之』，皆猶『謂為』也。襄十三年：『請謚之共。』言謚為共也。《禮記》：『其變而之吉祭也。』言而為吉祭也。」

4. 庶子

　　【整理者】：庶子，職官名，《禮記·燕義》：「古者周天子之官有庶子官。

〔註22〕陳偉：〈清華七《子犯子餘》校讀〉，簡帛網，http://www.bsm.org.cn/show_article.php?id=2793，2017 年 4 月 30 日。

〔註23〕陳偉：〈清華七《子犯子餘》校讀〉，簡帛網，http://www.bsm.org.cn/show_article.php?id=2793，2017 年 4 月 30 日。

庶子官職諸侯、卿、大夫、士之庶子之卒，掌其戒令，與其教治。」鄭玄注：「庶猶諸子也。」《周禮》諸子之官，司馬之屬也。」《書‧康誥》：「矧惟外庶子、訓人。」（頁 94）

【陳偉】：整理者這一解讀似可有兩點疑問。第一，子犯、子餘未聞曾任「庶子」之職。第二，秦穆公在與子犯、子餘的分別交談中，通篇在說公子重耳之事。等到後來與子犯、子餘的同時談話時，才表示對二人的好感。因而此時不宜有對二人的稱譽之辭（「良庶子」）。頗疑相關文字應讀作：「子，若公子之良庶子，……」子，是對子犯、子餘的稱呼。若，代詞。《史記‧項羽本紀》：「吾翁即若翁。」之，相當于「為」。《經詞衍釋》卷九「之」字條：「之，猶為也。《孟子》：『欲其子之齊語。』言欲子為齊語也。『賊仁者謂之賊。』《左傳》成二年：『謂之君子而射之，非禮也。』凡言『謂之』，皆猶『謂為』也。襄十三年：『請謚之共。』言謚為共也。《禮記》：『其變而之吉祭也。』言而為吉祭也。」重耳為晉獻公庶子，「良庶子」大概是秦穆公對他的褒稱。〔註24〕

【子居】：此時重耳自己尚且是流亡公子，他的臣屬自然也不會有官職，所以這裡的「庶子」當只是指臣屬於重耳的侍從。「良庶子」又見北大簡《禹九策》，筆者在《北大簡〈禹九策〉試析》中已提到：「『良庶子』，不見於先秦兩漢傳世文獻，僅見於清華簡七《子犯子余》篇，故當是戰國末期秦地或楚地特有詞彙。庶子無爵，是有爵者的隨從、近侍，《商君書‧境內》：「其有爵者乞無爵者以為庶子，級乞一人。其無役事也，其庶子役其大夫月六日；其役事也，隨而養之。」筆者在《北大簡〈堪輿〉所見楚王年略考》中已提到北大簡與清華簡對應的問題，《禹九策》此處的「良庶子」一詞當也是同樣的北大簡與清華簡可以互證的情況。這應該還可以說明，清華簡《子犯子餘》與北大簡《禹九策》的成文時間當較接近，因此清華簡《子犯子餘》的成文時間很可能是戰國末期。〔註25〕

〔註24〕陳偉：〈清華七《子犯子餘》校讀〉，簡帛網，http://www.bsm.org.cn/show_article. php?id=2793，2017 年 4 月 30 日。

〔註25〕子居：〈清華簡柒《子犯子餘》韻讀〉，中國先秦史網站，http://xianqin.22web.org/2017/ 10/28/405?i=1，2017 年 10 月 28 日。

【伊諾】：陳偉之說可從，此「良庶子」即指重耳，整個問話即是說：「子犯，你們的公子為良庶子，晉邦有禍，他卻不能持焉而走去之，是猒心不足嗎？」如此語意通暢。若按整理者理解，即為「（子犯）你乃是公子的良庶子」，則從其語法位置和語義習慣說，下文所問內容當圍繞子犯展開，與簡文顯然不合。再者，誠如陳偉此文注釋所舉之例（《左傳》僖公三十二年：「孟子，吾見師之出，而不見其人入也。」《論語‧公冶長》：「女，器也。」本篇9號簡：「叔，昔之舊聖哲人之敷政令刑罰，……」），可與本句「子，乃公子之良庶子」參看，「子」與「孟子」、「女」、「叔」似是類似表述。〔註26〕

謹按：在北大簡《禹九策》之七簡25「良庶子，從人月，繹蠹徹，長不來，直吾多歲」中有出現「良庶子」一詞，王寧先生認為此處的「庶子」當是庶人之子的簡稱，指平民家的女子，「良庶子」猶言「良家女子」。〔註27〕良家女子之意則與本簡簡文文意不合。而陳偉先生認為子犯、子餘未聞曾任「庶子」之職，並疑相關文字應讀作：「子，若公子之良庶子，……」。

第一，在斷句部分，「良庶子」若依陳偉先生所謂是秦穆公對他的褒稱，《左傳》桓公十五年：「又娶二女於戎，大戎狐姬生重耳，小戎子生夷吾。」則此處「庶子」的稱呼應是指重耳為晉獻公的妾室狐季姬所生的兒子。據史料《史記‧楚世家》：「昭雎曰：『王與太子俱困於諸侯，而今又倍王命而立其庶子，不宜。』」《史記‧衛康叔世家》：「莊公有寵妾，生子州吁。十八年，州吁長，好兵，莊公使將。石碏諫莊公曰：『庶子好兵，使將，亂自此起。』不聽。二十三年，莊公卒，太子完立，是為桓公。」《韓非子‧亡徵》：「后妻賤而婢妾貴，太子卑而庶子尊，相室輕而典謁重，如此則內外乖，內外乖者，可亡也。」以上可見妾室所生的「庶子」於語境上多與嫡子、太子對立，並且除了身分上，多有貶意。若前再加上「良」褒稱，於語境上實有不合。並且，由《史記‧秦本紀》：「繆公曰：『子不知也，吾已決矣。』」《史記‧循吏列傳》：「文公曰：『子則自以為有罪，寡人亦有罪邪？』」《國語‧晉語五》：「公曰：『子何以知其賢也？』」《春秋公羊傳‧襄公二十七年》：「獻公曰：『子苟

〔註26〕伊諾：〈清華柒《子犯子餘》集釋〉復旦大學出土文獻與古文字研究中心網站，http://www.gwz.fudan.edu.cn/Web/Show/4210，2018年1月18日。

〔註27〕王寧：〈北大秦簡《禹九策》補箋〉，復旦大學出土文獻與古文字研究中心網站，http://www.gwz.fudan.edu.cn/Web/Show/3113，2017年9月27日。

欲納我，吾請與子盟。』」以上可見，在史書中，諸侯國君問話時，多以「子」稱臣下，並且尚未在典籍中看到所謂「子，若公子之良庶子」相似句型。

第二，關於子犯、子餘雖在傳世文獻中未見其曾任「庶子」官，子居已說明此時重耳自己尚且是流亡公子，他的臣屬自然也不會有官職，所以這裡的「庶子」當只是指臣屬於重耳的侍從。從《韓非子·外儲說右上》：文公「一舉而八有功。所以然者，無他故異物，從狐偃之謀」及《左傳》昭公十三年「（文公）有先大夫子餘、子犯，以為腹心。」可見子犯、子餘皆為重耳的輔臣，此處應可視為出土文獻簡文補充傳世文獻之不足，或互相參照。

（五）者（胡）晉邦又（有）褖（禍）

| 者（胡） | 晉 | 邦 | 又（有） | 褖（禍） |

1. 者（胡）

【整理者】：者，讀為「胡」，表疑問或反詰。（頁 94）

【紫竹道人】：簡 1-2 秦穆公召子犯而問：「子若公子之良庶子，{耂＋古}晉邦有禍，公子不能止焉，而走去之，毋乃猷心是不足也乎？」整理者讀「耂＋古」為「胡」，「表疑問或反詰」。按這裏秦公要問的是「猷心是不是不足」的問題，其詰問語氣是由「毋乃」引出來的；前面晉邦有禍、公子不能久待云云，乃陳述事實，不得在「晉邦有禍」前就加「胡」起問。這只要跟簡 3-4 秦穆公召子餘而問的話比較一下，就可以看得很明白：「子若公子之良庶子，晉邦有禍，公……（殘去三字）止焉，而走去之，毋乃無良左右也乎？」竊疑「耂＋古」當讀為「夫」，其語音關係猶郭店簡《窮達以時》從「古」聲之字讀為「浦」等，是大家很熟悉的。「夫晉邦有禍」的「夫」是發語詞，用不用無所謂，所以下面問子餘的話裏就沒有。簡 7 有此種發語詞「夫」，這裏寫作「耂＋古」，也不足為怪。從《越公其事》等篇可以看到，上下文裏同一個詞確有用不同的字表示之例。〔註28〕

〔註28〕紫竹道人：清華七《子犯子餘》初讀，簡帛論壇，http://www.bsm.org.cn/bbs/read.

【lht】：應該讀為「故」吧，過去的意思。這個字是表示高壽義之「胡」的專字，引申有過去的意思。簡文用此字，而不用「古」，或「夫」，應該是想表達過去的意思。與「昔」同義。〔註29〕

【伊諾】：紫竹道人之說可從。古籍慣用「昔」、「古」等詞表「過去」義，鮮見以「胡」字引申之義來表示之例。再者，本簡下文亦有「昔之」、「昔者」之例，可參證。〔註30〕

〔「耆」字諸家說法整理〕

一 「胡」	1 整理者	表疑問或反詰
二 「夫」	1 紫竹道人	表發語詞
	2 伊諾	古籍慣用「昔」、「古」等詞表「過去」義，鮮見以「胡」字引申之義來表示之例。
三 「故」	lht	與「昔」同義。

謹按：高佑仁先生曾指出左冢漆桐十字線上第三欄上的「￼」字當是一個上從「老」，下從「古」聲的字，可以隸定作「耆」。〔註31〕劉波先生亦比對A：￼《荊門左冢楚墓》（十字線上第三欄）、B：￼郾客銅量（《集成》16-10373）、C：￼（五‧鮑叔牙‧3‧16）其字上部分別為￼、￼、￼，與「老」頭￼似乎還有些區別，但因戰國文字中常存在簡省筆畫的省寫，故A、B、C字的上半部￼、￼、￼則仍可視為￼之省寫。〔註32〕根據以上，將「考」作￼（《用曰》簡12）、「老」作￼（《昔者君老》簡1）、「孝」作￼（郭‧老丙‧3）、「壽」作￼（書也缶）等字的上半偏旁形體相同比對本簡文中「￼」字，則可依整理者隸定作「耆」。

---

php?tid=3458&page=3，第二十三樓，2017 年 4 月 25 日。

〔註29〕Lht：清華七《子犯子餘》初讀，簡帛論壇，http://www.bsm.org.cn/bbs/read.php?tid=3458&page=4，第三十二樓，2017 年 4 月 27 日。

〔註30〕伊諾：〈清華柒《子犯子餘》集釋〉復旦大學出土文獻與古文字研究中心網站，http://www.gwz.fudan.edu.cn/Web/Show/4210，2018 年 1 月 18 日。

〔註31〕詳見高佑仁：〈釋左冢楚墓漆棋局的「事故」〉，簡帛網，http://www.bsm.org.cn/show_article.php?id=828，2008 年 5 月 17 日。

〔註32〕劉波：〈釋楚郾客銅量中的「故」字〉（古文字研究：漢江考古 2012 年 1 月第 122 期）。

楚簡的「者」可讀為「胡」，如《湯在啻門》簡 5-6「者（胡）猷（猶）是
人，而【5】一惡一好？」陳劍先生根據馬王堆醫簡《十問》的如下文句：「何
與（猶）之【23】人也，有惡有好，有夭有壽？【24】」中「何猶之人也」與「胡
猶是人」，顯然極為接近。將此讀為同從「古」聲之「胡」。兩文皆意謂「為
什麼同是（這樣的／那樣的）人，而有美醜壽夭之別」云云。〔註33〕《鄭武夫
人規孺子》簡 15「者（胡）寧君？是有臣而為埶（設）辟。」ee 認為應斷讀
為：「胡寧君是有臣而為埶嬖」，「胡寧」典籍常見，這裡是反問語氣，如《毛
詩・大雅・雲漢》：「胡寧瘨我以旱？」〔註34〕以上二例的「者（胡）」皆為反
詰語氣，但其詰問語氣皆在當句發生。簡文「者（胡）晉邦又（有）禍（禍），
公子不能辥（持）女（焉），而走去之，母（毋）乃猷心是不跂（足）也虖（乎）」
中若「者（胡）」若依整理者「表疑問或反詰」解釋，則「者晉邦有禍，公子
不能辥（持）女（焉），而走去之」即為疑問句，與簡文文意不符。

應從紫竹道人所說，分析「者」為從「古」聲，可讀為「夫」，放句首為
發語詞。從「古」得聲的字可讀為「夫」聲，從「簠」字可證。「簠」字金文
從「匚」，「古」聲。例如〈樊君簠〉：「飤匠（簠）」。金文異體甚多，凡十餘
形，主要從「匚」從「古」，作「匞」。「匚」象方形的盛物器皿，「古」字標
聲，本義是盛載稻米的食器。《說文》：「簠，黍稷圜器也。從竹從皿甫聲。匧，
古文簠從匚從夫。」以上可得知「簠」字可從「甫」得聲，亦可從「夫」或
從「古」得聲。故本簡文中「者」字從「屮」「古」確可讀為「夫」聲。此處
秦公要問的是「猷心是不是不足」的問題，其詰問語氣是由「毋乃」引出來
的。故「者（胡）晉邦又（有）禍（禍），公子不能辥（持）女（焉），而走
去之」中，「者」當隸定為「胡」，讀為「夫」，表發語詞。

2. 晉邦又（有）禍（禍）

【整理者】： 晉邦有禍，指驪姬之亂，《國語・晉語二》：「殺大子申生」，
「盡逐羣公子，乃立奚齊焉」。（頁94）

〔註33〕陳劍：〈《清華簡（伍）》與舊說互證兩則〉，「復旦大學出土文獻與古文字研究中心」
網站（http://www.gwz.fudan.edu.cn/SrcShow.asp?Src_ID=2494），2015 年 4 月 14 日。

〔註34〕ee：清華六《鄭武夫人規孺子》初讀，簡帛論壇，http://www.bsm.org.cn/bbs/read.php?
tid=3345&page=2，第十四樓，2016 年 4 月 18 日。

（六）公子不能异（持）女（焉）

公	子	不	能	异（持）
女（焉）				

1. 异（持）

【整理者】：异，從廾，之聲，讀為同音的「止」。《詩‧玄鳥》「維民所止」，鄭玄箋：「止，猶居也。」與下文問蹇叔「公子之不能居晉邦」意同。（頁94）

【xiaosong】：簡1-2秦穆公問子犯：「胡晉邦有禍，公子不能【之＋廾】焉，而走去之，乃猷心是不足也乎？」（同樣的話又見於簡3-4），整理者認為【之＋廾】讀為止，訓為居。但簡2-3中的子犯答語，是在說明為何重耳不從晉國驪姬之亂中謀取利益。所以【之＋廾】似當讀為「恃」，字或是「寺」之異體。「不能恃焉，而走去之」的「焉」指代晉國的禍亂，「之」指代晉國，這句話是說，晉國有禍亂，重耳不能趁著禍端從中為自己謀取利益，卻離國出走，大概是你們的謀略心思太不夠用了吧。這樣發問方能與答語切合。〔註35〕

【劉偉浠】：簡1-2秦穆公問子犯「胡晉邦有禍，公子不能【之＋廾】焉」一句的「【之＋廾】」整理者讀「止」可從，但訓「居」語意似不通暢，疑可訓「停止」「阻止」。《廣韻‧止韻》：「止，停也。」晉國有禍，不但沒阻止它，反而逃離晉國。「胡……而」包含這種轉折關係。〔註36〕

【難言】：簡1-2秦穆公問子犯「胡晉邦有禍，公子不能【之＋廾】焉」，

〔註35〕Xiaosong：清華七《子犯子餘》初讀，簡帛論壇，http://www.bsm.org.cn/bbs/read.php?tid=3458&page=1，第三樓，2017年4月23日。

〔註36〕劉偉浠：清華七《子犯子餘》初讀，簡帛論壇，http://www.bsm.org.cn/bbs/read.php?tid=3458&page=1，第四樓，2017年4月23日。

按此「【之＋廾】」也可能讀作「待」，訓禦（《匯纂》744 頁）。《管子・大匡》：「今若殺之，此鮑叔之友也，鮑叔因此以作難，君必不能待也，不如與之。」可以參考。「命訟獄拘執罩釋遣」，清華讀書會讀「遣」的字也可能讀「滯」，唯不知上下文意，姑妄猜測如此。〔註37〕

【趙嘉仁】：整理者此說可疑。懷疑「止」還應訓為阻止、制止之「止」。〔註38〕

【明珍】：簡 1、4：晉邦有禍，公子不能〔之廾〕焉，而走去之。案：〔之廾〕，此字從廾、從之，不從止，讀為「止」似乎不妥。之、止二字少有互通的例子，參季師旭昇〈從戰國文字中的「〔之止〕」字談詩經中「之」字誤為「止」字的現象〉（http://www.gwz.fudan.edu.cn/old/SrcShow.asp?Src_ID=731）。簡文當讀為「持」，掌握、把握之義。此句言晉邦有禍，而重耳不能「掌握」時機從中得利。「持焉（「焉」代指「禍」）」與下文之「秉禍利身」之「秉禍」同義。〔註39〕

【張崇禮】：之＋廾，當為丞之形聲字，之表聲，簡文中讀為拯，救也。〔註40〕

【趙平安】：界，原作 ▨、▨ 之形，確實由廾和之兩部分組成。它和同篇出現的「寺」（按補：▨ 簡 5・37）字在字形上和用法上都有明顯的區別，不可能是同一個字。此字係首見，我們認為它與甲骨文「置」應該是同一個字。……甲骨文界字較晚出現的從廾從之的寫法，和《子犯子餘》構件相同，只是前者兩隻手在「之」之上，後者兩隻手在「之」字下面。而這種差異，在異體字中很常見。置可以訓為止。《文選・稽康〈與山巨源絕交書〉》「足下

〔註37〕難言：清華七《子犯子餘》初讀，簡帛論壇，http://www.bsm.org.cn/bbs/read.php?tid=3458&page=1，第六樓，2017 年 4 月 23 日。

〔註38〕趙嘉仁：〈清華簡（七）散札（草稿）〉，復旦大學出土文獻與古文字研究中心網站論壇，http://www.gwz.fudan.edu.cn/forum/forum.php?mod=viewthread&tid=7968，2017 年 4 月 24 日。

〔註39〕明珍：清華七《子犯子餘》初讀，簡帛論壇，http://www.bsm.org.cn/bbs/read.php?tid=3458&page=5，第四十二樓，2017 年 4 月 27 日。

〔註40〕張崇禮：清華七《子犯子餘》初讀，簡帛論壇，http://www.bsm.org.cn/bbs/read.php?tid=3458&page=5，第四十九樓，2017 年 4 月 30 日。

若嬲之不置」，呂向注：「置，止也。」《資治通鑑‧周紀五》「毋置之」胡三省注：「置，止也。」簡文「置」除理解為止外，還可以理解為「棄置」或「處置」。〔註41〕

【苦行僧】：簡1-2：「胡晉邦有禍，公子不能[之＋廾]焉，而走去之」，類似的話也見於簡3-4，只是簡文略有殘損。其中的「[之＋廾]」字，我們認為應釋為「置」。甲骨文中的「置」字或從「臼」從「之」，「[之＋廾]」從「廾」從「之」，兩者十分相似，只是一個從「臼」，一個從「廾」，而這種歷時的差異有時不具有區別性，可參「弇」字甲骨文與戰國文字形體的差異。該「置」字在這裡應訓為立。「公子不能置焉」，是說重耳不能被立為太子。「置」字的這種用法古書中常見，如：《呂氏春秋‧當務》：「紂之父，紂之母，欲置微子啟以為太子。太史據法而爭之曰：『有妻之子，而不可置妾之子。』紂故為後。」高誘注：「置，立也。」又《恃君》：「置君非以阿君也，置天子非以阿天子也，置官長非以阿官長也。」〔註42〕

【心包】：A字與《六德》簡31中B應該是一字異體，趙平安先生及網友「苦行僧」都將其與甲骨文中的「置」字聯繫，應該是可信的（趙文見：清華簡第七輯字詞補釋，載《出土文獻》10輯）。《六德》的文例為「仁類柔而速，義類B而絕（？斷？），仁柔而猛，義剛而簡……」，B《十四種》疑或可讀為「直」（《合集》同），此說可從，正可與A合觀。陳劍先生曾指出B的意義應該跟「剛」、「強」或「堅」一類詞接近（郭店簡《六德》用為「柔」之字考釋），從這一點看，也是很合適的（學者已經指出「柔自取束，剛自取柱」亦可類參）。A釋讀為「置」，讀本字即可，即文獻常見的「自置」之省，處也，這裡傾向於籠統的安身（參劉剛：從清華簡談《老子》的「萬物將自賓」，《文史》2014年4輯）。《文子‧上仁》「……柔而直，猛而仁」全句兩兩相對成文，「直」為「柔」的反面。「……直而不剛，故聖人體之」，「剛」與「直」是相類的屬性，以「直」來歸納「義」，應該是可以的。〔註43〕

〔註41〕趙平安：〈清華簡第七輯字詞補釋（五則）〉，出土文獻第十輯，2017年4月。

〔註42〕苦行僧：清華七《子犯子餘》初讀，簡帛論壇，http://www.bsm.org.cn/bbs/read.php?tid=3458&page=5，第四十八樓，2017年4月29日。

〔註43〕心包：清華七《子犯子餘》初讀，簡帛論壇，http://www.bsm.org.cn/bbs/read.php?tid=3458&page=8，第七十八樓，2017年6月12日。

A 　　B

【羅小虎】：「不能㞢（止）焉」，㞢（止），似可理解為停止、阻止。《商君書・開塞》：「刑不能去亂、姦而賞不能止過者，必亂。」《史記・樂書》：「始奏以文，止亂以武」4 樓劉偉浠先生已指出，似可從。〔註44〕

【子居】：此字從「又」從「寺」，當即「持」字，訓為守，《國語・越語下》：「夫國家之事，有持盈，有定傾，有節事。」韋昭注：「持，守也。」《呂氏春秋・慎大》：「勝非其難者也，持之其難者也。」高誘注：「持，猶守。」〔註45〕

【王寧】：从㞢从廾的字，當是从廾㞢聲，應該是「持」的或體，傳抄古文中「持」字寫法多是將㞢放在最上，手、寸（或攴）放在下面，此字二手形在下，會意當同。在《子犯子餘》中「持」當是把握、利用之意。傳抄古文的「楷」字作「枤」最早見於《集韻》，是杜從古根據《集韻》的隸古定轉換出的古文字形。此字疑是「枤」字，很可能是它在古書中被假借為「杙」或「式」，《廣韻》：「楷，式也」，其用為「楷」屬於「義同或義近」的借用，這在傳抄古文中是常見現象（參徐在國先生《傳抄古文字編・序言》）。〔註46〕

【伊諾】：以「」為「持」字，訓為「把握」可從，不必破讀為「待」或「恃」，亦非「丞」字。此句言晉邦有禍，而重耳不能把握時機（從中獲取因這場禍亂帶來的利益）。釋為「止」，明珍（42 樓）已說「此字從廾、從之，不從止，讀為『止』似乎不妥。之、止二字少有互通的例子。」至於讀為「寺」，上文趙平安先生文已論說清楚：「它和同篇出現的『寺』字在字形和用法上都有明顯的區別，不可能是同一個字」，此說可從。釋為「置」雖字形上說得通，但於語義不安，故以「持」字說為是。〔註47〕

〔註44〕羅小虎：清華七《子犯子餘》初讀，簡帛論壇，http://www.bsm.org.cn/bbs/read.php?tid=3458&page=9，第八十六樓，2017 年 7 月 1 日。

〔註45〕子居：〈清華簡柒《子犯子餘》韻讀〉，中國先秦史網站，2017 年 10 月 28 日。http://xianqin.22web.org/2017/10/28/405?i=1

〔註46〕王寧：清華七《子犯子餘》初讀，簡帛論壇，http://www.bsm.org.cn/bbs/read.php?tid=3458&page=12，第一百一十樓，2017 年 11 月 2 日。

〔註47〕伊諾：〈清華柒《子犯子餘》集釋〉復旦大學出土文獻與古文字研究中心網站，

【袁證】：此字當為「寺」之繁寫，從「xiaosong」先生意見讀「恃」，《莊子‧秋水》：「不恃其成」的「恃」與此處用法相同。[註48]

〔「屮」字諸家說法整理〕

一「止」	1 整理者	讀為同音的「止」。《詩‧玄鳥》「維民所止」，鄭玄箋：「止，猶居也。」
	2 劉偉浠	整理者讀「止」可从，但訓「居」語意似不通暢，疑可訓「停止」「阻止」。
	3 趙嘉仁	懷疑「止」，還應訓為阻止、制止之「止」。
	4 羅小虎	似可理解為停止、阻止。
二「恃」	1 xiaosong	似當讀為「恃」，字或是「寺」之異體。
	2 袁證	當為「寺」之繁寫，從「xiaosong」先生意見讀「恃」，《莊子‧秋水》：「不恃其成」的「恃」與此處用法相同。
三「待」	1 難言	可能讀作「待」，訓禦。
四「持」	1 明珍	當讀為「持」，掌握、把握之義。
	2 子居	此字從「又」從「寺」，當即「持」字，訓為守。
	3 王寧	應該是「持」的或體，傳抄古文中「持」字寫法多是將屮放在最上，手、寸（或支）放在下面，此字二手形在下，會意當同。在《子犯子餘》中「持」當是把握、利用之意。
	4 伊諾	為「持」字，訓為「把握」可从，不必破讀為「待」或「恃」，亦非「丞」字。
五「拯」	1 張崇禮	當為丞之形聲字，之表聲，簡文中讀為拯，救也。
六「置」	1 趙平安	1 我們認為它與甲骨文「置」應該是同一個字。置可以訓為止。 2 簡文「置」除理解為止外，還可以理解為「棄置」或「處置」。
	2 苦行僧	為應釋為「置」。該「置」字在這裡應訓為立。
	3 心包	「▨」字與《六德》簡 31 中「▨」應該是一字異體。趙平安先生及網友「苦行僧」都將其與甲骨文中「置」字聯繫，應該是可信的。

謹按：劉偉浠、羅小虎从整理者，讀為「止」，但訓為「停止、阻止」。

http://www.gwz.fudan.edu.cn/Web/Show/4210，2018 年 1 月 18 日。

〔註48〕袁證：《清華簡〈子犯子餘〉等三篇集釋及若干問題研究》（武漢：武漢大學碩士學位論文，2018 年。

xiaosong、袁證讀為「恃」、難言讀為「待」、明珍、子居、伊諾讀為「持」，三者皆从「寺」得聲。趙平安、苦行僧依甲骨文「帚」字从丮从之的寫法，隸定為「置」，訓為「止」或「立」。張崇禮則認為讀為「拯」，救也。

首先，「丞」字為署陵切或常證切，屬於「禪」母；「之」字為止而切，屬於「照」母。雖然兩字都屬於舌面音，聲音關係接近，但只因為兩字皆从「丮」即將【之＋丮】當為丞之形聲字尚不足證明。心包以《六德》的文例為「仁類柔而速，義類⿱而絕」來佐證簡文中的⿱字，蘇師建洲認為⿱字與《吳命》「缺簡字【亡＋壬）」比對，《六德》的「⿱」上部顯然與之同形，是可以隸定為【亡＋丮】，讀為「剛」。〔註49〕據此，A、B二字為不同字，不宜拿來互證。趙平安先生及苦行僧都將其與甲骨文中的「置」字聯繫，於字形上似乎可行，然而釋為「立」，此處主語為公子重耳，「公子不能异（置）女（焉）」則應指公子重耳不能立（某人）為太子，於語意上不合；若釋為「止」，文意僅只於「停止驪姬之亂」，然接續下句「母（毋）乃猷心是（寔）不跂（足）也虐（乎）」中「猷心」的企圖應該不僅只在於「停止驪姬之亂」而已，於文意上又不夠完整。

甲骨文中有的形體在用作表意偏旁時可以和另一形體相通，也即唐蘭先生所說的「凡義近的字在偏旁裡可以通轉」。如……又－収－臼－𦥑－𠬞。〔註50〕以「戒」字為例：

　　　　　戒（《合》3814）－戒（《合》20558）

金文亦同，例如：

　　　　　戒（叔尸鐘272）－戒（叔尸鐘274）

古文字「丮」、「又」做為表意偏旁常可互作，比如：
「淺」作淺（《上博六·用曰》20），又作淺、淺（《子產》01）。
「秉」字作作秉（《孔子詩論》05），又作秉（《靈王遂申》03）。〔註51〕

〔註49〕蘇師建洲：《楚文字論集》（台北：萬卷樓圖書股份有限公司，2011年），頁301。

〔註50〕劉釗：《古文字構形學》（福建：福建人民出版社，2011年），頁41、43。

〔註51〕蘇師建洲：〈《清華六》文字補釋〉，簡帛研究網，http://www.bsm.org.cn/show_article.php?id=2526，2016年4月20日。「秉」字見〈上博九《靈王遂申》釋讀與研究〉，

據此，「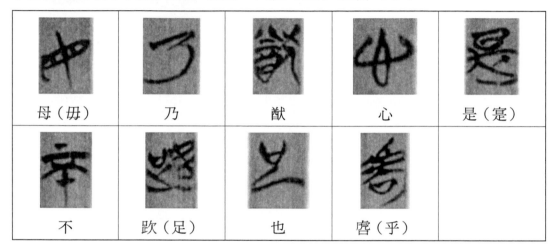（異）」減省一個「又」即為「寺」，在簡文中當讀為「持」，掌握、把握之義。此句當從明珍：言晉邦有禍，而重耳不能掌握時機從中得利。「持焉」即可呼應下文的「秉禍利身」之事。

簡　二

（七）母（毋）乃猷心是（寔）不跦（足）也虖（乎）

母（毋）	乃	猷	心	是（寔）
不	跦（足）	也	虖（乎）	

1. 猷

【整理者】：猷，圖謀，《爾雅·釋言》：「圖也。」《爾雅·釋詁》：「謀也。」西周晚期及春秋金文中「猷」與「心」有對稱，如大克鼎（《殷周金文集成》二八三六，中華書局，一九八四年）銘云：「恩逸厥心，宇靜于猷。」戎生鐘（《近出》二七）：「啟厥明心，廣經其猷。」（頁94）

【ee】：《子犯子餘》簡2：「毋乃猷（猶）心是（寔）不足也乎？」其中的「猶」應是助詞，還是的意思，可參簡10「猷（猶）叔是（寔）聞遺老之言」，「猶」也置於句前，二者句法位置和意義應一致。〔註52〕

【羅小虎】：猷心，即謀心，謀劃的思慮、心思。這幾句話的意思是秦穆公嘲諷子犯不是良庶子，不能輔佐重耳止禍，而只能出逃在外。之所以如此，「恐怕是因為你謀劃的思慮實在是不足吧」？〔註53〕

《出土文獻》第五輯。

〔註52〕ee：清華七《子犯子餘》初讀，簡帛論壇，http://www.bsm.org.cn/bbs/read.php?tid=3458&page=2，第十五樓，2017 年 4 月 24 日。

〔註53〕羅小虎：清華七《子犯子餘》初讀，簡帛論壇，http://www.bsm.org.cn/bbs/read.php?

【子居】：整理者所言不確，《子犯子餘》並非西周或春秋作品，因此整理者引彼時銘文「猷」的用法來注《子犯子餘》的「猷」字是不成立的。網友 ee 已指出「……」所說是，戰國末期「猷」字基本都是用為「猶」，此處當也讀為「猶」，「猶心是不足」就是說還是沒有足夠用心，指晉亂時沒有盡力去維護自身權益。〔註54〕

【伊諾】：整理者釋猷為圖謀，可從，猷心即謀心。「毋乃猷心是不足也乎」言重耳恐怕是圖謀之心不足吧。暮四郎（2樓）、羅小虎（86樓）將「是」讀為「寔」，亦可從。可與《大學》：「人之有技，媢疾以惡之，人之彥聖，而違之俾不通，寔不能容。」參看。本篇簡10：「猶叔是聞遺老之言」之「是」，亦可讀為「寔」。〔註55〕

〔「猷」字諸家說法整理〕

一 「猷」	1 整理者	圖謀。
	2 羅小虎	猷心，即謀心，謀劃的思慮、心思。
二 「猶」	1 ee	應是助詞，還是的意思。
	2 子居	戰國末期「猷」字基本都是用為「猶」，此處當也讀為「猶」，「猶心是不足」就是說還是沒有足夠用心，指晉亂時沒有盡力去維護自身權益。

謹按：若如 ee 所謂「猶」為助詞，還是的意思，則與「是（寔）」意重複，不妥。此處從整理者將「猷心」釋為圖謀之心較為妥當。

2. 是（寔）

【暮四郎】：簡2，相關釋文當讀為：「毋乃猷心是（寔）不足也乎？」〔註56〕

【ee】：《子犯子餘》簡2的「毋乃猶心是（寔）不足也乎？」對應簡3的

---

tid=3458&page=11，第一百零一樓，2017年8月7日。

〔註54〕 子居：〈清華簡柒《子犯子餘》韻讀〉，中國先秦史網站，2017 年 10 月 28 日。http://xianqin.22web.org/2017/10/28/405?i=1

〔註55〕 伊諾：〈清華柒《子犯子餘》集釋〉復旦大學出土文獻與古文字研究中心網站，http://www.gwz.fudan.edu.cn/Web/Show/4210，2018 年 1 月 18 日。

〔註56〕 暮四郎：清華七《子犯子餘》初讀，簡帛論壇，http://www.bsm.org.cn/bbs/read.php?tid=3458，第二樓，2017 年 4 月 23 日。

「主如曰疾利焉不足。」〔註57〕

【羅小虎】：是，或可讀為「寔」。《大學》：「人之有技，媢疾以惡之，人之彥聖，而違之俾不通，寔不能容。」簡10：「猶叔是聞遺老之言」，此處「是」，亦可讀為「寔」。2樓暮四郎先生已指出，可從。〔註58〕

謹按：「是」本可通假為「寔」，如《正亂》：「吾將遂是（寔）其逆而僇（戮）其身」〔註59〕。將簡文釋讀為「毋乃猷心是（寔）不足也乎？」前句有「不能……」，後句接「恐怕實在是＋原因」的連接，可見秦穆公的疑問，或稍有諷刺意味。故以上將簡文釋讀為「毋乃猷心是（寔）不足也乎？」確可從。

（八）虗（吾）宔（主）好定而敬訐（信）

虗（吾）	宔（主）	好	定	而
敬	訐（信）			

1. 定

【整理者】：定，《說文》：「安也。」此處指定身、安身。《左傳》文公五年：「犯而聚怨，不可以定身。」（頁94）

【趙嘉仁】：「好定」並非指「定身」、「安神」，「好定」應讀為「好正」。「定」字從「正」得聲，「定」自然可以讀「正」。「好正」的「好」表示的是

〔註57〕ee：清華七《子犯子餘》初讀，簡帛論壇，http://www.bsm.org.cn/bbs/read.php?tid=3458&page=2，第十一樓，2017年4月24日。

〔註58〕羅小虎：清華七《子犯子餘》初讀，簡帛論壇，http://www.bsm.org.cn/bbs/read.php?tid=3458&page=9，第八十七樓，2017年7月1日。

〔註59〕詳見白於藍：《戰國秦漢簡博古書通假字彙纂》（福建：海峽出版發行集團福建人民出版社，2012年5月），頁281。

物性的一種趨向，「正」就是「正直」、「質直」的「正」。《管子・水地》說：「宋之水，清淨而清，故其民閑易而好正。」《呂氏春秋・期賢》謂：「于是國人皆喜，相與誦之曰：『吾君好正，段干木之敬；吾君好忠，段干木之隆。』」作為兩種品性，「正直」和「忠信」密切相關，只有「正直」，才能「忠信」，所以典籍中兩者往往並提。《潛夫論・忠貴》說：「然衰國危君繼踵不絕者，豈世無忠信正直之士哉？誠苦忠信正直之道不得行爾。」《漢書》卷九八《元后傳》：「於是章奏封事，荐中山孝王舅琅邪太守馮野王『先帝時歷二卿，忠信質直，知謀有餘。』」上引《呂氏春秋》之例也是「好正」緊接著「敬」，可以充分說明「正」與「忠信」的關係。〔註60〕

【子居】：「定」當讀為「正」。「好正」在傳世文獻中始見於戰國末期，「敬信」於先秦傳世文獻更是只見於《韓非子・飾邪》：「賞罰敬信，民雖寡，強。」因此《子犯子餘》稱「好正而敬信」，同樣說明其最可能成文於戰國末期。〔註61〕

【伊諾】：趙說可從。〔註62〕

【袁證】：此句乃子犯對秦穆公的回應，目的是要打消其疑慮，故「定」若訓安，恐不合語境。當依諸位學者意見改讀「正」。〔註63〕

〔「定」字諸家說法整理〕

一 「安」	1 整理者	定，《說文》：「安也。」此處指定身、安身。
二 「正」	1 趙嘉仁	「定」字從「正」得聲，「定」自然可以讀「正」。「好正」的「好」表示的是物性的一種趨向，「正」就是「正直」、「質直」的「正」。

〔註60〕趙嘉仁：〈清華簡（七）散札（草稿）〉，復旦大學出土文獻與古文字研究中心網站論壇，http://www.gwz.fudan.edu.cn/forum/forum.php?mod=viewthread&tid=7968，2017 年 4 月 24 日。

〔註61〕子居：〈清華簡柒《子犯子餘》韻讀〉，中國先秦史網站，2017 年 10 月 28 日。http://xianqin.22web.org/2017/10/28/405?i=1

〔註62〕伊諾：〈清華柒《子犯子餘》集釋〉復旦大學出土文獻與古文字研究中心網站，http://www.gwz.fudan.edu.cn/Web/Show/4210，2018 年 1 月 18 日。

〔註63〕袁證：《清華簡〈子犯子餘〉等三篇集釋及若干問題研究》（武漢：武漢大學碩士學位論文，2018 年）

2 子居	「定」當讀為「正」。「好正」在傳世文獻中始見於戰國末期。
3 伊諾	趙說可從。
4 袁證	此句乃子犯對秦穆公的回應，目的是要打消其疑慮，故「定」若訓安，恐不合語境。當依諸位學者意見改讀「正」。

2. 敬信

【整理者】：敬信，慎重而守信。《韓非子‧飾邪》：「賞罰敬信。」好定指品性，敬信指行為。《國語‧晉語二》：「定身以行事謂之信。」（頁94）

【厚予】：「好定」當讀為「好正」，正、定通假古書習見，「好正」亦習見。〔註64〕

謹按：整理者將「定」釋為「定身、安身」；「敬信」釋為「慎重而守信」。然「好定而敬信」應看為並列關係：「好定」對「敬信」，其中「好、敬」皆為動詞，「定、信」皆為良好品行。《說文》：「定，安也。从宀，从正。」依《帛甲老子‧道經》：「不辱以情（靜），天地將自正（定）。」〔註65〕見「正」、「定」可通假。依厚予將「好定」讀為「好正」，用法同於《呂氏春秋‧期賢》：「於是君請相之，段干木不肯受。則君乃致祿百萬，而時往館之。於是國人皆喜，相與誦之曰：『吾君好正，段干木之敬；吾君好忠，段干木之隆。』」、《列女傳‧仁智‧晉羊叔姬》：「羊舌子好正，不容於晉，去而之三室之邑。三室之邑人相與攘羊而遺之，羊舌子不受。」以上二處「正」，皆可視為廉正，廉潔。據此，「好定」則可解釋為愛好廉正，並可以呼應下文「不秉禍利」。

「敬」則可參照《禮記‧祭統》：「身致其誠信，誠信之謂盡，盡之謂敬，敬盡然後可以事神明，此祭之道也。」中用法。「敬信」即指「盡誠信」。據此，「好定而敬信」在此以重耳的美好品行為愛好廉正並且敬盡誠信，為子犯駁斥秦穆公詰問的開端。

〔註64〕厚予：清華七《子犯子餘》初讀，簡帛論壇，http://www.bsm.org.cn/bbs/read.php?tid=3458&page=2，第十八樓，2017年4月24日。

〔註65〕白於藍：《戰國秦漢簡帛古書通假字彙纂》（福建：海峽出版發行集團福建人民出版社，2012年5月），頁756。

（九）不秉褍（禍）利身

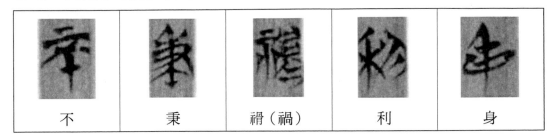

| 不 | 秉 | 褍（禍） | 利 | 身 |

1. 秉

【整理者】：秉，《逸周書・謚法》：「順也。」《國語・晉語二》「吾秉君以殺大子」，王引之《經義述聞》：「吾順君之意以殺大子。」（頁94）

2. 身

【整理者】：身，自身。（頁94）

【趙嘉仁】：「不秉禍利」的「秉」注釋訓為「順」，非是。「秉」應用為「稟」。典籍中「秉」、「稟」相通很常見。「稟」謂「領」、「承受」也。「禍利」意為因禍而生之利，這裡的禍具體即指晉國驪姬之亂。「不秉（稟）禍利」是說公子重耳不承受因晉國之亂帶來的好處。也就是不藉禍占便宜的意思。〔註66〕

【紫竹道人】：簡2子犯言「吾主」「不秉禍利，身不忍人，故走去之……」，此為整理者斷句。但「秉禍利」似不辭，「不忍人」前加「身」亦無必要，因為此句主語本即「吾主」。按此句當斷作「不秉禍利身，不忍人」。「秉禍」與「利身」結構相同，「利身」與「忍人」相對。大意是說吾主既不願順禍利己，又不願殘忍於人，所以去國。〔註67〕

【劉釗】：其中「不秉禍利」的「秉」字原注釋訓為「順」，引《逸周書・謚法》「秉，順也。」《國語・晉語》「吾秉君以殺大子」王引之《經義述聞》訓為「吾順君之意以殺大子。」為說。按此說甚可疑。「不秉禍利」的「秉」就應該訓為秉持之「秉」，如果從所秉之事來自天之所賜出發，還可以將「秉」

〔註66〕趙嘉仁：〈清華簡（七）散札（草稿）〉，復旦大學出土文獻與古文字研究中心網站，http://www.gwz.fudan.edu.cn/forum/forum.php?mod=viewthread&tid=7968，2017 年 4 月 24 日。

〔註67〕紫竹道人：清華七《子犯子餘》初讀，簡帛論壇，http://www.bsm.org.cn/bbs/read.php?tid=3458&page=3，第二十四樓，2017 年 4 月 24 日。

讀為「稟」，義為「承受」。「不秉禍利」中的「禍利」不是並列關係，「禍」是修飾「利」的，「不秉禍利」就是「不持有或不承受因禍帶來的利益」的意思。鄔可晶先生認為「不秉禍利，身不忍人」中的「身」字應屬上讀，作「不秉禍利身，不忍人。」視「秉禍」和「利身」為兩個動賓結構。但是如此斷讀，一是「秉禍」的說法不見於典籍，文義也不好講，而「秉利」的說法則見於典籍和出土文獻。《國語‧吳語》載越王勾踐的話說：「夫諺曰：『狐埋之而狐搰之，是以無成功。』今天王既封植越國，以明聞於天下，而又刈亡之，是天王之無成勞也。雖四方之諸侯，則何實以事吳？敢使下臣盡辭，唯天王<u>秉利</u>度義焉！」《清華七‧越公其事》第十一章說：「吳王乃懼，行成，曰：「昔不穀先<u>秉利</u>於越，越公告孤請成，男女〔服〕……」二是上引簡文最後的「故弗秉」的「秉」與前文的「不秉禍利」是相呼應的，否定詞「不」只對應「秉」，如果按照「不秉禍利身」斷讀，則「利」字就沒有著落了。故筆者認為還是讀為「不秉禍利，身不忍人」更為穩妥。「身不忍人」其實也並非不通，《孟子‧盡心下》：「曾皙嗜羊棗，而曾子不忍食羊棗。公孫丑問曰：『膾炙與羊棗孰美？』」趙注：「羊棗，棗名也。曾子以父嗜羊棗，父沒之後，唯念其親不復食羊棗，故身不忍食也。」趙注文中的「身不忍食」與簡文的「身不忍人」句式近似，可以對比。〔註68〕

【易泉】：下文說到「走去之」，那麼禍、利都未曾沾身。這裡「不秉禍利身」之「秉」疑是「及」之誤。楚簡「及」寫法有接近「秉」的例子，如郭店《唐虞之道》24號簡、《語叢二》19號簡的「及」字，寫法即頗近似「秉」。「秉〈及〉禍」見於《史記‧項羽本紀》：「公徐行即免死，疾行則及禍。」〔註69〕

【羅小虎】：秉，秉持。《國語》：「唯天王秉利度義焉。」「不秉禍利」，意思是說不會秉持由禍患帶來的好處。趙嘉仁先生《讀〈清華簡七〉散札》已經指出，可從。〔註70〕

〔註68〕劉釗：〈利用清華簡（柒）校正古書一則〉復旦大學出土文獻與古文字研究中心網站論文 http://www.fudan.edu.cn/Web/Show/3018，2017年5月1日。

〔註69〕易泉：清華七《子犯子餘》初讀，簡帛論壇，http://www.bsm.org.cn/bbs/read.php?tid=3458&page=7，第六十八樓，2017年5月6日。

〔註70〕羅小虎：清華七《子犯子餘》初讀，簡帛論壇，http://www.bsm.org.cn/bbs/read.php?

【子居】：網友紫竹道人已指出此處「利身」當連讀，所說是。此段以信、身、人、天押真部韻。「利身」之說始見於戰國末期，如《管子・任法》、《戰國策・趙策二》、《呂氏春秋・先己》等篇皆有。〔註71〕

【袁證】：當從「紫竹道人」先生意見斷作「不秉禍利身，不忍人」。此句是子犯對穆公「胡晉邦有禍，公子不能恃焉」的回應。〔註72〕

〔「不秉禍利身不忍人」斷句諸家說法整理〕

	1 整理者	
一「不秉禍（禍）利，身不忍人」	2 趙嘉仁	「禍利」意為因禍而生之利，這裡的禍具體即指晉國驪姬之亂。「不秉（稟）禍利」是說公子重耳不承受因晉國之亂帶來的好處。也就是不藉禍占便宜的意思。
	3 劉釗	否定詞「不」只對應「秉」，如果按照「不秉禍利身」斷讀，則「利」字就沒有著落了。故筆者認為還是讀為「不秉禍利，身不忍人」更為穩妥。
	4 羅小虎	將「身不忍人」連讀可從。
	5 伊諾	將「身不忍人」連讀可從。「身不忍人」就是「身不殘忍」的意思。
二「不秉禍（禍）利身，不忍人」	1 紫竹道人	「秉禍利」似不辭，「不忍人」前加「身」亦無必要，因為此句主語本即「吾主」。按此句當斷作「不秉禍利身，不忍人」。
	2 子居	此段以信、身、人、天押真部韻。「利身」之說始見於戰國末期。
	3 袁證	當從「紫竹道人」先生意見斷作「不秉禍利身，不忍人」。

謹按：此處「不秉禍利」的「秉」字，易泉疑是「及」之誤，易泉所舉楚簡「及」寫法有接近「秉」的例子，例如：「及」在郭店竹簡中簡文作🔲（郭・唐・15）。整理者釋為「秉」，認為乃「及」字之誤寫。李零先生謂非「秉」

tid=3458&page=9，第八十八樓，2017 年月 1 日。

〔註71〕子居：〈清華簡柒《子犯子餘》韻讀〉，中國先秦史網站，http://www.xianqin.tk/2017/10/28/405，2017 年 10 月 28 日。

〔註72〕袁證：《清華簡〈子犯子餘〉等三篇集釋及若干問題研究》（武漢：武漢大學碩士學位論文，2018 年）

字，而是「及」字的古文，正史石經、《汗簡》、《古文四聲韻》中可見。李家浩先生則認為此字上部跟「秉」字有別。「秉」字的上部是「禾」字頭。原釋文將其釋為「秉」，顯然是錯誤的。其實這個字是古文「及」字，《正使石經》和《古老子》等古文「及」與此寫法相似可證。《語叢二》一九號簡有一個被釋為返的字，此字是《說文》古文「及」第三體。上錄《唐虞之道》古文「及」，及此古文「及」的偏旁。這也可證明那個字是古文「及」，而不是「秉」。〔註73〕簡文中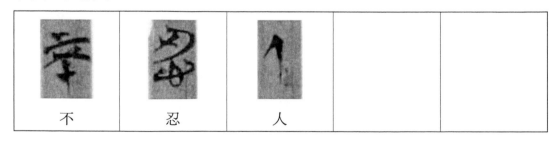字，很明確為上從手持禾的「秉」字，非從手觸擊人的「及」字。

解釋部分，整理者訓為「順」，趙嘉仁（劉釗）、羅小虎皆釋為「承受、領受」之「秉」或「稟」，紫竹道人（鄔可晶）將「身」上讀，即「順禍利己」之意。若依趙嘉仁（劉釗）所謂「秉禍利」目前在文獻中尚未找到相同用法。

此處應從紫竹道人（鄔可晶）認為「不秉禍利，身不忍人」中的「身」字屬上讀，作「不秉禍利身，不忍人」，視「秉禍」和「利身」為兩個動賓結構。《管子·勢篇》：「故不犯天時，不亂民功。秉時養人。先德後刑。」其中「秉時養人」的句型結構即同於「秉禍利身」。「不秉禍利身」亦可回應「公子不能弁（持）女（焉），而走去之」的「不能弁（持）女（焉）」，《晏子春秋》：「且嬰聞君子之事君也，進不失忠，退不失行。不苟合以隱忠，可謂不失忠；不持利以傷廉，可謂不失行。」中「退不失行」的「退」可對應簡文「去走之」；「不持利以傷廉」也能對應簡文「不秉褅（禍）利身」，因為虘（吾）宝（主）「好定」尚好廉正，當然「不秉禍利身以傷廉」。故，此處「秉」字從整理者之意，釋為「順」。斷句則從紫竹道人作「不秉禍利身，不忍人」。

（十）不忍人

不	忍	人		

〔註73〕李家浩：〈讀《郭店楚墓竹簡》瑣議〉，姜廣輝主編《中國哲學》第二十輯（郭店楚簡研究）第348、349頁，瀋陽：遼寧教育出版社，1999年1月第1版。

1. 不忍人

【整理者】：不忍人，《國語・晉語一》「而大志重，又不忍人」，韋昭注：「不忍施惡於人。」（頁94）

【趙嘉仁】：「身不忍人」注釋引韋昭注：「不忍施惡於人。」不妥。韋昭注是隨文施注，並不貼切。且很顯然韋注是把「忍」訓為「忍心」之「忍」了。這裡的「忍人」的「忍」就是殘忍的「忍」。「身不忍人」就是「身不殘忍」的意思。〔註74〕

【子居】：「不忍人」不止是指「不忍施惡於人」，實際上還包括不忍見人受傷害，用現在的話說就是富有同情心。《左傳・僖公五年》：「公使寺人披伐蒲，重耳曰：『君父之命不校。』乃徇曰：『校者，吾讎也。』踰垣而走。披斬其袪，遂出奔翟。」《左傳・僖公二十三年》：「晉公子重耳之之於難也，晉人伐諸蒲城，蒲城人欲戰，重耳不可，曰：『保君父之命，而享其生祿，於是乎得人，有人而校，罪莫大焉，吾其奔也。』遂奔狄，從者狐偃，趙衰，顛頡，魏武子，司空季子。」對比《史記・晉世家》：「使人伐屈，屈城守，不可下。」可見，重耳雖然名義上是說「君父之命不校」，但去蒲不守實則還使蒲人免於戰火，因此《子犯子余》說重耳「不秉禍利身，不忍人」確有所據。〔註75〕

伊諾：將「身不忍人」連讀可從。但整理者引韋昭注解釋為「不忍施惡於人。」不妥。韋昭注是隨文施注，並不貼切。且很顯然韋注是把「忍」訓為「忍心」之「忍」了。這裡的「忍人」的「忍」就是殘忍的「忍」。「身不忍人」就是「身不殘忍」的意思。故子居（2017）所謂「『不忍人』不止是指『不忍施惡於人』，實際上還包括不忍見人受傷害」之說亦不確。〔註76〕

袁證：「忍人」「不忍人」在傳世文獻中并不鮮見，如《韓非子・內儲說

〔註74〕趙嘉仁：〈清華簡（七）散札（草稿）〉，復旦大學出土文獻與古文字研究中心網站，http://www.gwz.fudan.edu.cn/forum/forum.php?mod=viewthread&tid=7968，2017年4月24日。

〔註75〕子居：〈清華簡柒《子犯子餘》韻讀〉，中國先秦史網站，http://www.xianqin.tk/2017/10/28/405，2017年10月28日。

〔註76〕伊諾：〈清華柒《子犯子餘》集釋〉復旦大學出土文獻與古文字研究中心網站，http://www.gwz.fudan.edu.cn/Web/Show/4210，2018年1月18日。

上》：「王太仁，太不忍人」，《史記‧越王句踐世家》：「伍員貌忠而實忍人」
等，「忍人」皆訓為「對人殘忍」。至於「子居」先生所言「不忍見人受傷害」
之意，傳世文獻中也有文例，如《孟子‧公孫丑上》：「先王有不忍人之心，
斯有不忍人之政矣。」但「吾主好定而敬信，不秉禍利身」都與重耳對自身
的要求有關，若「不忍人」理解為「不忍見人受傷害」，則是重耳對他人的態
度，似乎在語境上不甚相符。〔註77〕

　　謹按：此處依紫竹道人：「不忍人」前加「身」亦無必要，因為此句主語本
即「吾主」。按此句當斷作「不秉禍利身，不忍人」。「秉禍」與「利身」結構相
同，「利身」與「忍人」相對。故「不忍人」可依整理者。

簡　三

（十一）以即（節）中於天

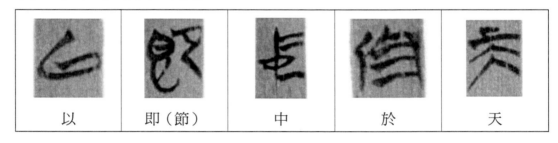

| 以 | 即（節） | 中 | 於 | 天 |

1. 即（節）中

　　【整理者】：即，讀為「節」。《禮記‧樂記》「好惡無節於內」，鄭玄注：
「節，法度也。」節中，即折中。《楚辭‧離騷》「依前聖以節中兮」，《楚辭‧
惜誦》「令五帝以折中兮」，朱熹《集注》：「折中，謂事理有不同者，執其兩
端而折其中，若《史記》所謂『六藝折中於夫子』是也。」（頁94）

　　【趙嘉仁】：「以即（節）中於天」的「即」注釋讀為「節」，謂「節中」
即「折中」恐也有問題。「即」不煩改讀，就是「靠近」的意思。「節中」好
理解，可為何要向天「節中」呢？我們認為還存在另一種解釋的可能，即「中」
應讀為「衷」。「衷」，善也，福佑也。《書‧湯誥》：「惟皇上帝，降衷于下民。」
孔傳：「衷，善也。」《國語‧吳語》：「今天降衷於吳，齊師受服。」又《國

〔註77〕袁證：《清華簡〈子犯子餘〉等三篇集釋及若干問題研究》（武漢：武漢大學碩士
　　　　　　學位論文，2018年）

語‧吳語》：「天舍其衷，楚師敗績，王去其國，遂至于郢。」又《國語‧吳語》：「楚申包胥使于越，越王句踐問焉，曰：『吳國為不道，求殘我社稷宗廟，以為平原，弗使血食。吾欲與之徼天之衷，唯是車馬、兵甲、卒伍既具，無以行之。』」可見天可「降衷」、「舍衷」，人還可以向天「徼衷」。因此「即衷於天」就是「向。靠近善」的意思。「靠近善」，與前邊所說公子重耳的「正直忠信」、「不忍人」等品性正相呼應。〔註78〕

【馬楠】：「即」當讀如字，不必破讀為「節」，訓為就。〔註79〕

【子居】：整理者所說，實際上並不能合理解釋後面的「於天」二字。馬楠即指出：「『即』當讀如字，不必破讀為「節」，訓為『就』。」趙嘉仁《讀清華簡（七）散札》又指出「中」當讀為「衷」，所說皆是。《左傳‧僖公二十八年》：「今天誘其衷，使皆降心以相從也。」《左傳‧成公十三年》：「天誘其衷，成王隕命。」《左傳‧襄公二十五年》：「天誘其衷，啟敝邑之心。」《左傳‧定公四年》：「天誘其衷，致罰於楚。」《左傳‧哀公十六年》：「天誘其衷，獲嗣守封焉。」等等皆是其例。「衷」雖然在很多舊注中皆說就是「中」，但由上舉諸例及《國語‧周語上》：「考中度衷以蒞之，昭明物則以訓之。」可見，二者顯然有別，「衷」在多數情況下都是指內心，《子犯子余》此處也當訓為內心。〔註80〕

【羅小虎】：「即」可釋讀為「冀」，希冀、希望、冀幸。即，精母質部；冀，精母脂部。脂質對轉，二字音近可通。「中」，在古代有「適合、適應、對應」之義。如《論語‧微子》：「言中倫，行中慮。」「中於天」，其意與「合諸天道」，「順天之道」等意思相近。《禮記‧祭義》：「是故君子合諸天道，春禘秋嘗。」《呂氏春秋‧孟秋紀‧懷寵》：「以除民之讎而順天之道也。」《論衡‧辯祟篇》：

〔註78〕趙嘉仁：〈清華簡（七）散札（草稿）〉，復旦大學出土文獻與古文字研究中心網站，http://www.gwz.fudan.edu.cn/forum/forum.php?mod=viewthread&tid=7968，2017 年 4 月 24 日。

〔註79〕石小力整理：〈清華七整理報告補正〉，清華大學出土文獻讀書會，http://www.ctwx.tsinghua.edu.cn/publish/cetrp/6831/2017/20170423065227407873210/20170423065227407873210_.html，2017 年 4 月 23 日。

〔註80〕子居：〈清華簡柒《子犯子餘》韻讀〉，中國先秦史網站，http://www.xianqin.tk/2017/10/28/405，2017 年 10 月 28 日。

「道德仁義，天之道也。」晉文公不秉禍利身，不忍人，正是有仁義的表現。所以離開晉國，從而希望能夠順應、合乎天道。〔註81〕

【伊諾】：羅小虎將「即」讀為「希冀、希望」，破讀稍遠。我們從馬楠、趙嘉仁之說。〔註82〕

〔「即」字諸家說法整理〕

一 「節」	1 整理者	即，讀為「節」。節中，即折中。
二 「即」	1 趙嘉仁	「即」不煩改讀，就是「靠近」的意思。「中」應讀為「衷」。「衷」，善也，福佑也。
	2 馬楠	訓為就。
	3 子居	馬說、趙說皆是。
	4 伊諾	從馬楠、趙嘉仁之說。
三 「冀」	1 羅小虎	「即」可釋讀為「冀」，希冀、希望、冀幸。即，精母質部；冀，精母脂部。脂質對轉，二字音近可通。

謹按：以，可釋為「使、令」。如《書‧君奭》：「我不以後人迷。」《戰國策‧秦策一》：「向欲以齊事王攻宋也。」高誘注：「以，猶使也。」

「即」，從整理者讀為「節」。但應釋為人的志氣、操守、節操、氣節，例如《左傳‧成公十五年》：「聖達節，次守節，下失節。」《楚辭‧離騷》：「汝何博謇而好脩兮，紛獨有此姱節。」《說苑‧立節》：「夫士之所恥者，天下舉忠而士不與焉，舉信而士不與焉，舉廉而士不與焉；三者在乎身，名傳於後世，與日月並而不息，雖無道之世不能污焉。」《說苑‧立節》中可見「節」包含「忠、信、廉」，正可呼應簡文中「虛（吾）宝（主）好定而敬訏（信）」的「定、訏」。

「中」可釋「符合」，如《管子‧四時》：「不中者死，失理者亡。」伊之章注：「中猶合也。不合三政者則死。」「天」即天道。猶《孔子家語‧哀公問政》：「誠者、天之道也；誠之者、人之道也。」「中於天」句型同於《後漢書‧梁統列傳》：「夫宰相運動樞極，感會天人，中於道則易以興政，乖於務則難乎御物。」的「中於道」。據此，「以即（節）中於天」即「使其節操符

〔註81〕羅小虎：清華七《子犯子餘》初讀，簡帛論壇，http://www.bsm.org.cn/bbs/read.php?tid=3458&page=3，第一百零九樓，2017年11月07日。

〔註82〕伊諾：〈清華柒《子犯子餘》集釋〉復旦大學出土文獻與古文字研究中心網站，http://www.gwz.fudan.edu.cn/Web/Show/4210，2018年1月18日。

合天道」。

（十二）宔（主）女（如）曰疾利女（焉）不跊（足）

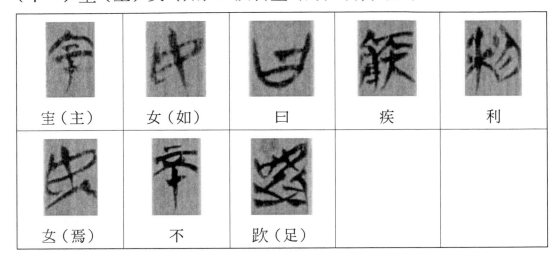

宔（主）	女（如）	曰	疾	利
女（焉）	不	跊（足）		

1. 疾利女（焉）不跊（足）

【整理者】：疾，《左傳》昭公九年「辰在子卯，謂之疾日」，杜預注：「疾，惡也。」焉，《墨子・非攻下》「焉率天下之百姓」，孫詒讓《閒詁》：「戴云『焉猶乃也』。」「疾利焉不足」與上文「不秉禍利」呼應。（頁95）

【馬楠】：「疾利焉不足」，「疾」當訓為「急」。〔註83〕

【石小力】：「疾」，整理者訓為「惡」，認為「疾利焉不足」與上文「不秉禍利」呼應。今按，與上文「不秉禍利」呼應的應該是「誠我主故弗秉」，「弗秉」後省略了賓語「禍」。「疾利焉不足」中的「疾」字，當訓為「急」或「速」，急利，以利為急，即眼中只有利益。如《韓非子・難四》：「千金之家，其子不仁，人之急利甚也。」本句話是子犯回應秦穆公的，大意是您如果認為我的主君對於禍利的追求不夠急切，確實我的主君沒有秉持禍亂所帶來的好處。〔註84〕

【lht】：「疾利」之疾不是惡的意思，而是「力」的意思。《漢語大詞典》收有很多「疾」＋動詞的詞，很多都有相當致力於做某事，或勤奮做某事的意

〔註83〕石小力整理：〈清華七整理報告補正〉，清華大學出土文獻讀書會，http://www.ctwx. tsinghua.edu.cn/publish/cetrp/6831/2017/20170423065227407873210/20170423065227 407873210_.html，2017 年 4 月 23 日。

〔註84〕石小力整理：〈清華七整理報告補正〉，清華大學出土文獻讀書會，http://www.ctwx. tsinghua.edu.cn/publish/cetrp/6831/2017/20170423065227407873210/20170423065227 407873210_.html，2017 年 4 月 23 日。

思。〔註85〕

【羅小虎】：這句話應點斷為：主如曰疾利，焉不足？誠我主故弗秉。主，指秦穆公而言。疾，亟、盡力。《楚辭‧九章‧惜誦》：「疾親君而無它兮，有招禍之道也。」朱熹注：「疾，猶力也。」《呂氏春秋‧尊師》：「凡學，必務進業，心則無營，疾諷誦，謹司聞。」高誘注：「疾，力。」簡文中的「疾利」，即「盡力於利」，指下很大的功夫追求利益。「焉不足」的主語是「猶心」，因為前面穆公問的是「無乃猷心是不足也乎？」誠，確實。古訓「故」，可從，故意。〔註86〕

【子居】：整理者所說不確，網友 lht 指出：「『疾利』之疾不是惡的意思，而是『力』的意思。《漢語大詞典》收有很多『疾』＋動詞的詞，很多都有相當致力於做某事，或勤奮做某事的意思。」所說是。「疾」當訓為盡力、努力，《呂氏春秋‧尊師》：「疾諷誦，謹司聞。」高誘注：「疾，力也。」「焉」相當於「之」，「疾利焉不足」就是沒有盡力於利益。前文寫秦穆公問「猷心是不足也乎」，此處子犯的回答就是一種形式上的認同。〔註87〕

【伊諾】：（子居）此說可從。〔註88〕

袁證：「疾」當依「lht」先生意見訓為力。「焉」可訓為於，《孟子‧盡心上》：「人莫大焉亡親戚君臣上下。」〔註89〕

〔「疾」字諸家說法整理〕

一 「惡」	1 整理者	疾，《左傳》昭公九年「辰在子卯，謂之疾日」，杜預注：「疾，惡也。」

〔註85〕lht：清華七《子犯子餘》初讀，簡帛論壇，http://www.bsm.org.cn/bbs/read.php?tid=3458&page=4，第三十四樓，2017 年 4 月 27 日。

〔註86〕羅小虎：清華七《子犯子餘》初讀，簡帛論壇，http://www.bsm.org.cn/bbs/read.php?tid=3458&page=11，第一百零三樓，2017 年 8 月 30 日。

〔註87〕子居：〈清華簡柒《子犯子餘》韻讀〉，中國先秦史網站，http://www.xianqin.tk/2017/10/28/405，2017 年 10 月 28 日。

〔註88〕伊諾：〈清華柒《子犯子餘》集釋〉復旦大學出土文獻與古文字研究中心網站，http://www.gwz.fudan.edu.cn/Web/Show/4210，2018 年 1 月 18 日。

〔註89〕袁證：《清華簡〈子犯子餘〉等三篇集釋及若干問題研究》（武漢：武漢大學碩士學位論文，2018 年

二「急」	1 馬楠	「疾」當訓為「急」。
	2 石小力	「疾利焉不足」中的「疾」字，當訓為「急」或「速」，急利，以利為急，即眼中只有利益。
三「力」	1 lht	「疾利」之疾不是惡的意思，而是「力」的意思。
	2 羅小虎	疾，亟、盡力。簡文中的「疾利」，即「盡力於利」，指下很大的功夫追求利益。
	3 子居	「疾」當訓為盡力、努力。
	4 伊諾	子居之說可從。

　　謹按：「疾」，整理者訓為「惡」，認為「疾利焉不足」與上文「不秉禍利身」呼應。羅小虎將此句點斷為「主如曰疾利，焉不足？誠我主故弗秉。」不確。前穆公已問「公子不能弄（持）女（焉），而走去之（七），母（毋）乃猷心是不跂（足）也虐（乎）？」若斷句為「主如曰疾利」則已與穆公所問「不能弄（持）女（焉）」相牴觸。lht、羅小虎、子居皆將「疾」訓為「力」，如此則「疾」後應加動詞。故此處應從馬楠先生、石小力先生之說，訓為「急」。「疾利」即「急利」，以利為急。「疾利焉不足」則對應穆公認為重耳「猷心不足」的詰問句。

（十三）誠我宔（主）古（故）弗秉

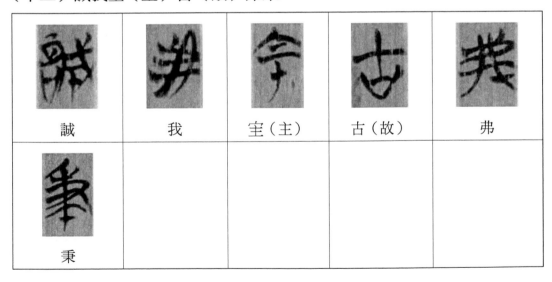

誠	我	宔（主）	古（故）	弗

秉

1. 弗秉

　　【整理者】：弗秉，即上文「不秉禍利」的略語。（頁95）

　　【馬楠】：雖然「秉」下有斷讀符號，但「省（少）公」不辭，「省（少）」似當上屬為句。《論語義疏》引顏延之有「秉小居薄」之語。「秉小」與「秉禍」

文義相類，猶《國語》所謂「以喪得國」。省也可以破讀為從小、少、肖得聲的表示負面意義的名詞，如「痟」等。句謂主（秦穆公）若謂我主（重耳）趨利不速，誠如所言，我主固不秉禍。〔註90〕

【鄭邦宏】：「誠我主古弗」之「古」，當讀為「固」，楚簡習見，《上博五‧鬼神之明》：「抑其力古（固）不能至焉乎？」此表判斷的副詞。〔註91〕

【袁證】：「古」可讀「故」，作「過去」講。《左傳》昭公十三年：「蔓成然故事蔡公」，杜預注：「故，猶舊也。」子犯要打消穆公對送他們一行回國的疑慮，所以他要表明：重耳過去確實在「利身」方面不足，但現在已經不是這樣了。如果讀「固」，就有一層重耳現在仍「不秉禍利身」的含義在，這樣恐怕不能令穆公放心。〔註92〕

謹按：馬楠先生認為此處的「小」應上讀為「秉小」與簡文中的「秉禍」文義相類。其所據「秉小居薄」一詞見於《論語義疏》，端詳全文：「子曰：『以約失之者，鮮矣。鮮少也。』言以儉約自處，雖不得中，而失國家者少也。故顏延之云：『秉小居薄，眾之所與，執多處豐，物之所去也。』」其中「秉小居薄」文義應近於儉約自處，並非馬楠先生所謂表示負面意義。故「省（少）」當從整理者釋為表時間短，少頃、不久。

「弗秉」當從原釋文。「古（故）」若依羅小虎釋為「故意」，則反而會使「虗（吾）宔（主）好定而敬訐（信），不秉禍（禍）利，身不忍人」的描述不夠真誠。袁證先生認為「古」可讀「故」，作「過去」講，然而此句為子犯為回應穆公的問題，並且強調在重耳的品格節操；若依袁證先生所言，重耳過去確實在「利身」方面不足，但現在已經不是這樣了，及牴觸子犯先前鋪敘重耳的品格。此處應從鄭邦宏所釋，讀為「固」，也說明因為公子襠（重）

〔註90〕石小力整理：〈清華七整理報告補正〉，清華大學出土文獻讀書會，http://www.ctwx.tsinghua.edu.cn/publish/cetrp/6831/2017/20170423065227407873210/20170423065227407873210_.html，2017 年 4 月 23 日。

〔註91〕石小力整理：〈清華七整理報告補正〉，清華大學出土文獻讀書會，http://www.ctwx.tsinghua.edu.cn/publish/cetrp/6831/2017/20170423065227407873210/20170423065227407873210_.html，2017 年 4 月 23 日。

〔註92〕袁證：《清華簡〈子犯子餘〉等三篇集釋及若干問題研究》（武漢：武漢大學碩士學位論文，2018 年）

秉性實在良善，本來就不會做出「秉禍利身」之事。

（十四）省（少）公乃訋（召）子余（餘）而䚦（問）女（焉）

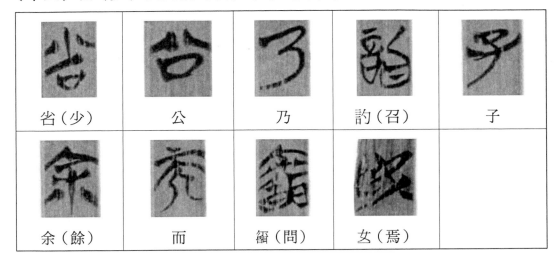

省（少）	公	乃	訋（召）	子
余（餘）	而	䚦（問）	女（焉）	

1. 省（少）

　　【整理者】：省，疑為「少」字異體，表時間短，少頃、不久。《孟子・萬章上》：「少則洋洋焉。」（頁 95）

　　【心包】：「少」後疑脫一「間」或「頃」字。〔註93〕

　　【子居】：「省」若按整理者所說，讀為「少」，則此處當有句讀，即讀為「少，公乃召子余而問焉。」〔註94〕

　　【伊諾】：我們認為，「省」不必上讀，亦不必補字，可從子居之說，於其後點斷即可通。即秦穆公問完子犯不久後便召子餘問話。〔註95〕

　　謹按：「省（少）」要表示為時間副詞多用「少頃」、「少間」、「少選」。然而簡 3 共 42 字，依羅小虎：本篇完簡容字在 40 至 42 之間。〔註96〕是書手或許刻意使簡文字數控制。若因字數限制後，即使未補上「間」或「頃」字，

〔註93〕心包：清華七《子犯子餘》初讀，簡帛論壇，http://www.bsm.org.cn/bbs/read.php?tid=3458&page=8，第七十二樓，2017 年 5 月 26 日。

〔註94〕子居：〈清華簡柒《子犯子餘》韻讀〉，中國先秦史網站，http://www.xianqin.tk/2017/10/28/405，2017 年 10 月 28 日。

〔註95〕伊諾：〈清華柒《子犯子餘》集釋〉復旦大學出土文獻與古文字研究中心網站，http://www.gwz.fudan.edu.cn/Web/Show/4210，2018 年 1 月 18 日。

〔註96〕羅小虎：清華七《子犯子餘》初讀，簡帛論壇，http://www.bsm.org.cn/bbs/read.php?tid=3458&page=9，第八十五樓，2017 年 7 月 1 日。

文意仍須完整，則應從子居之說加上句讀，讀為「少，公乃召子余而問焉。」較為適切。

2. 子余

【整理者】：「子余」係字，即趙衰，謚號「成子」，亦稱「成季」、「孟子餘」、「原季」。與子犯常並稱，《國語‧晉語四》「（公子重耳）父事狐偃，師事趙衰」，《左傳》昭公十三年「（文公）有先大夫子餘、子犯，以為腹心。」（頁95）

【子居】：晉文公之臣，狐偃為首，趙衰次之，《國語‧晉語四》：「重耳日載其德，狐趙謀之。」《太平御覽》卷四六九引《說苑》：「晉文公伐楚，歸國行賞，狐偃為首。」皆可證明。〔註97〕

簡 四

（十五）公【三】子不能 弄（持）女（焉）

公	弄（持）	女（焉）		

1. 子不能

【整理者】：簡首缺三字，據後文可補為「子不能」。（頁95）

【伊諾】：第四簡簡首所缺三字，整理者說「據後文可補為『子不能』」，所補是，但不如說據前文補更貼切。簡一「公子不能弄焉」與簡四此句句式相同，且都是秦穆公問話。當然後文簡七「夫公子之不能居晉邦」亦可共同參看。〔註98〕

謹按：簡1已出現「者（胡）晉邦又（有）禍（禍）（五），公子不能弄（持）

〔註97〕子居：〈清華簡柒《子犯子餘》韻讀〉，中國先秦史網站，http://www.xianqin.tk/2017/10/28/405，2017年10月28日。

〔註98〕伊諾：〈清華柒《子犯子餘》集釋〉復旦大學出土文獻與古文字研究中心網站，http://www.gwz.fudan.edu.cn/Web/Show/4210，2018年1月18日。

女（焉）」，對照本句「晉邦又（有）褙（禍），公 子不能 畀（持）女（焉）」據前、後文，補為「子不能」確可。

（十六）「誠女（如）宔（主）之言

誠	女（如）	宔（主）	之	言

1. 誠女（如）宔（主）之言

謹按：此處子余（餘）回應秦公的「誠女（如）宔（主）之言。」似乎與接下來反駁秦公所謂「母（毋）乃無良右（左）右也虖（乎）」的應答相抵觸。對此蘇師建洲來信指出：鄔可晶先生指出：「子餘實際上是要反駁秦穆公的話，但在反駁之前先肯定一下，不好正面衝突。就是說實際上重耳的二三臣都是很能幹的。」鄔先生並將「閒」讀為「閑」，訓為「防閑」，其說皆可從。〔註99〕

（十七）虗（吾）宔（主）之弍（二）晶（三）臣

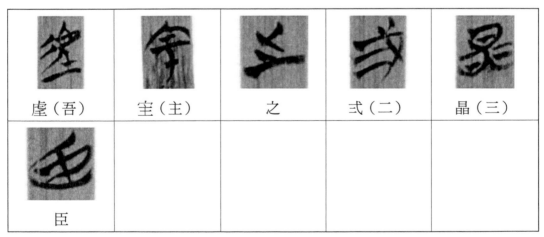

虗（吾）	宔（主）	之	弍（二）	晶（三）
臣				

1.

【蕭旭】：「吾主之」下疑奪「於」字，「不閒良詿，不諼有善」云云是吾主（重耳）對於二三臣的態度，言其能納諫從善。〔註100〕

〔註99〕2017 年 11 月 28 日電子郵件。

〔註100〕蕭旭：〈清華簡（七）校補（一）〉，復旦大學出土文獻與古文字研究中心網站，

謹按：若依蕭旭先生將「吾主之」加「於」字，則「不閉良誌，不諴有善」是吾主（重耳）對於二三臣的態度。然而子餘的回答應是回復秦公所問：「母（毋）乃無良右（左）右也虖（乎）」，故「不閉良誌，不諴有善」等詞應是子餘辯駁公子（重耳）身邊左右皆為良臣的說詞，不須再加上「於」字才是。

（十八）不閉（閑）良誌（規）

不	閉（閑）	良	誌（規）	

1. 閉

【整理者】：閉，從門，干聲，讀為「干」，《說文》：「犯也」。（頁 95）

【石小力】：閉，整理者讀為「干」，訓為「犯」。今按，閉當讀為扞，與「蔽」同義，皆當訓為屏藩，即保護之意。《韓非子‧存韓》：「韓事秦三十餘年，出則為扞蔽，入則為蓆薦。」〔註101〕

【無痕】：「閉」從讀書會石小力先生讀「扞」，可改訓為抵制抵觸，「不扞良規」即不抵制有益的規諫。「良規」也見《三國志‧魏志‧王朗傳》：「朕繼嗣未立，以為君憂，欽納至言，思聞良規。」〔註102〕

【難言】：扞、蔽似不是保護這樣的積極意義，而是扞禦或扞蔽、阻蔽等掩阻賢良的行為，如《史記》「嫉賢妒能，御下蔽上，以成其私」〔註103〕

【趙嘉仁】：「誌」讀為「規」是，但訓為「法度」則非。「規」在這裡是

---

http://www.gwz.fudan.edu.cn/Web/Show/3055，2017 年 5 月 27 日。

〔註101〕石小力整理：〈清華七整理報告補正〉，清華大學出土文獻讀書會，http://www.ctwx. tsinghua.edu.cn/publish/cetrp/6831/2017/20170423065227407873210/2017042306522 7407873210_.html，2017 年 4 月 23 日。

〔註102〕無痕：清華七《子犯子餘》初讀，簡帛論壇，http://www.bsm.org.cn/bbs/read.php? tid=3458，第九樓，2017 年 4 月 24 日。

〔註103〕難言：清華七《子犯子餘》初讀，簡帛論壇，http://www.bsm.org.cn/bbs/read.php? tid=3458，第一樓，2017 年 4 月 23 日。

「規諫」的意思。「良規」就是「有益的規諫」。《三國志・魏志・王朗傳》：「朕繼嗣未立，以為君憂，欽納至言，思聞良規。」晉葛洪《抱朴子・博喻》：「庸夫好悅耳之華譽，而惡利行之良規。」「閈」應讀為「扞」或「迁」，乃阻止、遮蔽的意思。「不閈良誈（規）」就是「不阻止有益的規諫」的意思。規諫需要用言語，「誈」字從「言」，也正說明解釋為「規諫」的可信。〔註104〕

【蕭旭】：趙嘉仁及某氏說謂「誈」訓規諫，「閈」是抵制義，皆得之。但閈當讀為𢾭，俗作扞、捍、攼。《說文》：「𢾭，止也。《周書》曰：『𢾭我於艱。』」《繫傳》：「今《尚書》借『扞』字。」今《書》見《文侯之命篇》。

【暮四郎】：「閈」恐即「嫻」字。古「干」聲、「閒」聲的字多通用之例，參見張儒、劉毓慶《漢字通用聲素研究》第727頁。〔註105〕

【lht】：「閈」讀「闌」，訓遮。蔽訓掩，二字同義。它們都與「出」意思相反。〔註106〕

【張崇禮】：閈，我曾釋為掩門之掩，見《釋金文中的「閈」字》，「不掩良規，不蔽有善」，掩與蔽對言。掩，隱也、蔽也。〔註107〕

【心包】：閈，這個字楚簡中似為首見，尚見于《毛公鼎》𨳿（毛公鼎西周晚期集成2841）及中山王器𨳿（中山王𧊒鼎戰國晚期集成2840），用為「嫻」，不知道是否為楚簡記錄三晉的用字。另，懷疑金文中有些【門＋十】（或釋為「閈」，「閑」、「閈」似有同源關係，又如「嫻」與「狎」的關係），可能要釋為「閈」（中間「十」形視為「干」字）。〔註108〕這裡也應該依「四郎」兄的意見讀為「嫻」，後面的「不蔽有善」的「蔽」似可訓為「盡」。都

〔註104〕趙嘉仁：〈清華簡（七）散札（草稿）〉，復旦大學出土文獻與古文字研究中心網站論壇，http://www.gwz.fudan.edu.cn/forum/forum.php?mod=viewthread&tid=7968，2017年4月24日。

〔註105〕暮四郎：清華七《子犯子餘》初讀，簡帛論壇，http://www.bsm.org.cn/bbs/read.php?tid=3458，第二樓，2017年4月23日。

〔註106〕lht：清華七《子犯子餘》初讀，簡帛論壇，http://www.bsm.org.cn/bbs/read.php?tid=3458&page=4，第三十一樓，2017年4月27日。

〔註107〕張崇禮：清華七《子犯子餘》初讀，簡帛論壇，http://www.bsm.org.cn/bbs/read.php?tid=3458&page=5，第四十六樓，2017年4月27日。

〔註108〕心包：清華七《子犯子餘》初讀，簡帛論壇，http://www.bsm.org.cn/bbs/read.php?tid=3458&page=8，第七十六樓，2017年6月11日。

是謙虛的說法。〔註 109〕

　　【清荷人】：《子犯子餘》「不閑（扞）良誁（規、佳），不（敝－蔽）又（有）善」。即意為：「不拒良規，不干良善」之意。〔註 110〕

　　【林少平】：「閑」當同「閉」，作「掩蓋」義，大概意思是說「晉文公對待身邊近臣，不掩蓋他們的誠實與欺瞞」，也就是後文所言「不△（輕視）有善，必出有〔惡〕」。〔註 111〕

　　【李春桃】：兩周金文中「閑」共出現兩次，分別見於毛公鼎銘文（𤴓《集成 02841》）和中山王鼎銘文（𡰥《集成》02840）。……根據中山王鼎銘文用法〔註 112〕，再參考〈子犯子餘〉簡文，我們認為簡文中的「閑」也應讀為「閑」。……學者認為此處「閑」字當用為遮蔽或捍禦意，這兩種用法都存於「閑」字中。《說文》：「閑，闌也。」段玉裁注：「引申為防閑。」「闌」便常訓作「遮」，上引將「閑」讀為「闌」的意見，也是訓作遮。《廣雅‧釋詁》：「閑，遮也。」《玉篇‧門部》：「閑，遮也，防也。」「防閑」即抵禦、禁阻，《穀梁傳》桓公二年：「孔父之先死，何也？督欲弒君，而恐不立，於是乎先殺孔父，孔父閑也。」范甯注：「閑謂扞禦。」……「閑」字存在遮蔽、扞禦兩類用法，兩種用法是有聯繫的，應是互相引伸而來。考慮到〈子犯子餘〉篇中「閑」的賓語是「良誁」，即有益之規諫，再有下句「不蔽有善」的「蔽」相呼應，我們覺得將「閑」讀為「閑」，理解為遮蔽義更貼切一些。〔註 113〕

　　【子居】：閑，原意為里巷之門，引申有閉意，此處即當訓為閉。《漢書‧敘傳下》：「館自同閑，鎮我北疆。」嚴師古注引應劭曰：「楚名里門為閑。」

〔註 109〕心包：清華七《子犯子餘》初讀，簡帛論壇，http://www.bsm.org.cn/bbs/read.php?tid =3458&page=8，第七十九樓，2017 年 6 月 13 日。

〔註 110〕清荷人：清華七《子犯子餘》初讀，簡帛論壇，http://www.bsm.org.cn/bbs/read.php?tid =3458&page=8，第七十七樓，2017 年 6 月 12 日。

〔註 111〕林少平：清華七《子犯子餘》初讀，簡帛論壇，http://www.bsm.org.cn/bbs/read.php? tid=3458&page=9，第八十樓，2017 年 6 月 14 日。

〔註 112〕此處李春桃先生認為銘文謂燕王噲聰悟睿智，於天下之物無不通曉，所以贊同朱德熙、裘錫圭、于豪亮三位先生的觀點讀作「閑」。

〔註 113〕李春桃：〈古文字中「閑」字解詁──從清華簡〈子犯子餘〉篇談起〉收錄於《出土文獻第十六輯》（上海）：中西出局，2017 年 9 月），頁 37～39。

《左傳・襄公三十一年》：「高其閈閎，厚其牆垣，以無擾客使。」《經典釋文》
卷十八：「閈，戶旦反。《說文》云：『閭也。汝南平輿縣里門曰閈。』沈云：
『閉也。』」〔註114〕

〔「閈」字諸家說法整理〕

一「干」	1 整理者	讀為「干」，《說文》：「犯也」。
二「扞」	1 石小力	閈當讀為扞，與「蔽」同義，皆當訓為屏藩，即保護之意。
	2 無痕	從讀書會石小力先生讀「扞」，可改訓為抵制抵觸。
	3 難言	扞、蔽似不是保護這樣的積極意義，而是扞禦或扞蔽、阻蔽等掩阻賢良的行為。
	4 趙嘉仁	應讀為「扞」或「迂」，乃阻止、遮蔽的意思。
	5 蕭旭	閈當讀為戟，俗作扞、捍、攼。《說文》：「戟，止也。」
	6 清荷人	即意為：「不拒良規，不干良善」之意。
三「嫻」	1 暮四郎	「閈」恐即「嫻」字。
	2 心包	這裡也應該依「四郎」兄的意見讀為「嫻」，後面的「不蔽有善」的「蔽」似可訓為「盡」。都是謙虛的說法。
四「闌」	1 lht	「閈」讀「闌」，訓遮。蔽訓掩，二字同義。
五「掩」	1 張崇禮	掩，隱也、蔽也。
六「閑」	1 李春桃	考慮到〈子犯子餘〉篇中「閈」的賓語是「良䂓」，即有益之規諫，再有下句「不蔽有善」的「蔽」相呼應，我們覺得將「閈」讀為「閑」，理解為遮蔽義更貼切一些。
七「閉」	1 子居	閈，原意為里巷之門，引申有閉意，此處即當訓為閉。

　　謹按：「閈」字訓讀主要有以下幾種意見，整理者云「閈」，從門，干聲，
讀為「干」，《說文》：「犯也」。石小力先生認為「閈」當讀為「扞」，與「蔽」
同義，皆當訓為屏藩，即保護之意。「無痕」贊同讀作「扞」，認為可改訓為
抵制、抵觸。難言認為「扞」、「蔽」似不是保護這樣的積極意義，而是扞禦
或扞蔽、阻蔽等掩阻賢良的行為，「不扞良規」即不抵制有益的規諫。趙嘉仁
先生也認為「規」就是規諫的意思。「良規」就是「有益的規諫」。「閈」應讀
為「扞」或「迂」，乃阻止、遮蔽的意思。「不閈良䂓（規）」就是「不阻止有
益的規諫」的意思。lht認為「閈」讀「闌」，訓遮。蔽訓掩，二字同義。它們

〔註114〕子居：〈清華簡柒《子犯子餘》韻讀〉，中國先秦史網站，http://www.xianqin.tk/2017/
　　10/28/405，2017 年 10 月 28 日。

都與「出」意思相反。張崇禮先生認為可讀為「掩」，訓作隱或蔽。林少平認為「閈」當同「閉」，作「掩蓋」義。清荷人則訓為拒。以上諸家意見大概可分為兩類，一類是讀為「干」或「扞」，理解成扞禦、牴觸；另一類則讀為「扞」、「闌」、「掩」，訓為掩蓋、遮蔽。「暮四郎」認為「閈」恐即「嫻」字。「心包」與李春桃先生將「閈」與金文中早已出現過兩次的「閈」字連結，李春桃先生依中山王鼎銘文用法，再參考〈子犯子餘〉簡文，認為簡文中的「閈」也應讀為「閑」，並且說明了「閑」字存在遮蔽、扞禦兩類用法。

　　以上將「閈」釋為扞禦、牴觸、掩蓋、遮蔽者，多將「不閈良誌」一句與下文「不諆又善」對看，將「閈」與「諆」意相呼應。此處「不諆又善」應與「必出又惡」呼應才是，故不須將「閈」與「諆」意多做連結。

　　兩周金文中「閈」共出現兩次，見於毛公鼎銘文（ 𝄁 《集成02841》）和中山王鼎銘文（ 𝄁 《集成》02840）。根據中山王鼎銘文用法〔註115〕，此處可從「暮四郎」、「心包」的說法，簡文中的「閈」也應讀為「閑」。《爾雅‧釋詁》：「閑，習也。」故「閈」字在此處應讀為「閑」，但解釋為「嫻熟」之意，則在文義上與下兩句反駁秦公的話相矛盾。此處應從鄔可晶先生訓為「防閑」〔註116〕。即防備、禁阻之意。

2. 誌

　　【整理者】：誌，疑讀為「規」。《文選‧張衡〈東京賦〉》「則同規乎殷盤」，薛綜注：「規，法也。」即法度。（頁95）

　　【無痕】：「良規」也見《三國志‧魏志‧王朗傳》：「朕繼嗣未立，以為君憂，欽納至言，思聞良規。」〔註117〕

　　【趙嘉仁】：「誌」讀為「規」是，但訓為「法度」則非。「規」在這裡是「規諫」的意思。「良規」就是「有益的規諫」。《三國志‧魏志‧王朗傳》：「朕繼嗣未立，以為君憂，欽納至言，思聞良規。」晉葛洪《抱朴子‧博喻》：「庸

〔註115〕此處李春桃先生認為銘文謂燕王噲聰悟睿智，於天下之物無不通曉，所以贊同朱德熙、裘錫圭、于豪亮三位先生的觀點讀作「閑」。

〔註116〕2017年11月28日電子郵件。

〔註117〕無痕：清華七《子犯子餘》初讀，簡帛論壇，http://www.bsm.org.cn/bbs/read.php?tid=3458，第九樓，2017年4月24日。

夫好悅耳之華譽，而惡利行之良規。」〔註118〕

　　【林少平】：「不閑良詿」整理者讀「詿」為「規」，恐非是，當讀為本字，作「欺瞞」義，「良」讀為「諒」，作「誠實」義。〔註119〕

　　謹按：「詿」字《說文》：「誤也。从言，佳省聲。」依《史記・吳王濞列傳》：「進任姦宄，詿亂天下，欲危社稷。」《漢書・文帝紀》：「濟北王背德反上，詿誤吏民，為大逆。」嚴師古注：「詿，亦誤也。」《廣雅・釋詁二》：「詿，欺也。」《漢書・王莽傳上》：「即有所間非，則臣莽當被詿上誤朝之罪。」可見「詿」字在古書用法皆為動詞，表示誤或欺之意。然而在簡文中「不閉（閑）良詿」明確為述賓結構，若釋為「詿」字義則於簡文中用法不合。「詿」與「規」字上古音皆為之韻部，可見兩字聲音相近。整理者讀為「規」字可從。簡文中用法即同於《三國志・魏志・王朗傳》：「朕繼嗣未立，以為君憂，欽納至言，思聞良規。」中「良規」，「規」則釋為「規諫」。「不閉（閑）良詿（規）」即解釋為不會（對重耳）防閑有益的規諫。

（十九）不諭（蔽）又（有）善

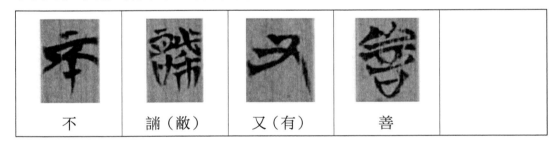

不	諭（蔽）	又（有）	善	

1. 諭（蔽）

　　【整理者】：諭，從言，㡀聲，讀為「敝」。《禮記・郊特牲》「冠而敝之」，陸德明《釋文》：「敝，棄也。」或讀為「蔽」，《廣韻》：「掩也。」《韓非子・內儲說上》：「君子不蔽人之美，不言人之惡。」（頁95）

　　【趙嘉仁】：「諭」字《注釋》或讀為「蔽」是，但所引典籍不貼切。「不

〔註118〕趙嘉仁：〈清華簡（七）散札（草稿）〉，復旦大學出土文獻與古文字研究中心網站論壇，http://www.gwz.fudan.edu.cn/forum/forum.php?mod=viewthread&tid=7968，2017年4月24日。

〔註119〕林少平：清華七《子犯子餘》初讀，簡帛論壇，http://www.bsm.org.cn/bbs/read.php?tid=3458&page=9，第八十樓，2017年6月14日。

蔽有善」意為「不遮蔽有才能的人」。《韓非子‧有度》：「遠在千里外，不敢易其辭；勢在郎中，不敢蔽善飾非。」《墨子‧兼愛》：「今天大旱，即當朕身履，未知得罪於上下，有善不敢蔽，有罪不敢赦，簡在帝心。」《漢書‧李尋傳》：「佞巧依勢，微言毀譽，進類蔽善。」顏師古注：「進其黨類，而擁蔽善人。」〔註120〕

【子居】：趙嘉仁《讀清華簡（七）散札》已指出讀為「蔽」當是，除其所舉之例外，《墨子‧尚同上》：「上有過則諫之，下有善則傍薦之。」《管子‧法法》：「有過不赦，有善不遺，勵民之道，於此乎用之矣。」《戰國策‧楚策一》：「江乙為魏使於楚，謂楚王曰：臣入境，聞楚之俗，不蔽人之善，不言人之惡，誠有之乎？」《說苑‧臣術》：「《泰誓》曰：『附下而罔上者死，附上而罔下者刑；與聞國政而無益於民者退，在上位而不能進賢者逐。』此所以勸善而黜惡也。故傳曰：『傷善者國之殘也，蔽善者國之讒也，愬無罪者國之賊。』」等也都可與此節內容參看。〔註121〕

謹按：「誧（敄）」字在此處若讀為「敝」，則「敝善」不辭。應讀為「蔽」，「不誧（蔽）又（有）善」，「誧（蔽）」訓為遮蔽義。「蔽善」一詞亦見於《政理》：「故傳曰：『傷善者國之殘也，蔽善者國之讒也，愬無罪者國之賊也。』」、《政理》：「內則蔽善惡於君上，外則賣權重於百姓」、《有度》：「勢在郎中，不敢蔽善飾非」。

（二十）必出又（有）【四】惡

必	出	又（有）	惡	

〔註120〕趙嘉仁：〈清華簡（七）散札（草稿）〉，復旦大學出土文獻與古文字研究中心網站論壇，http://www.gwz.fudan.edu.cn/forum/forum.php?mod=viewthread&tid=7968，2017 年 4 月 24 日。

〔註121〕子居：〈清華簡柒《子犯子餘》韻讀〉，中國先秦史網站，http://www.xianqin.tk/2017/10/28/405，2017 年 10 月 28 日。

1. 必出又（有）惡

【整理者】：缺一字，疑可補為「惡」。出，除去。《呂氏春秋・忠廉》「殺身出生以徇其君」，高誘注：「出，去也。」或讀為「絀」。《禮記・王制》「不孝者君絀以爵」，陸德明《釋文》：「絀，退也。」「必出有惡」與上文「不諆有善」正反相對，意為不棄善、必去惡。（頁95）

【趙嘉仁】：「必出有惡」的「出」讀為「絀」不如讀為「黜」更密合。「黜」，貶斥、罷退。《漢官六種》：「太守傳郡，信理庶績，勸農賑貧，決訟斷辟，興利除害，檢察郡奸，舉善處惡，誅討暴殘。」《後漢書・陳禪傳》：「陳禪字紀山，巴郡安漢人也。仕郡功曹，舉善黜惡，為邦內所畏。」《鹽鐵論・散不足》「故人主有私人以財，不私人以官，懸賞以待功，序爵以俟賢，舉善若不足，黜惡若仇讎，固為其非功而殘百姓也。」《抱朴子外篇・君道》：「儀決水以進善，鈞絕弦以黜惡，昭德塞違，庸親昵賢。」都是「舉善」、「進善」與「黜惡」對稱，與簡文的「不蔽有善，必黜有惡」意思相同。簡文是說在公子重耳周圍的二三個近臣「不會阻止有益的規諫，也不會阻擋有才能的賢人，必須黜退無良之人。〔註122〕

【子居】：若所缺的字確為「惡」字，則「出」讀為「黜」當是，《禮記・王制》：「上賢以崇德，簡不肖以絀惡。」即是其辭例。但「不蔽有善」是與上句「不閉良規」連言，因此整理者所說「『必出有惡』與上文『不有善』正反相對」並不一定成立，此句的「出」完全可能是與下句「□□於難」相關，指重耳離開晉國之事，所缺的字也不一定是「惡」字。〔註123〕

【伊諾】：整理者補缺字為「惡」字可行，「善」、「惡」相對。趙文與整理者注解唯在「出」應讀何字上，實則讀「絀」、「黜」或不煩改讀，皆可通，表意上都與「不蔽有善」正反相對。從辭例上說，似乎「黜惡」更貼切，正如趙文所舉，更多文例都是「舉善」、「進善」與「黜惡」相對，恰可與簡文「不蔽有善，必黜有惡」對照。子居之說當不確。「必出有惡」緊承「不閉良

〔註122〕趙嘉仁：〈清華簡（七）散札（草稿）〉，復旦大學出土文獻與古文字研究中心網站論壇，http://www.gwz.fudan.edu.cn/forum/forum.php?mod=viewthread&tid=7968，2017年4月24日。

〔註123〕子居：〈清華簡柒《子犯子餘》韻讀〉，中國先秦史網站，http://www.xianqin.tk/2017/10/28/405，2017年10月28日。

規，不蔽有善」而言，兩個「不」後緊接一個「必」，即可表達「不怎麼樣，必怎麼樣」之意，語義銜接緊密，且有文例可比證，與下句「□□於難」似乎關聯不大。〔註124〕

　　謹按：「出」字若依整理者直接讀為「出」，並將缺一字補為「惡」，則「出□」即「出惡」，「出惡」一詞見於《春秋公羊傳》桓公十五年：「曷為或言歸？或言復歸？復歸者，出惡，歸無惡；復入者，出無惡，入有惡。入者，出入惡。歸者，出入無惡。」其中「出惡」解釋為「出去時有罪惡」，與簡文文意不合；若同整理者讀為「絀」，並將缺一字補為「惡」，則「出□」即「絀惡」，段玉裁《說文解字注‧糸部》：「絀，古多叚絀為黜。」《王制》：「上賢以崇德，簡不肖以絀惡。」《左傳‧莊公八年》：「（公孫無知）有寵於僖公，衣服禮秩如適，襄公絀之。」《禮記‧王制》：「不孝者，君絀以爵。」陸明德釋文：「絀，退也。」傳世文獻中多是「舉善」、「進善」與「黜惡」對稱，如趙嘉仁先生所言，「出」讀為「絀」不如讀為「黜」更密合。整理者認為「必出有惡」與上文「不諿有善」正反相對，意為不棄善、必去惡，應改為不蔽善，必黜惡。

簡　五

（二十一）吾主於難

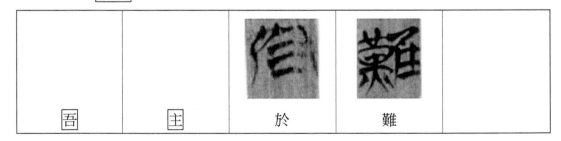

吾	主	於	難	

1. 吾主

　　【王寧】：首二字闕文疑是「吾主」二字。〔註125〕

　　【伊諾】：王寧補「□□於難」所缺二字為「吾主」或可從。〔註126〕

〔註124〕伊諾：〈清華柒《子犯子餘》集釋〉復旦大學出土文獻與古文字研究中心網站，http://www.gwz.fudan.edu.cn/Web/Show/4210，2018 年 1 月 18 日。

〔註125〕王寧：〈釋清華簡七《子犯子餘》中的「愕籥」〉，復旦大學出土文獻與古文字研究中心網站，http://www.gwz.fudan.edu.cn/Web/Show/3024，2017 年 5 月 4 日。

〔註126〕伊諾：〈清華柒《子犯子餘》集釋〉復旦大學出土文獻與古文字研究中心網站，

【袁證】：「□□於難，翟輜於志」包含在「吾主之二三臣」這一整句中。主語是「二三臣」，所以這裏不能補「吾主」。當補何字，實難驟定。這一整句話都是子餘在對重耳在晉國時身邊的小臣進行批評，所補之字需符合這一語境。〔註127〕

謹按：「□□於難」一句至「必身廛（擅）之」皆在強調重耳的品德，故此處所缺二字為「吾主」或可從。

（二十二）翟（懼）輜（留）於志

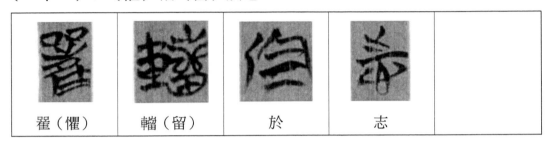

翟（懼）	輜（留）	於	志	

1. 翟（謵）

【整理者】：翟，疑為「雔」字省，即「鵾」字，讀為「謵」。《文選・韋孟〈諷諫〉》「謵謵黃髮」，李善注：「謵謵，正直貌。」（頁95）

2. 輜（留）

【整理者】：輜，從車，畱聲，讀為「留」。《管子・正世》「不慕古，不留今」，尹知章注：「留，謂守常不變。」（頁95）

【汗天山（侯乃峰）】：所謂「謵輜（留）於志」，似乎不辭－懷疑所謂的「謵」字，當釋「雚」（上部稍有訛變？）讀為「勸」；「輜」當讀為「懋」（卯聲矛聲相通例多見）。《說文》：「勸，勉也。」「懋，勉也。從心楙聲。《虞書》曰：『時惟懋哉。』」二字為同義複詞，簡文謂勤勉於志向。又或《戰國策・宋衛・齊攻宋宋使臧子索救于荊》「荊王大說，許救甚勸。」注：「勸，猶力也。」簡文謂勉力於志向，亦可通。〔註128〕

---

http://www.gwz.fudan.edu.cn/Web/Show/4210，2018年1月18日。

〔註127〕袁證：《清華簡〈子犯子餘〉等三篇集釋及若干問題研究》（武漢：武漢大學碩士學位論文，2018年）

〔註128〕汗天山：清華七《子犯子餘》初讀，簡帛論壇，http://www.bsm.org.cn/bbs/read.php?tid=3458&page=6，第五十樓，2017年4月30日。後發表於侯乃峰：〈讀清華簡（七）

　　【王寧】：整理者對「諤留」不能言無據，但總覺文意不太通暢。「翟」釋「雡」是，但疑當讀為「咢」或「愕」，訓「驚」，《玉篇》：「咢，驚咢也。」《廣韻‧入聲‧鐸韻》：「愕，驚也。」引申為「錯愕」，《後漢書‧寒朗傳》：「而二人錯愕不能對」，李注：「錯愕，猶倉卒也」，即倉促、倉猝，就是因為驚恐而忙亂的意思。「轠」當即「轀」字，此應讀為「籀」，《說文》：「籀，讀書也。」又曰：「讀，籀書也」（此據段本）。就是讀書，這裡是讀的意思。「志」即上博簡八《志書乃言》的「志書」，這種「志」類的書《左傳》中就記載了很多，如說「周志有之」（《文公二年》）、「前志有之」（《文公六年》、《成公十五年》）、「史佚之志有之」（《成公四年》）、「志有之」（《襄公二十五年》）、「軍志有之」（《昭公二十一年》）等等，此類書裡往往有一些名言警句，有哲理意味，可以給人啟迪，所以經常被引用。〔註129〕

　　【蕭旭】：「翟轠於志」應上文「□□於難」而言，「志」當指意向、心意，不指志書。「轠」讀為留，是也，但當訓留止。「翟」，讀為遌。《說文》：「遌，相遇驚也。」字亦作遻、愕、咢，指驚心，引申為戒懼、恭敬；字亦作顎、顧，則恭敬見於面也。《廣韻》：「顎，嚴敬曰顎。」《集韻》：「顎，恭嚴也，或作顧。」此言重耳遭受困難，故驚愕戒慎於心也。〔註130〕

　　【羅小虎】：（A）（B）於志，整理者報告可商。A字上半部分，與「戰」、「獸」諸字的相關部分近似：（郭店《老子丙》10）、（包山簡2‧168）。《說文‧戈部》：「戰，鬥也。从戈，單聲。」所以這個字或可分析為從隹，單省聲。在簡文中可讀為「癉」。《說文‧疒部》：「癉，勞病也。」《爾雅‧釋詁下》：「癉，勞也。」《廣雅‧釋詁四》：「癉，苦也。」王念孫《疏證》：「癉與苦同義。」《詩經‧大雅‧板》：「上帝板板，下民卒癉。」癉，意為勞苦。B字從留得聲。留，來母幽部。可讀為「勞」，來母宵部。楚文字中幽部和宵部的字通假很常見，比如郭店簡中「繇」「由」相通。前者為餘母宵

零札〉，中國文字學會第九屆學術年會論文集，2017年08月19～20日。

〔註129〕王寧：〈釋清華簡七《子犯子餘》中的「愕籀」〉，復旦大學出土文獻與古文字研究中心網站，http://www.gwz.fudan.edu.cn/Web/Show/3024，2017年5月4日。

〔註130〕蕭旭：〈清華簡（七）校補（一）〉，復旦大學出土文獻與古文字研究中心網站，http://www.gwz.fudan.edu.cn/Web/Show/3055　，2017年5月27日。

部，後者為餘母幽部。《爾雅・釋詁》：「勞，勤也。」勞，可理解為辛苦、勤勞。所以，這兩個字可釋讀為「癉勞」，二字同義連文。「癉勞於志」，為志向而勞苦之意。類似的說法，在傳世古書中有見：《楚辭・九思》：「望舊邦兮路逶隨，憂心悄兮志勤劬。」《九思》中的「勤劬」與「癉勞」意思相近。《左傳・昭公十三年》：「我先君文公，狐季姬之子也……亡十九年，守志彌篤。」簡文中說「□□於難」，應該指的就是文公在外流亡之事。簡文中的「癉勞於志」也可以認為是「守志彌篤」的一種表現。〔註131〕

【謝明文】：中山王嚳鼎（《集成》2840）「吾老賈，奔走不聽命，寡人懼其忽然不可得，憚憚慄慄，恐隕社稷之光」，其中「寡人」後面、一般逕釋作「懼」的字，《銘文選》著錄的拓本比較清楚，作「🔲」。從文義以及偏旁組合看，此字釋讀作「懼」，可從。此字上部是兩個大圓圈，每個大圓圈中間有一個小圓圈，小圓圈左右各有一小點，比較同銘多見的「目」旁來看，此字最上部可看作是「䀠」的變體。但「䀠」形與「隹」形中間還有筆畫，這是一般的「瞿」形未曾有的，因此該字「心」上部分「🔲」形似不宜簡單的看作是「瞿」。我們認為應該與「🔲」聯繫起來考慮，前者既可能是後者把上部的兩個圈形變形音化作「䀠」演變而來，也可能是後者與「䀠」或「瞿」因音近揉合而來。這說明「瞿」、「🔲」的讀音應該與「䀠」、「瞿」非常接近。「□□於難，瞿輟於志」一句的大意，應該是講晉文公雖然遭遇逃亡之難，但仍堅守其志向，上引羅小虎先生對其文義的理解大體可信。整理者讀「輟」為「留」，似可從。《說文》：「瞿，鷹隼之視也。從隹、從䀠，䀠亦聲。凡瞿之屬皆從瞿。讀若章句之句。」「趯，走顧皃。從走，瞿聲。讀若劬。」古書中「瞿」聲字與「句」聲字亦相通。「🔲」或可讀作訓「勤」、訓「勞」的「劬」。「劬輟於志」之「劬」，上文羅小虎先生說所提及到的《楚辭・九思》：「望舊邦兮路逶隨，憂心悄兮志勤劬。」之「劬」可合觀。《爾雅・釋詁》「劬勞，病也。」郝懿行《爾雅義疏》：「劬勞者，力乏之病也。」《詩・凱風》及《鴻雁》傳並云：「劬勞，病苦也。」《楚辭・九歎》云：「躬劬勞而瘏悴。」劬者，《禮・內則》云「見於公宮則劬」，鄭注：「劬，勞也。」《鴻雁》，《釋文》引韓詩云：「劬，數也。」頻、數亦勞也。

<hr>

〔註131〕羅小虎：清華七《子犯子餘》初讀，簡帛論壇，http://www.bsm.org.cn/bbs/read.php?tid=3458&page=10，第九十六樓，2017 年 7 月 6 日。

通作瞿，《素問‧零蘭秘典論》云：「窘乎哉，消者瞿瞿。」王砅注：「瞿瞿，勤勤也。」又通作懼，《方言》云：「懼，病也。」是懼、瞿、劬並聲義同。《說文》：「勞，劇也。」「癁，劇聲也（小徐本作『病』也）。从广、殹聲。」段注：「劇者，病甚也。癁者，病甚呻吟之聲。」又「豦」聲字與「瞿」聲字音近相通，頗疑「勞，劇也」之「劇」與訓「病」、訓「勤」的「瞿」、「懼」應有密切關係。《詩經‧唐風‧蟋蟀》：「好樂無荒，良士瞿瞿。」毛傳：「瞿瞿然顧禮義也。」《漢語大詞典》認為是「勤謹貌」。〈蟋蟀〉之「瞿瞿」，《清華簡（壹）‧耆夜》中周公所作〈蟋蟀〉作「思＝」。從「良士瞿瞿」位於「好樂無荒」後面來看，此「瞿瞿」很可能是訓「勞」、訓「勤」一類意思。如是，則說明訓「勞」、訓「勤」之「瞿」早在周代就已出現，那麼「𦥑」可徑讀作「瞿」。〔註132〕

【子居】：鷽輴似當讀為萬蔞，萬蔞為正輪之器，因此自然很適合用以形容重耳正其志。〔註133〕

【伊諾】：「吾主於難」之「難」即指「晉邦之禍」這件事，簡文子餘此段答話即是在向秦穆公介紹公子重耳（即吾主）的品行和美德，「於難」亦能「瞿輴於志」。蕭旭讀瞿為遻，訓為戒懼、恭敬，釋輴為留止可從，「言重耳遭受困難，故驚愕戒慎於心也」。〔註134〕

〔「瞿」字諸家說法整理〕

一	「諤」	1 整理者	疑為「雐」字省，即「鷽」字，讀為「諤」。
二	「勸」	1 汗天山（侯乃峰）	當釋「䧺」（上部稍有訛變？）讀為「勸」。
三	「驚」	1 王寧	「瞿」釋「雐」是，但疑當讀為「咢」或「愕」，訓「驚」。
四	「遻」	1 蕭旭	讀為遻。《說文》：「遻，相遇驚也。」字亦作遌、愣、愕，指驚心，引申為戒懼、恭敬；字亦作顎、顒，則恭敬見於面也。
		2 伊諾	蕭旭讀瞿為遻，訓為戒懼、恭敬，釋輴為留止可從

<hr>

〔註132〕謝明文：清華簡說字零札（二則），「清華簡」國際研討會論文集，2017 年 10 月 27～28 日。

〔註133〕子居：〈清華簡柒《子犯子餘》韻讀〉，中國先秦史網站，http://www.xianqin.tk/ 2017/10/28/405，2017 年 10 月 28 日。

〔註134〕伊諾：〈清華柒《子犯子餘》集釋〉復旦大學出土文獻與古文字研究中心網站，http://www.gwz.fudan.edu.cn/Web/Show/4210，2018 年 1 月 18 日。

五	「癉」	1 羅小虎	上半部分，與「戰」、「獸」諸字的相關部分近似：（郭店《老子丙》10）、（包山簡2‧168）。《說文‧戈部》：「戰，鬥也。从戈，單聲。」所以這個字或可分析為從隹，單省聲。在簡文中可讀為「癉」。
六	「劬」	1 謝明文	我們認為「（懼）」應該與「」聯繫起來考慮，前者既可能是後者把上部的兩個圈形變形音化作「眆」演變而來，也可能是後者與「眆」或「瞿」因音近揉合而來。這說明「瞿」、「」的讀音應該與「眆」、「瞿」非常接近。古書中「瞿」聲字與「句」聲字亦相通。「」或可讀作訓「勤」、訓「勞」的「劬」。
七	「萬」	1 子居	鷏轠似當讀為萬蔞，萬蔞為正輪之器，因此自然很適合用以形容重耳正其志。

〔「轠」字諸家說法整理〕

一	「留」	1 整理者	從車，畱聲，讀為「留」。
		2 蕭旭	「轠」讀為留，是也，但當訓留止。
		3 伊諾	從蕭旭之說。
二	「懋」	1 汗天山（侯乃峰）	「轠」當讀為「懋」（卯聲矛聲相通例多見）。《說文》：「勸，勉也。」「懋，勉也。从心楙聲。《虞書》曰：『時惟懋哉。』」二字為同義複詞，簡文謂勤勉於志向。
三	「籀」	1 王寧	「轠」當即「轠」字，此應讀為「籀」，《說文》：「籀，讀書也。」又曰：「讀，籀書也」（此據段本）。就是讀書，這裡是讀的意思。
四	「勞」	1 羅小虎	留，來母幽部。可讀為「勞」，來母宵部。楚文字中幽部和宵部的字通假很常見。《爾雅‧釋詁》：「勞，勤也。」勞，可理解為辛苦、勤勞。
五	「蔞」	1 子居	鷏轠似當讀為萬蔞，萬蔞為正輪之器，因此自然很適合用以形容重耳正其志。

謹按：整理者將「（瞿）」疑為「雊」字省、蕭旭讀「瞿」為「遷」（亦作遷、愕、愕），「咢」字於金文、楚簡多作「噩」形，例如：（禹鼎西周晚期集成2833）、（叔鄂父簋西周晚期集成4056）、（包2‧76）、（鄂）（包2‧164）。但其字上方的「」形與「咢」字上方「」、「」、「」形實有不同。謝明文先生則同意羅小虎先生對其文義的梳理，更進一步由「」的上半部「」形梳理「」的讀音，說明訓「勞」、訓「勤」之「瞿」早在周代就已出現，那麼「」可徑讀作「瞿」。但對應子犯的回應則重在重耳的品德方面，而「瞿轠於志」則指為志向而勞苦或勤

勉於志向，句意強調於「辛勤勞苦」方面，於文意上仍有不同。

　　然而依謝明文的說法，比對簡文的「罿」與金文的「懼」字：

　　　　（子犯子餘4・31）

　　　　（中山王嚳鼎戰國晚期集成2840）

則簡文中的「罿」或可從「懼」字省，如《論語・述而》：「必也臨事而懼，好謀而成者也。」朱熹注：「懼，敬其事也。」《正字通・心部》：「懼，戒懼。」《左傳・莊公十年》：「夫大國，難測也，懼有伏焉。」此處可以形容重耳流亡多年，處境艱難，故心態上時刻皆須戒懼。「輤」字從車，葡聲。《曹沫之陳》中曾出現過從車，留聲的「輤（增）」字作「」，當作食器的「簋」字，於本簡用法不合。此處從整理者，讀為「留」，解釋為守常不變。此處言重耳流亡多年遭受困難，故戒慎敬謹、堅守其心志也。「罿輤於志」一詞即可呼應《史記・楚世家》「昔我文公，狐季姬之子也，有寵於獻公。好學不倦。……。亡十九年，守志彌篤。惠、懷棄民，民從而與之。故文公有國，不亦宜乎？」中的「守志彌篤」之意。

（二十三）幸旻（得）又（有）利不忻蜀（獨）

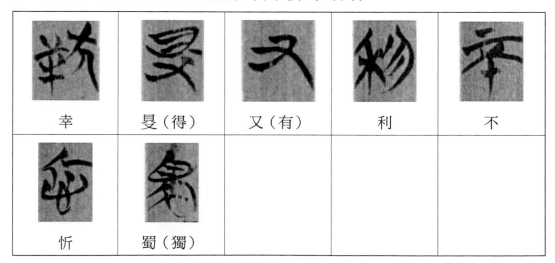

幸	旻（得）	又（有）	利	不
忻	蜀（獨）			

1. 忻

　　【整理者】：忻，《玉篇》：「喜也。」（頁95）

　　【厚予】：「忻」當讀為「斤」，訓為「察」。〔註135〕

〔註135〕厚予：清華七《子犯子餘》初讀，簡帛論壇，http://www.bsm.org.cn/bbs/read.php?

【王寧】:「幸得」以下「有利」至「擅之」均當加引號，這是《志》裡說的話。〔註136〕

【馮勝君】:這段話講的是公子重耳的美德，大意是說重耳在遇到好事時，不肯獨佔，而是與大家共享；如果事情出現了過錯，也不願牽連別人，一定自己獨立承擔。整理者將「僉」訓為「同」，將「訛」讀為「過」，將「廛」讀為「擅」，訓為「專」，這些意見都是正確的。但將簡文「忻」讀為本字，訓為「喜」，則有可商。「忻」的詞義主要偏向於內心高興、歡喜，與簡文語境並不切合。仔細體會簡文文義，我們認為簡文「忻」所表示的詞，應該是「寧肯、願意」的意思，「不忻」應理解為不肯、不願。順著這個思路，我們認為「忻」當讀為「憖」。忻，曉紐文部；憖，疑紐文部。二字疊韻，聲紐亦非常相近。不少從「斤」得聲的字即屬疑紐，如「狺」、「圻」、「齗」等。「憖」從「猌」聲，《說文·犬部》:「猌，讀又若銀。」《淮南子·兵略》:「進退詘伸，不見朕憖」，「朕憖」同書《覽冥》篇作「朕垠」。據《玉篇》、《集韻》等字書，「墾」即「垠」字異體。而《說文·土部》:「圻，垠或從斤」，則「圻」與「垠」亦為異體關係。從「墾」、「垠」、「圻」互為異體這一點來看，不僅「忻」讀為「憖」毫無問題，甚至很可能「忻」就曾經作過「憖」的異體字。「不忻（憖）」，即不肯、不願的意思。《詩·小雅·十月之交》:「不憖遺一老」，《釋文》引《爾雅》:「憖，願也。」《國語·楚語上》:「不穀雖不能用，吾憖寘之於耳」，韋昭注:「憖，猶願也。」《左傳·昭公二十八年》:「鈞將皆死，憖使吾君聞勝與臧之死也以為快。」楊伯峻注引趙坦《寶甓齋札記》:「憖，與『寧』相近。」「憖」有寧肯的意思（願意、寧肯，義本相因），「不憖」即不肯（「不憖遺一老」之「不憖」，詞義亦偏向於不肯）。將「不忻（憖）」理解為不肯、不願，按之簡文文義，無疑是非常合適的。〔註137〕

【汗天山（侯乃峰）】:感覺簡 5「幸得有利，不忻獨，欲皆僉之；事有訛（過）焉，不忻以人，必身廛（擅）之」的「忻」，直接讀為「祈」即可講通簡

---

tid=3458&page=2，第十八樓，2017 年 4 月 24 日。

〔註136〕王寧:〈釋清華簡七《子犯子餘》中的「愕籀」〉，復旦大學出土文獻與古文字研究中心網站，http://www.gwz.fudan.edu.cn/Web/Show/3024，2017 年 5 月 4 日。

〔註137〕馮勝君:〈清華簡《子犯子余》篇「不忻」解〉，簡帛網，http://www.bsm.org.cn/show_article.php?id=2799，2017 年 5 月 4 日。

文？——祈，求也。《禮記‧儒行》：「不祈土地。」《詩‧小雅‧賓之初筵》：「以祈爾爵。」〔註138〕

【潘燈】：67 樓汗天山先生釋忻為祈可從。祈，求也。新甲一‧21：「忻福於邵（昭）王」，忻即讀祈。〔註139〕

【蕭旭】：馮說是也，《說文》：「猌，犬張齗怒也。」此是聲訓。《說文》：「听，笑皃。」《廣雅》：「听，笑也。」《集韻》、《類篇》引《博雅》「听」作「齗」，《集韻》又引《廣雅》「听」作「齗」。《玉篇》：「齗，笑也。」《集韻》：「齗，笑露齒。」《文選‧廣絕交論》：「主人听然而笑曰。」《韓詩外傳》卷 9：「戴晉生欣然而笑，仰而永嘆曰。」……「听」、「齗」、「欣」、「齗」、「憖」諸字當亦是異體字。然考《說文》：「憖，一曰説也，一曰甘也。」「説」即「悅」，亦喜也，與願肯、甘願義相因。整理者說亦不誤。〔註140〕

【伊諾】：我們認為蕭說可從，整理者、馮勝君之說皆可通。〔註141〕

【袁證】：這裏當從馮勝軍（按：應是馮勝君）先生意見讀為「憖」，訓願。〔註142〕

〔「忻」字諸家說法整理〕

一「忻」	1 整理者	喜也。
二「斤」	1 厚予	讀為「斤」，訓為「察」。
三「憖」	1 馮勝君	我們認為簡文「忻」所表示的詞，應該是「寧肯、願意」的意思，「不忻」應理解為不肯、不願。順著這個思路，我們認為「忻」當讀為「憖」。忻，曉紐文部；憖，疑紐文部。二字疊韻，聲紐亦非常相近。

〔註138〕汗天山:清華七《子犯子餘》初讀，簡帛論壇，http://www.bsm.org.cn/bbs/read.php?tid=3458&page=7，第六十七樓，2017 年 5 月 05 日。

〔註139〕潘燈：清華七《子犯子餘》初讀，簡帛論壇，http://www.bsm.org.cn/bbs/read.php?tid=3458&page=7，第六十九樓，2017 年 5 月 12 日。

〔註140〕蕭旭：〈清華簡（七）校補（一）〉，復旦大學出土文獻與古文字研究中心網站，http://www.gwz.fudan.edu.cn/Web/Show/3055，2017 年 5 月 27 日。

〔註141〕伊諾：〈清華柒《子犯子餘》集釋〉復旦大學出土文獻與古文字研究中心網站，http://www.gwz.fudan.edu.cn/Web/Show/4210，2018 年 1 月 18 日。

〔註142〕袁證：《清華簡〈子犯子餘〉等三篇集釋及若干問題研究》（武漢：武漢大學碩士學位論文，2018 年）

	2 蕭旭	1 馮說是也。 2「听」、「斳」、「欣」、「𪗔」、「慭」諸字當亦是異體字。 然考《說文》：「慭，一曰說也，一曰甘也。」「說」即「悅」， 亦喜也，與願肯、甘願義相因。整理者說亦不誤。
四 「祈」	1 汗天山 （侯乃峰）	祈，求也。
	2 潘燈	從汗天山之說。

謹按：馮勝君先生、蕭旭先生從「𪗔」、「垠」、「圻」、「听」、「斳」、「欣」、「𪗔」、「慭」諸字互為異體這一點來看，將「忻」讀為「慭」，甚至認為很可能「忻」就曾經作過「慭」的異體字。「不慭」一詞，在包山楚簡兩見：

1、：新佫辵尹不為其察，不慭。（包 15 反）

2、：不新佫辵尹。〔註143〕（包 2‧16）

可知，「不慭」一詞在楚簡中「慭」字應作「」、「」形。馮先生從聲音關係繫連「慭」與「忻」，就文義上亦有其理。唯此通假現象在楚簡中尚未出現，茲存其說，以俟後考。「」字在此處依其字形，若就整理者直接訓為「忻」，喜也，在文義上又稍嫌不妥。可從「汗天山」之說直接讀為「祈」，求也。「潘燈」亦舉出新甲一‧21：「忻福於邵（昭）王」，忻即讀祈，作為通假例證。則簡文「又（有）利不忻蜀（獨）」可解釋為有所利益不求獨善其身。

2. 蜀

【整理者】：蜀，讀為「獨」。（頁 95）

謹按：「蜀」字在甲金文從「目」從「人」從「虫」，戰國竹簡多通假為「獨」。《大戴禮記‧文王官人》：「微忽之言久而可復，幽閒之行獨而不克，行其亡如其存。」《大戴禮記解詁》：「獨謂獨弄共身。」即指獨善其身。則簡文「又（有）利不忻蜀（獨）」可解釋為有所利益不求獨善其身。

〔註143〕陳偉：《楚地出土戰國簡冊〔十四種〕》（北京：經濟科學出版社，2009 年 9 月），
　　　　頁 13。注 9 中，說明字史傑鵬（2005）：此字從「豙」得聲，和 15 號簡反面的
　　　　「慭」可能是通假字。劉信芳（1998）視為簡 15 反「慭」之異體，說：「不慭」
　　　　為古代常用語，《詩‧小雅‧十月之交》：「不慭遺一老。」鄭玄箋：「慭者，心不
　　　　願自彊之辭也。」「不慭新造尹」，意謂不服新造尹之斷案。

（二十四）欲皆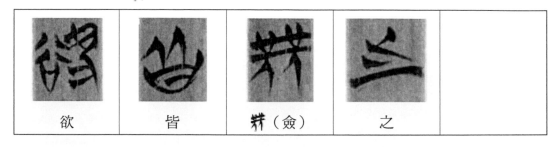（僉）之

欲	皆	莽（僉）	之	

1. 莽

【整理者】：莽，疑為「僉」字，《小爾雅‧廣言》：「同也。」（頁 95）

【暮四郎】：「僉」、「廛」或當分別讀為「斂」、「展」。郭店簡《緇衣》簡 36、上博簡《用曰》簡 17「廛」均用為「展」。二詞相對。上博六《用曰》簡 17：「僉（斂）之不骨（過），而廛（展）之亦不能違。」〔註 144〕

【黑白熊】：如暮四郎先生所言「僉」、「廛」二詞相對，但此處讀為斂、展似與文意不恰。據包山 121、136 的「僉殺」，「僉」是修飾「殺」的副詞，包山簡文交代的都是多人殺一人的案件，這與《子犯子餘》簡文的意思是相近的。「僉」是齒音字，但「劍」字為見母字，與「兼」音近義近，但楚簡有「兼」字，此處又似不可強讀為「兼」，因此「僉」、「廛」的讀法可從整理者的意見。《用曰》的讀法也可據意義更明確的《子犯子餘》做出更正。〔註 145〕

【劉偉浠】：簡 6 的莽（僉）字形上兩橫式受同篇茲類化作用。〔註 146〕

【zzusdy】：類似寫法的「僉」見於《用曰》簡 17。〔註 147〕

【王寧】：「莽」字，整理者云：「疑為『僉』字，《小爾雅‧廣言》：『同也。』」之說可從。此字即楚簡「僉」字下面所從的部分，從「吅」從二人相并，表示眾人共同說話的意思，即《書‧堯典》和《楚辭‧天問》所謂「僉

〔註 144〕暮四郎：清華七《子犯子餘》初讀，簡帛論壇，http://www.bsm.org.cn/bbs/read.php?tid=3458&page=2，第十樓，2017 年 4 月 24 日。

〔註 145〕黑白熊：清華七《子犯子餘》初讀，簡帛論壇，http://www.bsm.org.cn/bbs/read.php?tid=3458&page=2，第十七樓，2017 年 4 月 24 日。

〔註 146〕劉偉浠:清華七《子犯子餘》初讀，簡帛論壇，http://www.bsm.org.cn/bbs/read.php?tid=3458&page=4，第三十八樓，2017 年 4 月 27 日。

〔註 147〕Zzusdy：清華七《子犯子餘》初讀，簡帛論壇，http://www.bsm.org.cn/bbs/read.php?tid=3458&page=4，第三十九樓，2017 年 4 月 27 日。

曰」是也，《說文》訓「皆」即其義之引申，故此字徑釋「僉」即可。〔註148〕

【羅小虎】：整理報告云：疑為「僉」字，《小爾雅・廣言》：「同也。」此說可疑。「僉」字在上古漢語中罕見動詞用法。《說文》：「僉，皆也。」《尚書・堯典「僉曰」，孔傳：「僉，皆也。」《楚辭・天問》「僉曰」，王逸注：「僉，眾也。」辭例一致，或訓「皆」，或訓「眾」。傳世古書中，此字後多接動詞，如「僉曰」、「僉進」，無動詞用法。《小爾雅》中的「同」，其義當與「皆」相同。簡文中的這個字，明顯是動詞。此字暫不識。疑為「共」字異構。共，共同具有。《論語・公冶長》：「與朋友共，敝之而無憾。」「共利」一說，古書亦多見：《莊子・達生》：「不與民共利，行年七十而猶有嬰兒之色。」《淮南子・兵略訓》：「而與民共享其利。」〔註149〕

【子居】：「」與「僉」字有明顯差別，此字當即「覵」字，相較於「覵」形，只是多了類似於「并」字的雙橫筆，同樣的增寫雙橫筆情況還見於包山簡的部分「皆」字。「僉」字從「覵」得義，「覵」形所表示的，當即共同義，《正字通・兒部》：「覵，同昆。」《說文・日部》：「昆，同也。」《莊子・天運》：「故若混逐叢生，林樂而無形。」成玄英疏：「混，同也。」〔註150〕

【伊諾】：簡文此「」字，羅小虎與包山簡「僉殺」例比對，是對的，然懷疑是「共」字異構則可商。從文意上說雖釋「共」可通，然於字形不安。商代金文《共覃父乙簋》「共」字作「」形，朱芳圃以為「共象兩手奉瓮形。」季旭昇說「甲骨文『』舊或釋『共』（《甲骨文編》315 號）；牧共簋『』字郭沫若釋『共』，以為象拱璧形（《金文叢考》219 頁），都有討論的餘地。今改作『弁』。甲骨文有（合集 14295）、（合集 14795 正）、（合集 14795 反）等形。謝明文老師上課說，、、 當是「共」字，西周中期《師晨鼎》亦有「」形，後或訛變作「」形，再進一步訛變作

〔註148〕王寧：〈釋清華簡七《子犯子餘》中的「愕籲」〉，復旦大學出土文獻與古文字研究中心網站，http://www.gwz.fudan.edu.cn/Web/Show/3024，2017 年 5 月 4 日。

〔註149〕羅小虎：清華七《子犯子餘》初讀，簡帛論壇，http://www.bsm.org.cn/bbs/read.php?tid=3458&page=10，第九十二樓，2017 年 7 月 02 日。

〔註150〕子居：〈清華簡柒《子犯子餘》韻讀〉，中國先秦史網站，http://www.xianqin.tk/2017/10/28/405，2017 年 10 月 28 日。

「艹」、「艹」、「芖」等形，「𠈌」應該是「𠈌」過度到「共」的中間形態。其說可從。且遍查各字編「共」字形，下皆從兩手會捧奉意，未見下從「人」形者，故釋「茻」為「共」之異構，於字形未安。子居先生釋此「茻」字為「覎」字，亦不妥。首先，「覎」，目前古文字中未見，當出現較晚；其次，子居所據《正字通》為明代字書，時代較晚，所收字形未必可靠。古書用例都是「昆」或「混」，故釋「覎」當也不可靠。我們認為當從整理者說，釋為「僉」字，共同的意思，亦不必再破讀為「共」。〔註151〕

謹按：「茻（僉）」字於包山楚簡文書135已有此字，讀為「僉」，作茻：「苟冒、宣卯僉殺僕之兄刃。」「僉殺」指共同殺害。〔註152〕據此，就詞意上「茻（僉）」依整理者讀為「僉」，訓為同可從。然「僉」字尚未見動詞用法，逕自訓為「同」尚存疑。

（二十五）事（使）又（有）訛（過）女（焉）

事（使）	又（有）	訛（過）	女（焉）	

1. 事（使）

【鄭邦宏】：「事」，整理者如字讀，而在注釋中，整理者將此句譯為「如果有過錯，不喜歡推給他人，必定自己獨攬」，對文意的把握是正確的。「事」，當讀為「使」，此表假設連詞。《論語·泰伯》：「如有周公之才之美，使驕且吝，其餘不足觀也已。」劉淇指出：「使，假設之辭也。」〔註153〕

【陳偉】：事，整理者無說。今按：恐當讀為「使」。《助字辨略》卷三「使」

〔註151〕伊諾：〈清華柒《子犯子餘》集釋〉復旦大學出土文獻與古文字研究中心網站，http://www.gwz.fudan.edu.cn/Web/Show/4210，2018年1月18日。

〔註152〕陳偉：〈包山楚司法簡131～139號補釋〉，簡帛網，http://www.bsm.org.cn/show_article.php?id=24，2005年11月02日。

〔註153〕石小力整理：〈清華七整理報告補正〉，清華大學出土文獻讀書會，http://www.ctwx.tsinghua.edu.cn/publish/cetrp/6831/2017/20170423065227407873210/20170423065227407873210_.html，2017年4月23日。

字條：「《論語》『使驕且吝。』《後漢書・仲長統傳》：『使居有良田廣宅。』使，假設之辭也。」《國語・吳語》亦云：「使死者無知，則已矣。若其有知，吾何面目以見員也。」〔註154〕

　　謹按：由《帛易・損》：「六四，損其疾，事（使）端（遄）有喜，无咎。」可見「事」、「使」二字可通假。《史記・衛將軍驃騎列傳》：「青幸得以肺腑待罪行閒，不患無威，而霸說我以明威，甚失臣意。且使臣職雖當斬將，以臣之尊寵而不敢自擅專誅於境外，而具歸天子，天子自裁之，於是以見為人臣不敢專權，不亦可乎？」一文中「幸得……使」的用法與簡文「幸尋（得）又（有）利不忻蜀（獨），欲皆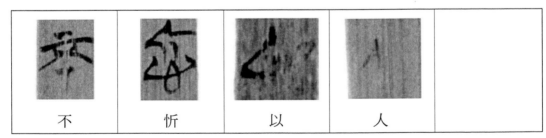（僉）之，事又（有）訛（過）女（焉），不忻以人，必身廛（擅）之」相類。故此處應從鄭邦弘先生、陳偉先生之說，將「事」讀為「使」，表假設連詞假如、假使。

2. 訛

　　【整理者】：訛，讀為「過」。《論語・子路》「赦小過」，皇侃疏：「過，誤也。」（頁95）

　　謹按：《說文》：「過，度也。从辵、咼聲。」楚簡也以「訛」表示｛過｝或｛禍｝，例：郭店簡《語叢四》6「必文以訛（過），毋令知我。」中作「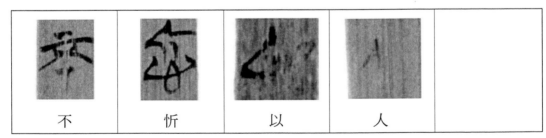」（郭・語4・6）。就其句意：「假使有過錯，不求推給他人」，則此處整理者讀為「過」，訓為過錯可從。

（二十六）不忻以人

不	忻	以	人	

1. 不忻以人

　　【整理者】：以，訓為「及」。《國語・周語上》引《書・湯誓》「無以萬夫」，《呂氏春秋・順民》引「以」作「及」。句意為不喜歡推給他人。（頁95）

〔註154〕陳偉：〈清華七《子犯子餘》校讀〉，簡帛網，http://www.bsm.org.cn/show_article.php?id=2793，2017年4月30日。

【子居】：《國語‧周語上》所引《湯誓》和《盤庚》的「余一人有罪，無以萬夫；萬夫有罪，在余一人」、「國之臧，則惟女眾。國之不臧，則惟余一人，是有逸罰。」皆可與此節比較，由於《湯誓》和《盤庚》都屬於《尚書》的《商書》部分，故同類觀念當是在以宋地為中心的文化區非常流行的觀念。〔註155〕

謹按：清王引之《經傳釋詞》卷一：「以，猶及也。」《易‧小畜》：「富以其鄰。」《論語‧堯曰》：「朕躬有罪，無以萬方。」皆為整理者將「以」訓為「及」的例證。整理者訓為「及」可從，然此處解釋為「連及」較為恰當。

（二十七）必身廛（擅）之

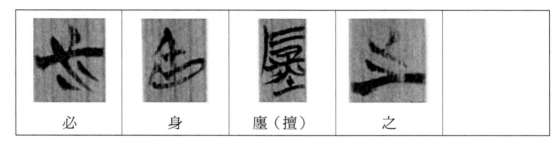

必	身	廛（擅）	之	

1. 必身廛（擅）之

【整理者】：廛，讀為「擅」，《說文》：「專也。」這句話與前一句相對，分別就「利」、「過」兩種對立情況而言。有幸得利，不樂於自己獨享，希望大家都有；如果有過錯，不喜推給他人，必定自己獨攬。（頁96）

【暮四郎】：「僉」、「廛」或當分別讀為「斂」、「展」。3簡36、上博簡《用曰》簡17「廛」均用為「展」。二詞相對。上博六《用曰》簡17：「僉（斂）之不骨（過），而廛（展）之亦不能違。」〔註156〕

【厚予】：「廛」疑讀為「展」，郭店《緇衣》引《詩》「展也大成」，「展」寫作「廛」。展，省視也。大意是：有過錯不察於人和省視自己。〔註157〕

【羅小虎】：博簡《用曰》第17簡「![印]」《子犯子餘》第5簡中的「![印]」

〔註155〕子居：〈清華簡柒《子犯子餘》韻讀〉，中國先秦史網站，http://www.xianqin.tk/2017/10/28/405，2017年10月28日。

〔註156〕暮四郎：清華七《子犯子餘》初讀，簡帛論壇，http://www.bsm.org.cn/bbs/read.php?tid=3458&page=2，第十樓，2017年4月24日。

〔註157〕厚予：清華七《子犯子餘》初讀，簡帛論壇，http://www.bsm.org.cn/bbs/read.php?tid=3458&page=2，第十八樓，2017年4月24日。

應是一個字，不當釋讀為「庶」。《子犯子餘》的整理報告認為可讀為「擅」或「專」字，應是。又：「 」與「 」二者稍有不同。前者少了一橫，下面是類似「日」字的形狀。後者多了一橫，類似「田」字。但應當看成一個字，讀為「擅」，可從。《說文手部》：「擅，專也。」意思是專擅、獨攬。《莊子・漁父》：「不仁之於人也，禍莫大焉，而由獨擅之。」《戰國策・秦策三》：「且昔者，中山之地，方五百里，趙獨擅之。」《史記・趙世家》：「亡韓，秦獨擅之。」《淮南子・俶真訓》：「已自以為獨擅之，不通之於天地。」〔註 158〕

【子居】：對比《國語・晉語四》：「公子弗聽。姜與子犯謀，醉而載之以行。醒，以戈逐子犯，曰：『若無所濟，吾食舅氏之肉，其知饜乎！』……及河，子犯授公子載璧，曰：『臣從君還軫，巡於天下，怨其多矣！臣猶知之，而況君乎？不忍其死，請由此亡。』公子曰：『所不與舅氏同心者，有如河水。』沉璧以盾。」及晉文公即位後的復仇之舉，即不難看出，相比於《晉語四》的描述，清華簡《子犯子余》所描寫的趙衰對重耳的評價，已經極盡溢美，明顯屬於不實之辭。〔註 159〕

【伊諾】：我們認為當從整理者釋。〔註 160〕

【袁證】：「厚予」先生意見可從，《爾雅・釋言》：「展，適也。」王引之述聞：「適與省同義。……是省視謂之展，亦謂之適也。」這句話屬子餘對「二三臣」一定程度的褒揚之辭，表示他們仍有可用之處。〔註 161〕

謹按：從《莊子・漁父》：「不仁之於人也，禍莫大焉，而由獨擅之。」對比簡文「事又（有）訛（過）女（焉），不忻以人，必身廛（擅）之」，「廛」字此處整理者讀為「擅」，專也，可從。表示重耳有過錯不求連及他人，必定自身獨攬之。

〔註 158〕羅小虎：清華七《子犯子餘》初讀，簡帛論壇，http://www.bsm.org.cn/bbs/read.php?tid=3458&page=10，第九十二樓，2017 年 7 月 02 日。

〔註 159〕子居：〈清華簡柒《子犯子餘》韻讀〉，中國先秦史網站，http://www.xianqin.tk/2017/10/28/405，2017 年 10 月 28 日。

〔註 160〕伊諾：〈清華柒《子犯子餘》集釋〉復旦大學出土文獻與古文字研究中心網站，http://www.gwz.fudan.edu.cn/Web/Show/4210，2018 年 1 月 18 日。

〔註 161〕袁證：《清華簡〈子犯子餘〉等三篇集釋及若干問題研究》（武漢：武漢大學碩士學位論文，2018 年）

（二十八）虐（吾）宔（主）弱寺（恃）而悬（強）志

虐（吾）	宔（主）	弱	寺（恃）	而
悬（強）	志			

1. 寺（恃）

　　【整理者】：寺，讀為「時」。《國語‧越語下》「時將有反」，韋昭注：「時，天時。」（頁96）

　　【王挺斌】：「弱寺（時）而悬（強）志」之「時」，指的就是光陰、歲月。「弱時」指的是年少，同古書中的「弱辰」、「弱歲」、「弱年」、「弱齒」、「弱齡」。「弱寺（時）而悬（強）志」即「弱時而強志」，指的是年少而記憶力好。〔註162〕

　　【悅園】：「弱時而 A 志」，A 整理者釋為「【強＋心】」，按 A 應改釋為「悸」，見包山簡 85、278 及蔡侯申鐘等。悸志，即違背志願。〔註163〕

　　【王寧】：「寺」當讀「持」，本義是握持，這裡指體力方面的事情，猶今言「體力活」，今言「肩不能扛，手不能提」，亦指體力弱。「強志」的「志」，《說文》：「意也」，這裡指意志、想法。〔註164〕

　　【翁倩】：將「寺」讀為「時」或「持」似乎能解釋通，但與上下文義不

〔註162〕石小力整理：〈清華七整理報告補正〉，清華大學出土文獻讀書會，http://www.ctwx. tsinghua.edu.cn/publish/cetrp/6831/2017/20170423065227407873210/2017042306522 7407873210_.html，2017 年 4 月 23 日。

〔註163〕悅園：清華七《子犯子餘》初讀，簡帛論壇，http://www.bsm.org.cn/bbs/read.php? tid=3458&page=5，第四十五樓，2017 年 4 月 28 日。

〔註164〕王寧：〈釋清華簡七《子犯子餘》中的「愕籀」〉，復旦大學出土文獻與古文字研究中心網站，http://www.gwz.fudan.edu.cn/Web/Show/3024，2017 年 5 月 4 日。

符。疑可讀為「恃」，意為依靠。「寺」為之部邪母，「恃」為之部禪母，二者疊韻關係，可通假。《說文・心部》：恃，賴也。从心、寺聲。時止切。《段注》：韓詩云，恃，負也。如上博藏二《魯邦大旱》：「亓（其）欲雨或（有）甚於我，或（何）必寺（恃）虖（乎）名虖（乎）？」寺，讀為「恃」。《老子》五十一章：「為而不恃。」漢帛書甲本「寺」作「恃」。因此，「吾主弱寺而強志」這句話就可理解為，我主上沒有強大的依靠但有堅強的意志。〔註165〕

【蕭旭】：「寺」讀為「植」，立也。弱寺，即「弱植」。《左傳・襄公三十年》：「其君弱植，公子侈，大子卑，大夫敖，政多門。」孔疏：「《周禮》謂草木為植物，植為樹立，君志弱，不樹立也。」弱植，言其本質柔弱；強志，言其意志固執，二者有內外之別。弱時而強志，即所謂外強中乾者也，指其性格懦弱，但又很犟。〔註166〕

【易泉】：還可補充一例。《信陽竹書》1-02 簡有「【夫】戔（賤）人剛恃而及於型者」。《說文》：「剛，彊也。」弱恃，與「剛恃」意義似相反。〔註167〕

子居：「寺」當讀為「持」，前文已言，「弱持」即弱於自守，但前文已分析，蒲地的防守力量本即薄弱，顯然不是重耳憑主觀意願就能自守的，所以重耳的「弱持」是客觀條件使然。〔註168〕

【伊諾】：我們認為翁倩之說可從，「寺」可讀為「恃」，「吾主弱寺而強志」即可理解為，我主上沒有強大的依靠但有堅強的意志。〔註169〕

袁證：「寺」當與「峜」同樣讀為「恃」。穆公問公子為何不能「恃」，子餘言我主雖弱於「恃」，但強於「志」。〔註170〕

〔註165〕翁倩：〈清華簡（柒）《子犯子餘》篇札記一則〉，簡帛網，http://www.bsm.org.cn/show_article.php?id=2808，2017 年 05 月 20 日。

〔註166〕蕭旭《清華簡（七）〈子犯子餘〉「弱寺」解詁》，復旦大學出土文獻與古文字研究中心網，2017 年 5 月 23 日。

〔註167〕易泉：清華七《子犯子餘》初讀，簡帛論壇，http://www.bsm.org.cn/bbs/read.php?tid=3458&page=8，第七十一樓，2017 年 5 月 24 日。

〔註168〕子居：〈清華簡柒《子犯子餘》韻讀〉，中國先秦史網站，http://www.xianqin.tk/2017/10/28/405，2017 年 10 月 28 日。

〔註169〕伊諾：〈清華柒《子犯子餘》集釋〉復旦大學出土文獻與古文字研究中心網站，http://www.gwz.fudan.edu.cn/Web/Show/4210，2018 年 1 月 18 日。

〔註170〕袁證：《清華簡〈子犯子餘〉等三篇集釋及若干問題研究》（武漢：武漢大學碩士

〔「寺」字諸家說法整理〕

一 「時」	1 整理者	天時。
	2 王挺斌	指的就是光陰、歲月。「弱時」指的是年少，同古書中的「弱辰」、「弱歲」、「弱年」、「弱齒」、「弱齡」。
二 「持」	1 王寧	「寺」當讀「持」，本義是握持，這裡指體力方面的事情，猶今言「體力活」，今言「肩不能扛，手不能提」，亦指體力弱。
三 「恃」	1 翁倩	疑可讀為「恃」，意為依靠。
	2 易泉	弱恃，與「剛恃」意義似相反。
	3 伊諾	從翁倩之說。
四 「植」	1 蕭旭	讀為「植」，立也。弱寺，即「弱植」。言其本質柔弱。

謹按：若依蕭旭先生所言，重耳性格懦弱，又很犟，則與前面對重耳的讚美相牴觸。此處應從翁倩先生、易泉之說，將將「寺」讀為「恃」，「弱恃」指重耳當時沒有強大的依靠。由《史記‧十二諸侯年表》：「申生以驪姬讒自殺。重耳奔蒲，夷吾奔屈。」《史記‧晉世家》：「居狄五歲而晉獻公卒，裏克已殺奚齊、悼子，乃使人迎，欲立重耳。重耳畏殺，因固謝，不敢入。」可知，驪姬之亂時，重耳當時在晉國並沒有強大的依靠，最後只能出奔十九年。「強志」則呼應簡五「翟轄於志」說明重耳有堅強的意志。在《前漢紀‧孝哀皇帝紀上》：「惟陛下執乾剛之德，強志守度，進用忠良，無聽讒佞，竭邪臣之態。」中，則用「強志守度」來期勉孝哀皇帝，詞意可與簡文相對照。

簡　六

（二十九）不【五】□□□，募（顧）監於訛（過）

 不				 募（顧）

學位論文，2018 年。

監		於	訛（過）	

1. 募（顧）監於訛（禍）

　　【整理者】：募，「寡」字，讀為「顧」，表轉折。裴學海《古書虛字集釋》（第三二六頁）：「顧猶但也。」監，《爾雅・釋詁》：「視也。」（頁 96）

　　【趙嘉仁】：《清華大學藏戰國竹簡》（柒）《子犯子餘》篇的釋文將「訛」括注為「禍」。按整個清華簡（柒）中「禍」字皆用「祸」字記錄，而「訛」都用作「過」。此處亦不應例外。〔註 171〕

　　【暮四郎】：整理報告將「顧」解為轉折連詞但，「監」解為視。今按：「顧」看作動詞、理解為視，將「顧」、「監」理解為同義連用，似乎也可以成立。「顧」的這種用法見於《大雅・皇矣》「監觀四方，求民之莫」。〔註 172〕

　　【心包】：回應暮四郎，《上博九・舉王治天下》〈文王訪之於尚父〉篇經過鄔可晶先生的編聯，有如下一句話：「昔者有神，顧監在下，乃語周之先祖，曰⋯⋯」（《上博九・舉王治天下》〈文王訪之於尚父〉篇編聯小議，簡帛網，2013 年，1 月 11 日），亦可與之互看。〔註 173〕

　　【王寧】：「不□□□」，根據上文子犯的話，可能當作「不秉禍利」。「顧」前當斷讀。「訛」仍當讀「過」。〔註 174〕

　　【米醋】：「監」讀「鑒」。望山楚簡二 48：一大監（鑑）。傳世文獻常見「鑒」「於」搭配。《孟子・離婁上》：殷鑑不遠，在夏后之世。趙岐注：欲使

〔註 171〕趙嘉仁：〈清華簡（七）散札（草稿）〉，復旦大學出土文獻與古文字研究中心網站論壇，http://www.gwz.fudan.edu.cn/forum/forum.php?mod=viewthread&tid=7968，2017 年 4 月 24 日。

〔註 172〕暮四郎：清華七《子犯子餘》初讀，簡帛論壇，http://www.bsm.org.cn/bbs/read.php?tid=3458&page=2，第十樓，2017 年 4 月 24 日。

〔註 173〕心包：清華七《子犯子餘》初讀，簡帛論壇，http://www.bsm.org.cn/bbs/read.php?tid=3458&page=2，第十二樓，2017 年 4 月 24 日。

〔註 174〕王寧：〈釋清華簡七《子犯子餘》中的「愕籋」〉，復旦大學出土文獻與古文字研究中心網站，http://www.gwz.fudan.edu.cn/Web/Show/3024，2017 年 5 月 4 日。

周亦鑑於殷之所以亡也。這麼看感覺「顧」也可以是「顧省」，和「鑒」近義連用。但是上文殘了無法判斷是動詞還是表轉折的連詞。〔註175〕

【子居】：網友暮四郎指出：「『顧』看作動詞、理解為視，將『顧』、『監』理解為同義連用，似乎也可以成立。」所說是。〔註176〕

【伊諾】：第六簡簡首闕三字，王寧（2017c）認為「根據上文子犯的話，可能當作『不秉禍利』。」或可從。……我們認為視「顧」「監」為同義連用可從。〔註177〕

〔「募」字諸家說法整理〕

一 「顧」	1 整理者	讀為「顧」，表轉折。
	2 暮四郎	「顧」看作動詞、理解為視，將「顧」、「監」理解為同義連用，似乎也可以成立。
	3 心包	從暮四郎之說，可與《上博九‧舉王治天下》〈文王訪之於尚父〉篇互看。
	4 子居	從暮四郎之說。
	5 王寧	「顧」前當斷讀。
	6 伊諾	王寧之說或可從。
二 「鑒」	1 米醋	「監」讀「鑒」。感覺「顧」也可以是「顧省」，和「鑒」近義連用。但是上文殘了無法判斷是動詞還是表轉折的連詞。

謹按：若依王寧先生將「不□□□」，可能當作「不秉禍利」，則「不秉禍利募（顧）監於訛（過）」中「不……，顧……」句型即可以視為轉折語氣，依整理者將「募」，讀為「顧」，表轉折。如《史記‧張儀列傳》：「今三川、周室，天下之朝市也，而王不爭焉，顧爭於戎翟，去王業遠矣。」用法相同。然而簡12處已論述原整理者「不秉禍利，身不忍人」應依鄔可晶先生斷句為「不秉禍利身，不忍人」，則「不□□□」中缺字仍無法有定論，故整理者將「募」表轉折之意尚存疑。

〔註175〕米醋：清華七《子犯子餘》初讀，簡帛論壇，http://www.bsm.org.cn/bbs/read.php? tid=3458&page=11，第一百零五樓，2017 年 10 月 24 日。

〔註176〕子居：〈清華簡柒《子犯子餘》韻讀〉，中國先秦史網站，http://www.xianqin.tk/2017/ 10/28/405，2017 年 10 月 28 日。

〔註177〕伊諾：〈清華柒《子犯子餘》集釋〉復旦大學出土文獻與古文字研究中心網站，http://www.gwz.fudan.edu.cn/Web/Show/4210，2018 年 1 月 18 日。

　　依暮四郎所謂「顧」看作動詞、理解為視，將「顧」、「監」理解為同義連用，目前在傳世文獻中尚未發現顧監（鑑）連用的例子，心包提出《上博九・舉王治天下》〈文王訪之於尚父〉篇經過鄔可晶先生的編聯，有如下一句話：「☒之，至于周之東，乃命之曰：『昔者又（有）神【《上博（八）・成王既邦》簡 16】顧監于下，乃語周之先祖，曰：『天之所向，若或與之；天之所怀（背），若佢（拒）之。』」〔註178〕中出現「顧監」兩字連用，有觀照監察之意。則簡文中「顧監於過」則表示公子重耳除了「事有過焉不忻以人，必身擅之。」，並且希望以此過為前車之鑑。如此，將「顧」、「監」理解為同義連用或可從。

（三十）宔（主）女（如）此胃（謂）無良右（左）右

宔（主）	女（如）	此	胃（謂）	無
良	右（左）	右		

1. 如此

　　【悅園】：「如此」係偏義複詞，「如」表示假設，「此」沒有意義。「主如此謂無良左右」，與簡 3「主如曰疾利焉不足」可以對看，「主如（此）謂」即「主如曰」。因言「如」而連言「此」，「此」字只起到陪襯作用。如《左傳》昭公十三年「鄭，伯男也，而使從公侯之貢」，孔穎達引王肅注：「鄭，伯爵，而連男言之，猶言曰公侯，足句辭也。」見孔穎達：《春秋左傳正義》，十三經注疏本，中華書局，2009 年，第 4501 頁。許嘉璐先生對這種現象總結道：「本說甲，而連帶說到乙，使兩個相關的詞連在一起，卻只突出表達其中一

〔註178〕鄔可晶：《上博九・舉王治天下》〈文王訪之於尚父〉篇編聯小議，簡帛網，http://www.bsm.org.cn/show_article.php?id=1806#_ednref10，2013 年，1 月 11 日。

個詞的意義，這種修辭方法就是連文。」〔註179〕

【伊諾】：「如此」整理者未注解，此句，大家通常都理解為「主如果據此／因此說（公子）無良左右」。然網友悅園注「如此」為偏義復詞，以「此」無義，若與上文「主如曰疾利焉不足」對照看，似更好，可從。〔註180〕

謹按：「如此」一詞連用多是「像這樣」之意。如《孟子‧梁惠王下》：「左右皆曰可殺，勿聽。諸大夫皆曰可殺，勿聽。國人皆曰可殺，然後察之，見可殺焉，然後殺之。故曰國人殺之也。如此然後可以為民父母。」《禮記‧樂記》：「如此，則國之滅亡無日矣。」簡文「宔（主）女（如）此胃（謂）無良右（左）右」則回呼應了前面秦公所問：「母（毋）乃無良右（左）右也虖」一句。若依悅園、伊諾之說，則尚未在文獻中見「如此」有偏義複詞用法。

（三十一）誠殹（繄）蜀（獨）亓（其）志

| 誠 | 殹（繄） | 蜀（獨） | 亓（其） | 志 |

1. 殹（繄）蜀（獨）亓（其）志

【整理者】：殹，讀為「繄」。《左傳》僖公五年「惟德繄物」，陸德明《釋文》：「繄，是也。」蜀，讀為「獨」。獨其志，以其志為獨有，是合志的反義。《逸周書‧官人》：「合志而同方，共其憂而任其難……曰交友者也。」（頁96）

【王寧】：蜀（獨）其志，獨其志，使其想法孤獨，即不了解其意志的意思。這段簡文是韻文，所以用字比較精煉，疑當讀為：「吾主於難，愕籀於《志》，幸得有利不忻獨，欲皆僉之；事有過焉不忻以人，必身擅之。」吾主弱持而強志，不[秉禍利]，顧監於過，而走去之。主如此謂無左右，誠殹獨其志。」意思大概是子餘對秦穆公說：吾主（重耳）遭難的時候，驚慌中閱讀志書，有幸

〔註179〕閱園：清華七《子犯子餘》初讀，簡帛論壇，http://www.bsm.org.cn/bbs/read.php?tid=3458&page=8，第七十五樓，2017 年 6 月 05 日。

〔註180〕伊諾：〈清華柒《子犯子餘》集釋〉復旦大學出土文獻與古文字研究中心網站，http://www.gwz.fudan.edu.cn/Web/Show/4210，2018 年 1 月 18 日。

讀到了「有利益不喜歡獨享，希望大家都能得到；事情有了過錯不喜歡轉嫁給別人，必定獨自承擔」這段話。我主體力弱可意志強，不願接受禍亂帶來的利益，考慮是自己有了過錯，因此逃走離開了。您如果根據這個就說他沒有幫手，實在是不了解他的意志了。子餘說這番的話是反駁秦穆公說重耳身邊沒有左右（幫手）疑問，意思是我們主人（重耳）身邊有一批賢良的左右，本來是有能力應對禍患的，可因為他知書達理，顧及道義，不願意靠禍亂取利，認為是自己有了過錯，所以逃走了，并不是沒人幫助他去制止晉國的禍亂。〔註181〕

　　謹按：此處「宔（主）女（如）此胃（謂）無良右（左）右，誠殹（繄）蜀（獨）亓（其）志。」實為子餘向秦穆公辯駁「子若公子之良庶子，晉邦又（有）禂（禍）（二十），公子不能异（持）女（焉），而走去之，母（毋）乃無良右（左）右也虖（乎）？」問題最後的結論。「宔（主）女（如）此胃（謂）無良右（左）右」應解釋為秦穆公您這樣說重耳沒有好的左右輔臣，呼應秦穆公所謂「母（毋）乃無良右（左）右也虖（乎）？」而下句接「誠殹（繄）蜀（獨）亓（其）志。」則可釋為實在是您獨斷重耳的意志（不堅）啊！

　　「誠殹（繄）」即「誠是」，猶言實在是。如唐・陳子昂《申宗人冤獄書》：「幸能察罪明辜，窮奸極黨……誠是陛下神斷之明，抑亦盡忠之效。」「蜀（獨）亓（其）志」若依整理者所謂以其志為獨有，是合志的反義，此用法看來過於牽強。《荀子・臣道》：「故明主好同而闇主好獨，明主尚賢使能而饗其盛，闇主妒賢畏能而滅其功」此處「獨」為獨斷之意。「蜀（獨）亓（其）志」即獨斷其志，意指秦穆公您獨自專斷重耳的心志。

簡　七

（三十二）天豊㥁（悔）禂（禍）於公子

天	豊	㥁（悔）	禂（禍）	於

〔註181〕王寧：〈釋清華簡七《子犯子餘》中的「愕籋」〉，復旦大學出土文獻與古文字研究中心網站，http://www.gwz.fudan.edu.cn/Web/Show/3024，2017 年 5 月 4 日。

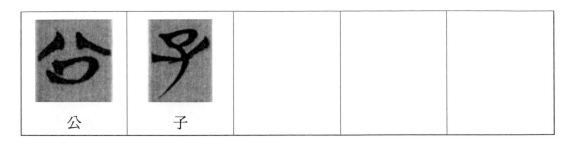			
公	子		

1. 豊

【整理者】：豊，疑為「豈」之誤。（頁 96）

2. 忞（悔）

【整理者】：忞，讀為「謀」。《書‧大禹謨》「疑謀勿成」，蔡沈《集傳》：「謀，圖為也。」（頁 96）

【陳偉】：整理者釋讀頗與文意不協。《左傳》隱公十一年：「若寡人得沒於地，天其以禮悔禍于許，無寧茲許公復奉其社稷。」杜注：「言天加禮于許而悔禍之。」楊伯峻注：「謂天或者依禮撤回加于許之禍。」以此比照，「忞」當讀為「悔」。「豊」即讀為「禮」，其前應脫寫「其以」之類文字，或者「天禮」可有「天以禮」之意。而該句大概應是陳述句，而非疑問句。〔註 182〕

【程燕】：「豊」，簡文作：豐。「豊」亦見於《趙簡子》7 號簡：豊，二字明顯有別，我們認為《子犯子餘》篇中整理者釋為「豊」的字應釋作「豐」。楚簡中的「豐」多作：豐包山 145 反、豐上博三‧周 51。簡文字形上部省略同形，是一種極為簡省的寫法。「豐」疑可讀為「亡」。「豐」，滂紐冬部（或歸東部），「亡」，明紐陽部。典籍中「邦」、「方」，「方」、「罔」相通，詳參《古字通假會典》第 26、312 頁。西周金文「豐」字或作：豐（伯豐方彝）、豐（仲夏父作醴鬲）、豐（豐卣）、豐（豐尊）（金文編 330）、豐（散盤）（金文編 332），應分析為從「壴（鼓）」，「亡」聲。亦可證「豐」可讀為「亡」。簡文「天亡謀禍於公子」，意謂老天不會嫁禍于公子。〔註 183〕

【心包】：簡 7 的「豊（豊）」不用懷疑，參《晉文公入於晉》簡 3 的「酒

〔註 182〕陳偉：〈清華簡七《子犯子余》「天禮悔禍」小識〉，簡帛網，http://www.bsm.org.cn/show_article.php?id=2782，2017 年 4 月 24 日。

〔註 183〕程燕：〈清華七簡記三則〉，簡帛網，http://www.bsm.org.cn/show_article.php?id=2788，2017 年 4 月 26 日。

「醴」合文 。〔註184〕

【汗天山（侯乃峰）】：「豊」或釋「豐」，當是（細看上部靠近豎筆的筆畫之粗細，和「豐」還是有區別的）。不過，認為：「豊」可讀為「亡」。簡文「天亡謀禍於公子」，意謂老天不會嫁禍于公子。似乎不當。戰國簡中好像還沒有發現這種用法的「豊」字吧？懷疑「豊」字如字讀即可，訓為「大」，如此亦可講通簡文。「豊」古有「大」義。《玉篇》：「豊，大也。」《國語・楚語上》「彼若謀楚，其必有豊敗也哉」，註：「大也。」《揚子・方言》：「凡物之大貌曰豊。」如此，則簡文可讀作「二子事公子，苟盡有心如是，天豊悔禍於公子」，意思是說：二位事公子，假如都有這樣的心意，上天也會大為悔恨降禍於公子的。所謂的「禍」，當是指上天讓公子重耳流亡在外十多年之事。古人迷信天命，禍難自然也是天之所命，故秦公這樣說。〔註185〕

【伊諾】：將「豊」隸作「豊」，視為「豈」之誤字，可從。「愳」讀為「謀」，意為「天豈會謀禍於公子呢」。〔註186〕

〔「豊」字諸家說法整理〕

一 「豈」	1 整理者	豊，疑為「豈」之誤。
	2 伊諾	從整理者。
二 「禮」	1 陳偉	「豊」即讀為「禮」，其前應脫寫「其以」之類文字，或者「天禮」可有「天以禮」之意。
	2 心包	參《晉文公入於晉》簡3的「酒醴」合文 。
三 「豐」	1 程燕	整理者釋為「豊」的字應釋作「豐」。「豐」疑可讀為「亡」。簡文「天亡謀禍於公子」，意謂老天不會嫁禍于公子。
	2 汗天山（侯乃峰）	懷疑「豊」字如字讀即可，訓為「大」，如此亦可講通簡文。

謹按：簡文中「」字比對金文及楚簡中的「豊」字與「豐」：

〔註184〕心包：清華七《子犯子餘》初讀，簡帛論壇，http://www.bsm.org.cn/bbs/read.php?tid=3458&page=3，第二十七樓，2017 年 4 月 26 日。

〔註185〕汗天山：清華七《子犯子餘》初讀，簡帛論壇，http://www.bsm.org.cn/bbs/read.php?tid=3458&page=3，第二十八樓，2017 年 4 月 26 日。後發表於侯乃峰：〈讀清華簡（七）零札〉，中國文字學會第九屆學術年會論文集，2017 年 08 月 19～20 日。

〔註186〕伊諾：〈清華柒《子犯子餘》集釋〉復旦大學出土文獻與古文字研究中心網站，http://www.gwz.fudan.edu.cn/Web/Show/4210，2018 年 1 月 18 日。

豊：（妘尊西周早期集成 6014）、（長囟盉西周中期集成 9455）、（郭‧老丙‧10）、（郭‧語 1‧103）、（上（1）‧性‧8）、（新甲 2‧28）、（清華簡金縢 12 號簡）、（膿）（郭‧五行‧28）

豐：（包 2‧145 反）、（上（2）‧容‧47）、（上博周易 51 號簡）

可見「豐」上半部原本的「玨」字形從金文到楚簡的過程中，已與兩旁的豎筆連結，或斷開成「　」形、或中間第二橫筆以連成一筆，如「　」形、或中間連成兩橫筆，如「　」形；由此可知「豐」的上半部筆畫變化多樣。並且與「豊」的上半部字形　、　、　有明顯不同。參照《晉文公入於晉》簡 3 的「酒醴」合文作「　」形，可確定簡文的「豊」當從整理者，隸定為「豊」，陳偉先生引《左傳》文例對比，認為「㥄」當讀為「悔」、「豊」即讀為「禮」，其前應脫寫「其以」之類文字，或者「天禮」可有「天以禮」之意，將該句視為陳述句一說，於文意上可行。

（三十三）乃各賜之鑯（劍）繥（帶）衣常（裳）而歚（善）之

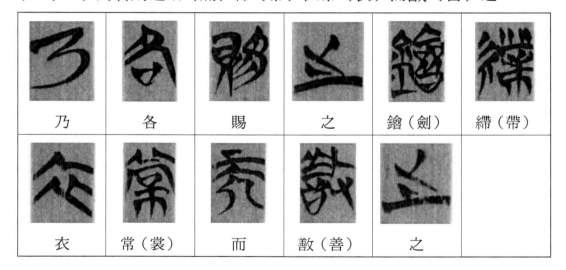

乃	各	賜	之	鑯（劍）	繥（帶）
衣	常（裳）	而	歚（善）	之	

1. 歚（善）

【整理者】：歚，讀為「膳」，《說文》：「具食也。」（頁 96）

【lht】：「善之」，是善待之的意思。《左傳》記晉知罃從容應該楚王的問話，楚王感慨「晉未可與爭」，「重為之禮而歸之。」「重為之禮」就是善之。

〔註 187〕

〔註 187〕lht：清華七《子犯子餘》初讀，簡帛論壇，http://www.bsm.org.cn/bbs/read.php?tid=3458&page=4，第三十三樓，2017 年 4 月 27 日。

【陳偉】：疑當讀為「善」。《戰國策・秦策二》「齊楚之交善」高誘注：「善，猶親也。」《呂氏春秋・貴公》「夷吾善鮑叔牙」高誘注：「善，猶和也。」《方言》卷一「黨、曉、哲，知也」錢繹箋疏：「相親愛謂之知，亦謂之善。」《左傳》哀公十六年：「又辟華氏之亂于鄭，鄭人甚善之。」《國語・周語下》：「晉侯其能禮矣，王其善之。」可與簡文比看。〔註188〕

【子居】：「善之」當解為稱讚之、認為很好的意思，此處即稱讚二人的回答。〔註189〕

【伊諾】：散，當釋讀為「善」，「善之」即誇讚之、認為「之」好的意思，子居之說可從。〔註190〕

【袁證】：整理者讀為「膳」，但文獻中未見「膳」有款待之義。整理者所引《說文》：「具食也」，段玉裁注：「具者、供置也。欲善其事也。」意為備置食物。如此則後面「之」字不易解釋。「散」讀為「善」可從，訓親。〔註191〕

〔「散」字諸家說法整理〕

一 「膳」	1 整理者	讀為「膳」，《說文》：「具食也。」
	1lht	「善之」，是善待之的意思。
	2 陳偉	疑當讀為「善」。
二 「善」	3 袁證	「散」讀為「善」可從，訓親。
	4 子居	「善之」當解為稱讚之、認為很好的意思。
	5 伊諾	從子居之說。

謹按：若依子居、伊諾「善之」解為「稱讚之」，則簡文順序應為「乃散（善）之而各賜之鐿（劍）繂（帶）衣常（裳）」。若依整理者將「散」，讀為「膳」，在文意上似可。例如諫簋：「母（毋）敢不善」、善夫克盨：「善（膳）

〔註188〕陳偉：〈清華七《子犯子餘》校讀〉，簡帛網，http://www.bsm.org.cn/show_article.php?id=2793，2017 年 4 月 30 日。

〔註189〕子居：〈清華簡柒《子犯子餘》韻讀〉，中國先秦史網站，http://www.xianqin.tk/2017/10/28/405，2017 年 10 月 28 日。

〔註190〕伊諾：〈清華柒《子犯子餘》集釋〉復旦大學出土文獻與古文字研究中心網站，http://www.gwz.fudan.edu.cn/Web/Show/4210，2018 年 1 月 18 日。

〔註191〕袁證：《清華簡〈子犯子餘〉等三篇集釋及若干問題研究》（武漢：武漢大學碩士學位論文，2018 年）

夫」，其中「善」即通假為「膳」。然而 lht、陳偉先生、袁證先生皆讀為「善」，釋為善待之或親善之。依《清華簡二‧繫年》簡 36-37：「文公十又二年居狄，狄甚善之，而弗能內，乃躋齊，齊人善之；躋宋，宋人善之，亦莫之能內。」簡文記載狄人、齊人、宋人都喜愛文公，但是沒有能力幫助他返回晉國登基為君。又《後漢書‧朱馮虞鄭周列傳》：「二十年東巡，路過小黃，高帝母昭靈后園陵在焉，時延（曹虞延）為部督郵，詔呼引見，問園陵之事。延進止從容，占拜可觀，其陵樹株櫱，皆諳其數，俎豆犧牲，頗曉其禮。帝善之，敕延從駕到魯。還經封丘城門，門下小，不容羽蓋，帝怒，使撻侍御史，延因下見引咎，以為罪在督郵。言辭激揚，有感帝意，乃制詔曰：『以陳留督郵虞延故，貰御史罪。』延從送車駕西盡郡界，賜錢及劍帶佩刀還郡，於是聲名遂振。」其文例與簡文接近。故此處依語境而言，當讀為「善」，即善待之、親善之。

（三十四）公乃畱（問）於邗（蹇）昬（叔）曰

公	乃	畱（問）	於	邗（蹇）
昬（叔）	曰			

1. 邗

【整理者】：邗，從邑，干聲，讀為「蹇」。蹇叔，宋人，受百里奚推薦，秦穆公迎為上大夫，《韓非子‧說疑》以其與百里奚等並為「霸王之佐」。（頁96）

【子居】：先秦兩漢文獻並無蹇叔為宋人之說。《韓非子‧難二》：「且蹇叔處干而干亡，處秦而秦霸，非蹇叔愚于干而智于秦也，此有君與無臣也。」可見韓非是以蹇叔原為邗臣。《史記‧李斯列傳》：「昔穆公求士，西取由余於

戎，東得百里奚於宛，迎蹇叔於宋，求丕豹、公孫支於晉。」《索隱》：「《秦紀》又云：『百里奚謂穆公曰：「臣不如臣友蹇叔，蹇叔賢而代莫知。」穆公厚幣迎之，以為上大夫。』今云『於宋』，未詳所出。」《正義》：「《括地志》云：蹇叔，岐州人也。時游宋，故迎之于宋。」可見《史記》雖言「迎蹇叔于宋」但也並非說蹇叔為宋人，現清華簡《子犯子餘》篇書「蹇叔」為「邗叔」，與《韓非子》所記正合，可證蹇叔確為邗人。〔註192〕

【伊諾】：子居之說可從。〔註193〕

謹按：由簡文中書「邗昏」為「蹇叔」及《韓非子・難二》：「且蹇叔處干而干亡，處秦而秦霸，非蹇叔愚于干而智于秦也，此有君與無臣也。」應可確定蹇叔在仕秦前，曾經在「干國」做大臣。但若如子居之說因此判斷蹇叔為邗人，則未見確切證據。

簡　八

（三十五）割（曷）又（有）儓（僕）若是而不果以或（國）

割（曷）	又（有）	儓（僕）	若	是
而	不	果	以	或（國）

1. 割

【整理者】：割，讀為「曷」，《說文》：「何也。」（頁96）

〔註192〕子居：〈清華簡柒《子犯子餘》韻讀〉，中國先秦史網站，http://www.xianqin.tk/2017/10/28/405，2017年10月28日。

〔註193〕伊諾：〈清華柒《子犯子餘》集釋〉復旦大學出土文獻與古文字研究中心網站，http://www.gwz.fudan.edu.cn/Web/Show/4210，2018年1月18日。

2. 不果以或（國）

【整理者】：果，《呂氏春秋‧忠廉》「果伏劍而死」，高誘注：「果，終也。」以，訓為「有」。《吳越春秋‧王僚使公子光傳》引季札語「社稷以奉」，《史記‧吳太伯世家》作「社稷有奉」。不果以國，即不果有國、不果得國。果得國，《左傳》僖公二十八年：「晉侯在外，十九年矣，而果得晉國。」（頁96）

【xiaosong】：此句似當斷作「曷有僕若是而不果？以國民心信難成也哉」。「不果」古書常見，沒有成功、沒有達成願望；「以」，因為；「國民心」即國民之心，《晏子春秋》外篇有「以傷國民義哉」，「國民義」、「國民心」結構相同。這句話意思是：（重耳）為何有這樣好的僕人還不能成功呢？是因為國家民眾之心實在難以收歸嗎？〔註194〕

【伊諾】：整理者斷讀是，誠如網友「xiaosong」言，「不果」即沒有成功的意思，那麼「不果以國」就是「不果有國」，即「有國」沒有成功，所以不必改讀。〔註195〕

謹按：此處當從整理者。如《孟子‧公孫丑下》：「固將朝也，聞王命而遂不果。」中「不果」即沒有成為事實、終於沒有實行。「不果以國」即「不果有國」。若依 xiaosong 斷作「曷有僕若是而不果？以國民心信難成也哉」則上句為問句，下句則為答句，如此則秦公應該自有定見。但下句蹇叔的回答為「訏（信）難成，殹（緊），或易成也。」可見秦公所言應是問句，則斷句從整理者當是。

（三十六）殹（殹）或易成也

殹（殹）	或	易	成	也

〔註194〕Xiaosong：清華七《子犯子餘》初讀，簡帛論壇，http://www.bsm.org.cn/bbs/read.php?tid=3458，第八樓，2017 年 4 月 23 日。

〔註195〕伊諾：〈清華柒《子犯子餘》集釋〉復旦大學出土文獻與古文字研究中心網站，http://www.gwz.fudan.edu.cn/Web/Show/4210，2018 年 1 月 18 日。

1. 殹

【整理者】：殹，讀為「繄」，訓「惟」，參看裴學海：《古書虛字集釋》（第二一八頁）。（頁 96）

【鄭邦宏】：「殹」，當讀為「抑」，楚簡習見，《清華簡（陸）・鄭文公問太伯（甲本）》簡 9+10：「枼（世）及虖（吾）先君卲公、剌（厲）公，殹（抑）天也，其殹（抑）人也，為是牢鼣（鼠）不能同穴，朝夕或（鬥）戜（閲），亦不愧（失）斬伐。」此表轉折的連詞。〔註196〕

【厚予】：[言+千]（信）難成，殹（繄）或易成也。「殹」可上讀。〔註197〕

【子居】：整理者在前面的注中已引陸德明《釋文》：「繄，是也。」此處也當訓為「是」而非訓為「惟」，「信難成，是又易成也」為轉折複句，為了強調後面所說民心與執政者施政行為的關係。〔註198〕

【伊諾】：當從網友「厚予」之說，「殹」屬上讀。可讀為「也」，句末語氣詞。即「信難成殹（也），或易成也」。「或」意為「又」。〔註199〕

謹按：此處可從鄭邦宏先生之說，「殹」，當讀為「抑」，表轉折的連接詞。「或」意為「又」。「信難成，殹或易成也。」整句回答秦穆公模稜兩可的答案，是為開啟後面所說民心與執政者施政行為的關係。

（三十七）凡民秉㢑（度）耑（端）正譖（僭）訰（忒）

凡	民	秉	㢑（度）	耑（端）

〔註196〕石小力整理：〈清華七整理報告補正〉，清華大學出土文獻讀書會，http://www.ctwx. tsinghua.edu.cn/publish/cetrp/6831/2017/20170423065227407873210/2017042306522 7407873210_.html，2017 年 4 月 23 日。

〔註197〕厚予：清華七《子犯子餘》初讀，簡帛論壇，http://www.bsm.org.cn/bbs/read.php? tid=3458&page=2，第十八樓，2017 年 4 月 24 日。

〔註198〕子居：〈清華簡柒《子犯子餘》韻讀〉，中國先秦史網站，http://www.xianqin.tk/2017/ 10/28/405，2017 年 10 月 28 日。

〔註199〕伊諾：〈清華柒《子犯子餘》集釋〉復旦大學出土文獻與古文字研究中心網站，http://www.gwz.fudan.edu.cn/Web/Show/4210，2018 年 1 月 18 日。

| 正 | 諙（僭） | 試（忒） | | |

1. 民秉厇（度）諯（端）正諙（僭）試（忒）

【整理者】：厇，即「宅」字，讀為「度」，《說文》：「法制也」。諯，讀為「端」，《說文》：「直也。」諙，讀為「僭」。《詩・抑》「不僭不賊」，毛傳：「僭，差也。」試，讀為「忒」。《詩・抑》「昊天不忒」，鄭箋：「不差忒也。」僭忒，也作「僭差」，意為僭越禮法制度，即失度。《書・洪範》「民用僭忒」，孔傳：「在位不敦平，則下民僭差。」（頁 96）

【趙嘉仁】：「秉（度）」的「秉」也應該讀為「稟」。「稟度」疑為《國語・吳語》「夫諺曰：『狐埋之而狐搰之，是以無成功。』今天王既封植越國，以明聞于天下，而又刈亡之，是天王之無成勞也。雖四方之諸侯，則何實以事吳？敢使下臣盡辭，唯天王秉利度義焉！」中「秉利度義」的縮略。《孔子家語・辯政》有「稟度」一詞，謂：「此地民有賢於不齊者五人，不齊事之而稟度焉。」《漢語大辭典》解釋為「受教」。如果「稟度」的意思是指受教。每個人受教的程度不同，表現一定也不一樣。簡文「凡民秉度端正僭忒，在上之人」一句，是說一般民眾其所稟受的訓教是端正還是僭忒，全在於上邊的人。〔註200〕

【蕭旭】：厇，圖版作「厇」字。

《廣雅》：「僭、忒，差也。」「忒」本義訓變更，訓差乃讀為忒。《說文》：「忒，失常也。」然此文「試」當讀為慝，姦惡也。諙，讀為讒，虛偽不信也，字亦作僭。《韓詩外傳》卷二：「聞君子不諙人，君子亦諙人乎？」《荀子・哀公》、《新序・雜事五》「諙」作「讒」。《詩・巷伯》：「取彼譖人。」《禮記・緇衣》鄭玄注、《後漢書・馬援傳》、《漢紀》卷 23 引並作「讒人」。P・3694《箋注本切韻》：「諙，諙讒。」P・2011 王仁昫《刊謬補缺切韻》、蔣斧印本

〔註200〕趙嘉仁：〈清華簡（七）散札（草稿）〉，復旦大學出土文獻與古文字研究中心網站論壇，http://www.gwz.fudan.edu.cn/forum/forum.php?mod=viewthread&tid=7968，2017 年 4 月 24 日。

《唐韻殘卷》、《玉篇》並曰：「譖，讒也。」《說文》、蔣斧印本《唐韻殘卷》並曰：「讒，譖也。」譖、讒一音之轉耳。《書・洪範》《釋文》：「忒，他得反，馬云：『惡也。』」《漢書・王嘉傳》引作「僭惡」，顏師古注：「僭，不信也。惡，惡也。」也作「譖惡」、「讒惡」，《爾雅》：「謔謔、謞謞，崇讒惡也。」郭璞注：「樂禍助虐，增譖惡也。」《墨子・修身》：「譖惡之言，無入之耳。批扞之聲，無出之口。」王念孫曰：「『譖惡』即『讒惡』，《左傳》『閒執讒慝之口』是也（《僖二十八年》）。『讒』與『譖』古字通。」也作「讒忒」，《魏書》卷 80：「姦佞為心，讒忒自口。」「譖忒」猶言詐偽，與「端正」對文。〔註201〕

　　【子居】：「秉度」後當斷句。對「度」的強調，在先秦以法家為最顯著，清華簡《管仲》篇即有「湯之行政而勤事也，必哉于義，而成于度」，可見《子犯子余》篇與《管仲》的相關性。「端正」一詞，於傳世文獻所見不早於戰國後期，因此可說明，《子犯子余》篇的成文也當不早於戰國後期。「譖」當讀為原字，「忒」則當讀為「惡」，譖忒二字皆從言即已表明「譖忒」就是《墨子・修身》中的「譖惡之言」，「譖惡」又作「讒惡」，《管子》、《左傳》、《國語》、《呂氏春秋》多有辭例。將人君稱「上之人」的稱法，又見於《管子・君臣》和《左傳・昭公三十一年》的「君子曰」部分，由此可見清華簡《子犯子余》篇和《左傳》中常常發表評論的「君子」都與《管子》一書有很大的關係。〔註202〕

　　【伊諾】：我們認為，「秉度」意為「秉持法度」。譖忒釋「譖惡」或「讒惡」、「僭忒」，都與「端正」對文，當為「秉度」的兩個方面，或當從蕭旭釋為「讒惡」，猶言詐偽。子居所謂「對『度』的強調，在先秦以法家為最顯著，清華簡《管仲》篇即有『湯之行政而勤事也，必哉於義，而成於度』，可見《子犯子餘》篇與《管仲》的相關性。」可從。〔註203〕

〔註201〕蕭旭：〈清華簡（七）校補（一）〉，復旦大學出土文獻與古文字研究中心網站，http://www.gwz.fudan.edu.cn/Web/Show/3055　，2017 年 5 月 27 日。

〔註202〕子居：〈清華簡柒《子犯子餘》韻讀〉，中國先秦史網站，http://www.xianqin.tk/2017/10/28/405，2017 年 10 月 28 日。

〔註203〕伊諾：〈清華柒《子犯子餘》集釋〉復旦大學出土文獻與古文字研究中心網站，http://www.gwz.fudan.edu.cn/Web/Show/4210，2018 年 1 月 18 日。

謹按：比對「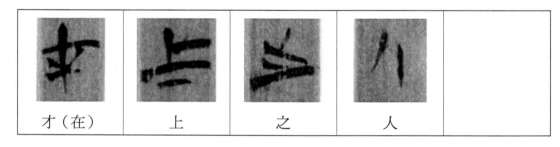」（厇（度））（上博五競建內之 10 號簡）與本簡 實屬同一字。蕭旭先生認為「厇」，圖版作「厇」字，可從。「厇」，讀為「度」。《韓非子‧制分》：「其治民不秉法，為善也如是，則是無法也。故治亂之理，宜務分刑賞為急。」其中「秉法」即守法、遵循法度。據此，「秉厇（度）」亦可解釋為「遵循法度」。「諯（端）正」當指正直不邪，例如《莊子‧天地》：「端正而不知以為義，相愛而不知以為仁。」成玄英疏：「端直其心，不為邪惡。」「諎試」依整理者釋為「僭忒」可從，言部字與心部字可相通（形旁義近相通），例如「訢」、「忻」。據此，「試」也可通「忒」。「僭忒」即越禮踰制，心懷疑貳。如整理者所舉出《書‧洪範》：「臣之有作威作福玉食，其害于而家，凶于而國，人用側頗僻，民用僭忒。」孔傳：「在位不敦平，則下民僭差。」例證，亦呼應下文「上繐（繩）不逢（失），斤（斤）亦不邌（僭）。」「凡民秉厇（度）諯（端）正諎（僭）試（忒），才（在）上之人」即指百姓遵循法度正直不邪、越禮逾制，全在於上位之人。

（三十八）才（在）上之【八】人

才（在）	上	之	人

1. 上之人

【子居】：將人君稱「上之人」的稱法，又見於《管子‧君臣》和《左傳‧昭公三十一年》的「君子曰」部分，由此可見清華簡《子犯子余》篇和《左傳》中常常發表評論的「君子」都與《管子》一書有很大的關係。[註204]

簡　九

（三十九）上繐（繩）不逢（失）

〔註204〕子居：〈清華簡柒《子犯子餘》韻讀〉，中國先秦史網站，http://www.xianqin.tk/2017/10/28/405，2017 年 10 月 28 日。

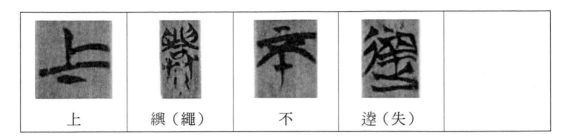

上	繩（繩）	不	遳（失）	

1. 繩（繩）

【整理者】：繩，讀為「繩」。《禮記・樂記》「以繩德厚」，鄭玄注：「繩，猶度也。」（頁96）

【子居】：將執政以繩準比喻，同樣是法家的典型特徵，《管仲》篇「執得如懸，執政如繩」即是其例，因此筆者在前言部分才說清華簡《子犯子余》篇的作者「其思想很可能是承襲自同屬清華簡的《管仲》篇作者」。

謹按：楚簡的「蠅」、「繩」等「黽」旁字形都寫作从「興」得聲[註205]，如：《上博六・天子建州》乙本5－6號「天子坐以巨（矩），食以義（儀），立以縣（懸），行以興（繩）」、《清華一・皇門》11「是楊（陽）是繩（繩）」、《清華三・芮良夫》19「約結繩（繩）剡（斷）」。整理者讀為「繩」無誤。

（四十）斤亦不遳（僭）

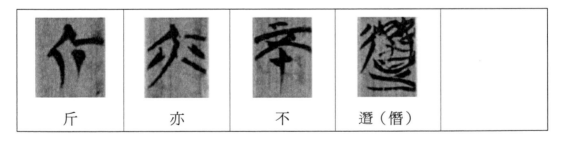

斤	亦	不	遳（僭）	

1. 斤亦不遳（僭）

【整理者】：斤，讀為「近」。或說讀為「困」。末幾句意為：民眾順隨法度，是端正合度，還是差錯失度，都在於在上位的人。在上位的人不失度，（即使）親近的人也不會有差失。（頁96）

【趙嘉仁】：「斤亦不（僭）」的「斤」字從字形和文意看，似應為「下」字之誤。[註206]

〔註205〕蘇師建洲：〈論楚文字的「龜」與「黽」〉，《出土文獻與物質文化【饒宗頤國學院國學叢書3】》（香港，中華書局，2017年10月），頁1～35。

〔註206〕趙嘉仁：〈清華簡（七）散札（草稿）〉，復旦大學出土文獻與古文字研究中心網站

【陳偉】：斤讀為「近」，游離于君民關係這一主題。所以整理者在通譯時要增加「即使」二字。讀為「困」，也有這方面的問題。其實，「斤」當如字讀，指斤斧。古人用斤時，往往需施繩墨，以使操作準確。故而繩、斤或可并言。《莊子·在宥》：「天下好知，而百姓求竭矣。于是乎釿鋸制焉，繩墨殺焉，椎鑿決焉。」《鹽鐵論·大論》：「夫治民者，若大匠之斲，斧斤而行之，中繩則止。」《潛夫論·贊學》：「夫瑚簋之器，朝祭之服，其始也，乃山野之木、蠶繭之絲耳。使巧倕加繩墨而制之以斤斧，女工加五色而制之以機杼，則皆成宗廟之器，黼黻之章，可羞于鬼神，可御于王公。」《莊子·在宥》、《鹽鐵論·大論》是在說治民之事，與簡文立意猶同。簡書中，「斤」喻民衆，與「繩」喻君上正相對應。〔註 207〕

【子居】：因為整理者將「譖試」讀為「僭忒」，因此才會有「（即便）親近的人也不會有差失」的誤解。實際上，「近亦不譖」即近人不會進讒言，《管子·明法解》：〔明主者，有法度之制，故群臣皆出於方正之治，而不敢為姦；百姓知主之從事於法也，故吏之所使者有法，則民從之；無法，則止；民以法與吏相距，下以法與上從事，故軸偽之人不得欺其主，嫉妒之人不得用其賊心，讒諛之人不得施其巧，千里之外，不敢擅為非；故明法曰：『有法度之制者，不可巧以軸偽。』」可參看。〔註 208〕

【伊諾】：趙嘉仁以為「斤」乃「下」字之誤，不確。簡文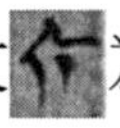為「斤」字無疑，可與簡五「（忻）」字參看。陳偉之說可從。〔註 209〕

〔「斤」字諸家說法整理〕

一 「近」	1 整理者	讀為「近」。或說讀為「困」。
	2 子居	「近亦不譖」即近人不會進讒言。

論壇，http://www.gwz.fudan.edu.cn/forum/forum.php?mod=viewthread&tid=7968，2017 年 4 月 24 日。

〔註 207〕陳偉：〈清華七《子犯子餘》校讀〉，簡帛網，http://www.bsm.org.cn/show_article.php?id=2793，2017 年 4 月 30 日

〔註 208〕子居：〈清華簡柒《子犯子餘》韻讀〉，中國先秦史網站，http://www.xianqin.tk/2017/10/28/405，2017 年 10 月 28 日。

〔註 209〕伊諾：〈清華柒《子犯子餘》集釋〉復旦大學出土文獻與古文字研究中心網站，http://www.gwz.fudan.edu.cn/Web/Show/4210，2018 年 1 月 18 日。

二 「下」	1 趙嘉仁	從字形和文意看，似應為「下」字之誤。
三 「斤」	1 陳偉	「斤」當如字讀，指斤斧。簡書中，「斤」喻民衆，與「繩」喻君上正相對應。
	2 伊諾	從陳偉之說。

　　謹按：趙嘉仁先生應是由「上纆（繩）不遾（失）」的「上」對文「斤（近）亦不遾（僭）」而懷疑「▦（斤）」似為「下」字之誤。首先書手上句的「上」字作「▦」，十分標準；若下句的「下」字不應差距如此。比對下列「下」字：

　　▦（郭・老甲・4）、▦（上（2）・容・2）、

　　▦（帛乙7・21）、▦（天卜）、▦（郭・緇・5）、

　　▦（九・56・47）、▦（上（2）・容・10）

其最後一筆皆為橫畫並與豎筆接上，然簡文中的「▦」最後一筆完全不同。若將此字作為「下」字之誤，於文意上雖然十分通順，但於字形上卻仍差異甚大。對比簡五「▦（忻）」字、簡九「▦折」字，簡文的「▦」確定為「斤」字。

　　對照上句「凡民秉庀（度）諯（端）正暜（僭）試（式），才（在）上之人」，此句的「上」對應「才（在）上之人」；則「斤」應對應「民」才是。若依整理者讀為「近」，在文意上實有未安之處。此處當從陳偉所謂將「斤」解釋為斤斧而比喻為人民。簡後亦有秦公「卑（譬）若從鸐（雉）肰（然）」的譬喻文句，故此處蹇叔以「斤」比喻成人民也很自然。但「上纆（繩）不遾（失）」中，已將「上」指在上之人，故此處的「繩」應是雙關在上之人施政的準繩。《韓非子・用人》：「三者立而上無私心，則下得循法而治，望表而動，隨繩而斲，因攢而縫。如此，則上無私威之毒，而下無愚拙之誅。」中「上無私心，則下得……隨繩而斲」即可對比「斤（近）亦不遾（僭）」。則整句話意謂：在上位者施政不偏差，人民就如同斤斧依準繩般遵循法度正直不邪。

（四十一）昔之舊聖折（哲）人之尃（敷）政命（令）荆（刑）罰

昔	之	舊	聖	折（哲）	人
之	尃（敷）	政	命（令）	荆（刑）	罰

1. 尃（敷）

【整理者】：尃，讀為「敷」，訓為「布」。毛公鼎（《集成》二八四一）：「專（敷）命專（敷）政」、「專（敷）命于外」。傳世文獻中多以政令、刑罰對稱，如《荀子・議兵》：「故制號政令欲嚴以威，慶賞刑罰欲必以信。」（頁97）

【子居】：先秦文獻在一篇之內同時提及「政令」、「刑罰」的，實際上只有《周禮》、《管子》、《荀子》三書而已，由此不難看出這一點有著明顯的齊地特徵。《管仲》篇與《荀子》多有可對應的內容，《荀子》的「政令」、「刑罰」對稱也是受《管子》影響使然，所以《子犯子餘》篇此處同樣是以「政令」、「刑罰」對稱，再一次將《子犯子餘》篇的思想淵源追溯到管子學派及《管子》其書。〔註210〕

【伊諾】：整理者讀「尃」為「敷」，訓為「布」是。（子居）其說可從。〔註211〕

謹按：「敷」，從「攴」、「專」聲，有傳布、施行之意。例如：《書・周官》：「司徒掌邦教，敷五典，擾兆民。」整理者讀「尃」為「敷」，訓為「布」是。至於子居先生認為「先秦文獻在一篇之內同時提及『政令』、『刑罰』的，實

〔註210〕子居：〈清華簡柒《子犯子餘》韻讀〉，中國先秦史網站，http://www.xianqin.tk/2017/10/28/405，2017 年 10 月 28 日。

〔註211〕伊諾：〈清華柒《子犯子餘》集釋〉復旦大學出土文獻與古文字研究中心網站，http://www.gwz.fudan.edu.cn/Web/Show/4210，2018 年 1 月 18 日。

際上只有《周禮》、《管子》、《荀子》三書而已」未免過於狹隘，《淮南子‧泰族訓》：「故刑罰不用，而威行如流；政令約省，而化耀如神。」亦出現過。

（四十二）事（使）眾若事（使）一人

事（使）	眾	若	事（使）	一	人

1. 事（使）

【馬楠】：《荀子‧不苟》有「總天下之要，治海內之眾，若使一人。」〔註212〕

【羅小虎】：整理報告把「事」讀為「使」，可從。《荀子‧不苟》：「推禮義之統，分是非之分，總天下之要，治海內之眾，若使一人。」雖然與簡文不完全相同，亦有近似之處。〔註213〕

【子居】：「使眾若使一人」的觀念，首見於《孫子‧九地》：「故善用兵者，攜手若使一人。」〔註214〕

【伊諾】：「事（使）眾若事（使）一人」，未注釋。從整理報告釋文看，是讀「事」為「使」，可從。〔註215〕

謹按：補上《春秋事語‧阜春一一》：「□事（使）其眾甚矣」一例，整理者之說可從。

〔註212〕石小力整理：〈清華七整理報告補正〉，清華大學出土文獻讀書會，http://www.ctwx. tsinghua.edu.cn/publish/cetrp/6831/2017/20170423065227407873210/2017042306522 7407873210_.html，2017 年 4 月 23 日。

〔註213〕羅小虎：清華七《子犯子餘》初讀，簡帛論壇 http://www.bsm.org.cn/bbs/read.php? tid=3458&page=10，第九十五樓，2017 年 7 月 11 日。

〔註214〕子居：〈清華簡柒《子犯子餘》韻讀〉，中國先秦史網站，http://www.xianqin.tk/2017/ 10/28/405，2017 年 10 月 28 日。

〔註215〕伊諾：〈清華柒《子犯子餘》集釋〉復旦大學出土文獻與古文字研究中心網站，http://www.gwz.fudan.edu.cn/Web/Show/4210，2018 年 1 月 18 日。

（四十三）不穀（穀）余敢顝（問）亓（其）道系（奚）女（如）

不	穀（穀）	余	敢	顝（問）	亓（其）

1. 不穀（穀）余

【子居】：「不穀余」的自稱方式很特殊，傳世先秦文獻未見，出土文獻則又見於清華簡《管仲》篇為證，由此亦可見清華簡《管仲》篇與《子犯子餘》篇有相當大的關係。〔註216〕

簡　十

（四十四）猷（猶）昷（叔）是（寔）顝（聞）遺老之言

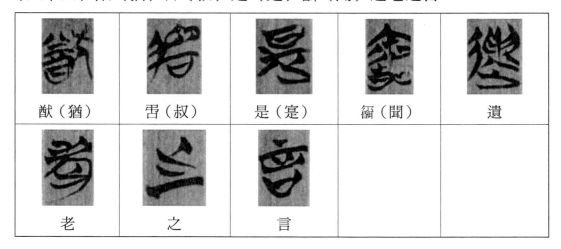

猷（猶）	昷（叔）	是（寔）	顝（聞）	遺
老	之	言		

1. 猷

【整理者】：猷，同「猶」。《左傳》襄公十年「猶有鬼神，於彼加之」，楊伯峻注：「猶，假如。」（頁97）

【暮四郎】：猷（猶）叔是聞遺老之言，必尚（當）語我哉。「是」似當讀為「寔」。〔註217〕

〔註216〕子居：〈清華簡柒《子犯子餘》韻讀〉，中國先秦史網站，http://www.xianqin.tk/2017/10/28/405，2017年10月28日。

〔註217〕暮四郎：清華七《子犯子餘》初讀，簡帛論壇 http://www.bsm.org.cn/bbs/read.php?tid=3458，第二樓，2017年4月23日。

　　【陳偉】：整理者以為「猷」同「猶」，當是。但訓為「假如」，則難以憑信。在此問之前，秦穆公已向蹇叔提出一個問題，并得到回應。現在是提出第二個問題，「猶」即因此而言，意為「仍」。「猶叔是問」，就是繼續問蹇叔。其後當加句號。〔註218〕

　　【陳斯鵬】：按整理者說實不誤。「猶」之訓「若」，古書有徵。《禮記·內則》：「子弟猶歸器衣服裘衾車馬，則必獻其上，而後敢服用其次也。」鄭玄注：「猶，若也。」劉淇《助字辨略》云：「此『若』字，是假設之詞。」王引之《經傳釋詞》亦云：「『猶』為若似之『若』，又為若或之『若』。」所引書證即上引《禮記·內則》、《左傳》襄公十年二例。《左傳》中類似句式尚有襄公二十年「猶有鬼神，吾有餒而已」，昭公二年「猶有所易，是以作亂」，昭公二十七年「猶有鬼神，此必敗也」等，吳昌瑩《經詞衍釋》有補證。誠如王引之所言，「猶」不但在若似義上與「若」同義，在表假設的若或義上也與「若」同義。相似的用法也見於「如」。這屬於詞義的平行引申。簡文「猶叔是聞遺老之言，必當語我哉」，大意謂「假如叔有聞遺老之言，則必當語我」。文中二「是」字，整理者無說。按此二「是」均應理解為表強調的副詞。類似的例子古書多見。如《左傳》僖公十三年：「其君是惡，其民何罪。」〔註219〕

　　【伊諾】：「是」似當讀為「寔」。整理者釋猷同「猶」，訓為「假如」，陳偉（2017d）認為：難以憑信。在此問之前，秦穆公已向蹇叔提出一個問題，并得到回應。現在是提出第二個問題，「猶」即因此而言，意為「仍」。「猶叔是問」，就是繼續問蹇叔。其後當加句號。我們認為陳說不確，「猷」訓為「假如」與下文「必當語我哉」語義更連貫。〔註220〕

　　謹按：「猶叔是問」一句在若依陳偉先生解釋為「繼續問蹇叔」，並加上句號，則應在秦穆公與蹇叔對話外，表示秦穆公當時的動作才是，不應該出現在兩人的對話之中。「猷」此處當依整理者釋猷同「猶」，訓為「假如」，與

〔註218〕陳偉：〈清華七《子犯子餘》校讀（續）〉，簡帛網，http://www.bsm.org.cn/show_article.php?id=2796，2017 年 5 月 1 日

〔註219〕陳斯鵬：〈清華大學所藏戰國竹書（柒）虛詞札記〉，第三屆出土文獻與上古漢語研究（簡帛專題）學術研討會論文集，2017 年 8 月 14～16 日

〔註220〕伊諾：〈清華柒《子犯子餘》集釋〉復旦大學出土文獻與古文字研究中心網站，http://www.gwz.fudan.edu.cn/Web/Show/4210，2018 年 1 月 18 日。

下文「必當語我哉」語義連貫。「是」字整理者無說，此處用法同於《尚書‧周書》：「惟爾元孫某，遘厲虐疾。若爾三王是有丕子之責于天，以旦代某之身。」中「是」表示加重或加強肯定語氣，又含有「的確、實在」的意思，應讀為「寔」。

（四十五）盇（寧）孤是（寔）勿能用

盇（寧）	孤	是	勿	能	用

1. 盇（寧）

【整理者】：盇，讀為「寧」。王引之《經傳釋詞》卷六：「寧，猶豈也。」（頁97）

（四十六）卑（譬）若從鵹（雉）狀（然）

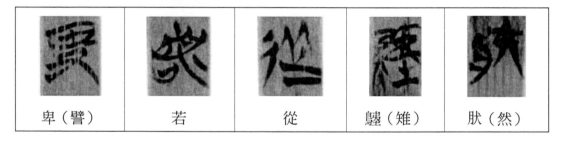

卑（譬）	若	從	鵹（雉）	狀（然）

1.從鵹（雉）

【整理者】：從，追逐。《左傳》桓公五年「祝聃請從之」，楊伯峻注：「從之，謂追逐之也。」鵹，讀為「雉」。（頁97）

【蕭旭】：「鵹」當是「鷱」增旁字，文獻多作「鵜」，古音夷、弟一聲之轉。《說文》：「鵜，鵜胡，汙澤也。鵜，鷱或從弟。」《集韻》引「鵜胡」作「鵜鶘」。《爾雅》：「鵜，鴮鸅。」郭璞注：「今之鵜鶘也，好群飛，沈水食魚，故名洿澤，俗呼之為淘河。」《玉篇》：「鵜，鴮鸅，好食魚，又名陶（淘）河鳥。」王仁昫《刊謬補缺切韻》：「鵜，鵜鶘，鳥名。」「鵜鶘」也可單稱，《楚辭‧九思‧憫上》：「鵠竄兮枳棘，鵜集兮帷幄。」洪氏《補注》：「鵜，一作鷱。」考《埤雅》卷11引《禽經》：「鷱鳥不登山，鵲鳥不踏土。」鷱鳥踏土

而不登高，故俗字增土旁作「鸜」也。《詩・曹風・候人》：「維鵜在梁，不濡其翼。」《詩》序：「《候人》，刺近小人也，共公遠君子而好近小人焉。」鄭玄箋：「鵜在梁，當濡其翼而不濡者，非其常也，以喻小人在朝，亦非其常。」

謹按：蕭旭先生將「鸜」當是「鵜」增旁字，即「鵜」字。就字形上，楚簡﹛雉﹜記寫作「鸜」或假「夆」為之，「夆」即「夷」之增繁，故「鸜」應分析為从「鳥」，「鸜（夷）聲」。「雉」甲骨文異體作「雉」（《合集》8659、37509 等），當即「鸜」字，故「鸜」亦淵源有自；然而就文意「從鸜」連看，則不會出現「逐鵜鶘」、「網鵜鶘」等動作。《尹文子》：「雉兔在野，眾人逐之」、《後漢書・馬戎列傳》：「矰碆飛流，纖羅絡縷，遊雉群驚，晨鳧輩作。」可見本有「從雉」的行為。《禮記》：「凡祭宗廟之禮：牛曰一元大武，豕曰剛鬣，豚曰腯肥，羊曰柔毛，雞曰翰音，犬曰羹獻，雉曰疏趾」、《白虎通德論》：「德至鳥獸則鳳皇翔，鸞鳥舞，麒麟臻，白虎到，狐九尾，白雉降，白鹿見，白鳥下。」、《論衡》：「周時天下太平，越裳獻白雉。」由以上說明「雉」可為祭品，亦為祥瑞德治的象徵之一，故也常拿來貢獻。那麼秦穆公以「從雉」為譬喻則極為自然。故此處當从整理者說法。

（四十七）虗（吾）尚（當）觀亓（其）風

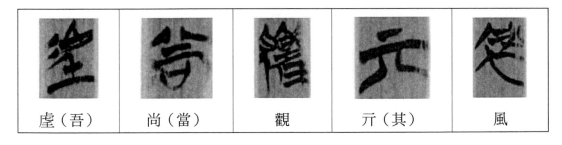

虗（吾）	尚（當）	觀	亓（其）	風

1. 風

【整理者】：風，句中指雉飛的風向。這兩句意為，譬如追逐雉雞一樣，我們應當觀察它飛的風向。語意近於《淮南子・覽冥》所引《周書》曰：「掩雉不得，更順其風。」（頁 97）

【汗天山（侯乃峰）】：整理者對「吾尚（當）觀其風」句意的理解似有偏差。簡文中的「風」，當譬喻前文所說的「昔之舊聖折（哲）人」之教化、風氣、作風、風度。《廣韻・東韻》：「風，教也。」《古今韻會舉要・東韻》：「風，王者之聲教也。」「風，風俗也。」《書・畢命》：「既歷三紀，世變風移，四方無

予一人以寧。」孔傳：「時代民易，頑者漸化。」《戰國策‧秦策一》：「山東之國，從風而服。」《鹽鐵論‧非鞅》：「諸侯斂袵，西面而向風。」《呂氏春秋‧音初》：「是故聞其聲而知其風，察其風而知其志。」高誘注：「風，風俗。」《孟子‧萬章下》：「故聞柳下惠之風者，鄙夫寬，薄夫敦。」句意當是說：秦公向蹇叔請教「昔之舊聖哲人」之道，請蹇叔將所知及所聞於遺老之言儘數告訴自己。同時說明，即便自己不能儘數採用蹇叔告訴他的「昔之舊聖哲人」之道（寧孤是勿能用），然這就譬如去追逐雉雞那樣，雖然追逐不上（雉飛得很快，人去追逐雉，只能瞠乎其後，望塵莫及），我（吾，只能理解為我，指秦公自己，而不能理解成我們）也應當可以對「昔之舊聖哲人」之教化、風氣、作風、風度略知一二吧。〔註221〕

【王寧】：「風」疑是《書‧費誓》「馬牛其風，臣妾逋逃，勿敢越逐」的「風」，亦即《左傳‧僖公四年》「唯是風馬牛不相及也」之「風」，古訓為「佚」、為「放」，就是逃走的意思。《淮南子‧覽冥》說：「《周書》曰：『掩雉不得，更順其風。』今若夫申、韓、商鞅之為治也，挬拔其根，蕪棄其本，而不窮究其所由生，何以至此也。」很明顯，《周書》那兩句的意思是說，捕捉野雞不得，轉而研究一下它是怎麼逃走的，即研究抓不到野雞的原因，所謂「窮究其所由生」。秦穆公說：好像追逐野雞一樣，（即使是抓不到），我也該看看它是怎麼逃走的。言外之意是說，遺老的言論，即使是我用不上，也總該知道他們是怎麼說的吧。〔註222〕

【蕭旭】：秦公二語疑用《詩》典，「風」同「諷」，「觀其風」言觀《候人》之諷鵜鳥，秦公自言當近君子也。〔註223〕

【子居】：風當訓為音聲，指雉的叫聲，這裡雙關并指前賢的遺風。〔註224〕

〔註221〕汗天山：清華七《子犯子餘》初讀，簡帛論壇 http://www.bsm.org.cn/bbs/read.php?tid=3458&page=6，第五十一樓，2017 年 4 月 30 日。後發表於侯乃峰：〈讀清華簡（七）零札〉，中國文字學會第九屆學術年會論文集，2017 年 08 月 19～20 日。

〔註222〕王寧：清華七《子犯子餘》初讀，簡帛論壇 http://www.bsm.org.cn/bbs/read.php?tid=3458&page=6，第五十六樓，2017 年 5 月 03 日。

〔註223〕蕭旭：〈清華簡（七）校補（一）〉，復旦大學出土文獻與古文字研究中心網站，http://www.gwz.fudan.edu.cn/Web/Show/3055，2017 年 5 月 27 日。

〔註224〕子居：〈清華簡柒《子犯子餘》韻讀〉，中國先秦史網站，http://www.xianqin.tk/2017/

【伊諾】：我們認為當從網友「汗天山」釋「風」為風俗、教化，意思是說，希望塞叔將所聞遺老之言皆告訴我，就好像「從雉」不得而要感受雉雞飛過帶來的風一樣，即使不能盡數採用（遺老之言），也當藉此觀觀他們（昔之舊聖哲人）的教化、風氣。〔註225〕

謹按：「風」可從汗天山（侯乃峰）之說，當譬喻前文所說的「昔之舊聖折（哲）人」之教化、風氣、作風、風度。

簡十一

（四十八）昔者成湯以神事山川

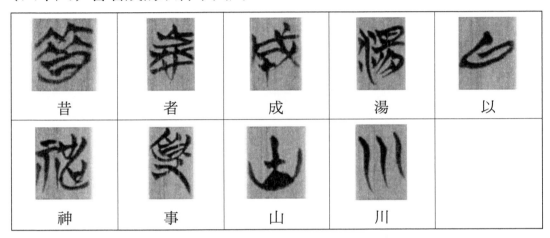

昔	者	成	湯	以
神	事	山	川	

1. 事

【整理者】：事，《周禮‧宮正》「凡邦之事蹕」，鄭玄注：「事，祭事也。」以神事山川，即以祭祀神的方式祭祀山川。《管子‧侈靡》「以時事天，以天事神，以神事鬼」，用法與此相類。（頁97）

（四十九）以惪（德）和民

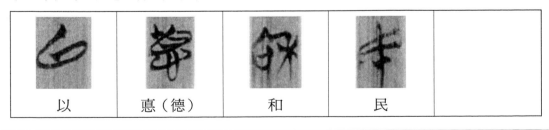

以	惪（德）	和	民

10/28/405，2017 年 10 月 28 日。

〔註225〕伊諾：〈清華柒《子犯子餘》集釋〉復旦大學出土文獻與古文字研究中心網站，http://www.gwz.fudan.edu.cn/Web/Show/4210，2018 年 1 月 18 日。

1. 以德和民

【整理者】：以德和民，見於《左傳》隱公四年，清華簡《管仲》作「和民以德」。（頁97）

【子居】：《管仲》所稱「和民以德，執事有餘。既惠於民，聖以行武」同樣是用來形容成湯的行政方式，因此不難判斷，《子犯子餘》的「以德和民」之說當與清華簡《管仲》篇同源。對照《管子‧七法》的「和民一眾，不知法不可」可知，清華簡《管仲》及《子犯子餘》篇中成湯用以「和民」的「德」即「法」，也即前文所稱的「政令刑罰」〔註226〕。

（五十）四方尼（夷）莫句（後）與人

四	方	尼（夷）	莫	句（後）
與	人			

1. 四方尼（夷）莫句（後）與人

【整理者】：這句講湯征伐夷的情形，《書》原有載，已佚，《孟子‧梁惠王下》、《滕文公下》皆引《書》有論，文句略有不同。《梁惠王下》：「《書》曰：『湯一征，自葛始。』天下信之。東面而征，西夷怨；南面而征，北狄怨。曰：『奚為後我？』」《滕文公下》：「『湯始征，自葛載。』十一征而無敵於天下。東面而征，西夷怨；南面而征，北狄怨。曰：『奚為後我？』」（頁97）「與」訓為「使」，參見裴學海《古書虛字集解》第九頁。

【馬楠】：「與人」當上屬為句。〔註227〕

〔註226〕子居：〈清華簡柒《子犯子餘》韻讀〉，中國先秦史網站，2017年10月28日。http://xianqin.22web.org/2017/10/28/405?i=1。

〔註227〕石小力整理：〈清華七整理報告補正〉，清華大學出土文獻讀書會，http://www.ctwx.

【ee】：「與人」從馬楠先生斷讀。〔註228〕簡10：「四方巨（夷）莫句（後）與」可參《容成氏》39：「湯聞之，於是乎戒慎徵賢，德會而不暇，祉（柔）三十巨（夷）而能之。」可見湯時的確有柔撫夷方之事。〔註229〕

【lht】：「與」讀為「舉」，全。〔註230〕

【潘燈】：「與」讀「舉」，或還可讀「輿」，有眾、多義。《史記・酈生陸賈列傳》：「人眾車舉，萬物殷富。」《漢書》：作「輿」。〔註231〕

【王寧】：「句」應當讀為君后之「后」，清華簡《尹至》、《尹誥》里都以「句」為「后」是其證。「莫后與人」是不肯把君主之位交給別人，就是不肯讓別人當自己的君主的意思，他們都想讓湯來作君主，所以下文說「面見湯」。〔註232〕

【林少平】：「與人面」當與「見湯」斷讀。「見湯若霂（濡）雨」當為獨立句，可參見下文「見受（紂）若大隓（岸）酒（將）具陘（崩）」格式。

「四方」，與「四面」同義。《文選・陸倕・石闕銘》：「區宇乂安，方面靜息。」劉良注：「方面，四方之面也。」夷，讀作「尸」。段玉裁《說文注》：「《周禮注》：『《周禮》夷之言尸也者，謂夷卽尸之叚借也。尸，陳也。』」「莫」，讀作「幕」。《史記・李廣傳》注引《索隱》曰：「凡將軍謂之幕府者，蓋兵門合施帷帳，故稱幕府。古字通用，遂作莫耳。」《左傳・莊公二十八年》：「（楚伐鄭），諸侯救鄭，楚師夜遁。鄭人將奔桐丘，諜告曰：『楚幕有烏。』乃止。」注：「幕，帳也。」又：「幕，音莫。」古文「帳」通「張」。《史記・高帝紀》：「復留止張，飲三日。」注：「張，幃帳也。」《周禮・秋官・冥氏》：

---

tsinghua.edu.cn/publish/cetrp/6831/2017/20170423065227407873210/2017042306522 7407873210_.html，2017 年 4 月 23 日。

〔註228〕ee：清華七《子犯子餘》初讀，簡帛論壇，http://www.bsm.org.cn/bbs/read.php?tid= 3458，第五樓，2017 年 4 月 23 日。

〔註229〕ee：清華七《子犯子餘》初讀，簡帛論壇，http://www.bsm.org.cn/bbs/read.php?tid= 3458&page=2，第十一樓，2017 年 4 月 24 日。

〔註230〕lht:清華七《子犯子餘》初讀，簡帛論壇，http://www.bsm.org.cn/bbs/read.php?tid= 3458&page=4，第三十六樓，2017 年 4 月 27 日。

〔註231〕潘燈：清華七《子犯子餘》初讀，簡帛論壇，http://www.bsm.org.cn/bbs/read.php? tid=3458&page=7，第六十四樓，2017 年 5 月 04 日。

〔註232〕王寧：〈清華簡七《子犯子餘》文字釋讀二則〉，簡帛網，http://www.bsm.org.cn/ show_article.php?id=2798，2017 年 5 月 2 日。

「掌設弧張。」注：「弧張，罿罦之屬。」《史記‧龜策傳》：「宋元王二年，江使神龜使于河，至于泉陽，漁者豫且舉网得而囚之。置之籠中。夜半，龜來見夢于宋元王曰：『我為江使于河，而幕网當吾路。』」此處「幕」與「网」並列，可證實「幕」當可指「網」一類之物。可知「陳幕」與「張网」同義。故簡文「四方夷莫」與「四面張网」同義。「句」，整理者讀作「後」，非是，當讀作本字，義為「止」。《玉篇》：「止也，言語章句也。」文獻所記載「湯曰：『嘻，盡之矣！』」盡，《小爾雅》：「止也。」「盡之」即「止之」。「與」，讀作「以」。《詩經‧國風‧召南》：「之子歸，不我與。」朱《注》：「與，猶以也。」「人面」，讀作「仁面」。後世有所謂成湯「仁人面」的說法，即成湯所留之「一面」。綜上說述，《清華七‧子犯子餘》所見「四方夷莫，句與人面」，實際上就是指文獻所記載的成湯「网開三面」典故。〔註233〕

【陶金】：傾向於林少平先生的斷句，但對其「四方叵莫，句與人面」的解讀有不同看法。此句中比較關鍵的詞彙是「人面」，它在先秦兩漢文獻中有一種特殊的用法，在後世較少使用。《墨子‧明鬼下》引《商書》曰：「嗚呼！古者有夏，方未有禍之時，百獸貞蟲，允及飛鳥，莫不比方。矧住（隹、惟）人面，胡敢異心？山川鬼神，亦莫敢不寧。若能共允，住（隹、惟）天下之合，下土之葆。」其中所引《商書》是先秦《書》篇，裡面提到了「山川鬼神」，與簡文所言「成湯以神事山川」相似，同時也出現了「人面」這個詞，因此可以用來與簡文含義進行比勘。《墨子閒詁》對「矧住（隹、惟）人面」一句有較為詳細的解讀，茲引錄如下：「畢（沅）云：『隹』，古惟字，舊誤作『住』。江聲說同。王引之云：古『惟』字但作『隹』，古鍾鼎文『惟』字作『隹』，石鼓文亦然。又夏竦《古文四聲韻》載《道德經》『惟』字作『隹』。《墨子》多古字，後人不識，故傳寫多誤。『矧惟』者，語詞，《康誥》曰：『矧惟不孝不友』，又曰『矧惟外庶子訓人』。《酒誥》曰：『矧惟爾事，服休服采。矧惟若疇，圻父薄違，農父若保，宏父（定辟）……』，皆其證也。《鹽鐵論‧未通篇》曰：『周公抱成王聽天下，恩塞海內，澤被四表，矧惟人面，含仁保德，靡不得其所』，《繇役篇》曰：『普天之下，惟人面之倫，莫不引領而歸其義』，《後漢書‧章帝紀》

〔註233〕林少平：《清華簡所見成湯「開三面」故》，復旦大學出土文獻與古文字研究中心網站，http://www.gwz.fudan.edu.cn/Web/Show/3022，2017 年 5 月 3 日。

曰：『訖惟人面，靡不率俾』，《和帝紀》曰：『戒惟人面，無思不服』，並與《墨子》同意。案：王說是也，顧說同。人面，言有面目而為人，非百獸、貞蟲、飛鳥之比也。《國語・越語》『范蠡曰：余雖覥然而人面哉，余猶禽獸也。』」此段注釋所引文例中，除《國語・越語》之外，其餘皆是類似「矧惟（訖惟、戒惟）人面，靡不（莫不）……」的句式；而《越語》所載范蠡之語的「人面」義亦與之同。「矧惟人面，靡不……」及類結構的句子在漢武帝之後的兩漢官方文獻中較為頻繁運用，現存儒家典籍中卻沒有出現，似表明兩漢時流傳的《尚書》類文獻尚有此語。兩漢之後保存此語的《尚書》類文獻正典失傳，而「矧惟人面」早已保存在《墨子》所引《商書》之中，尚存一線，只是文字略有訛誤，《墨子閒詁》已經指明。《偽古文尚書・伊訓》化用《墨子》中的文字，將原句篡改為：「古有夏先后，方懋厥德，罔有天災。山川鬼神，亦莫不寧，暨鳥獸魚鱉咸若。」裡面沒用「矧惟人面」等句，可見造偽者已經不明其義，故而捨棄不用。按照《墨子閒詁》對此處「人面」的解釋，即長着人臉而為人類之意。簡文「尸莫」當讀為「夷貊」。「莫」、「貊」古字通用，古人對四方蠻夷有鄙視的觀念，認為他們是動物之種，《說文》：「南方蠻、閩从虫，北方狄从犬，東方貉从豸，西方羌从羊：此六種也。」段注「此六種也」云：「當云『皆異種也』」，可能是對的，比如《說文》還說「蠻：南蠻，蛇種」、「閩：東南越，蛇種」、「狄：赤狄，本犬種」等等，即認為他們固非人類之種，故用「人面」指代可視為人類的群體。《國語・越語》載吳使王孫雒指責范蠡助天為虐，范蠡答覆說：「余雖覥然而人面哉，余猶禽獸也，又安知是諓諓者乎」，這是帶有狡辯色彩的回答，說自己雖然很慚愧地長着張人面，可還是和禽獸一樣，不知道那些巧言令色之語。把「人面」與「禽獸」對舉，則「人面」者為人類，與禽獸相異。《墨子》引《商書》則是將「百獸、貞蟲、飛鳥」與「人面」對舉，也是相似的用法。「句」不應讀為「後」或「后」，當讀為「苟」，出土文獻中用「句」為「苟」的例子很多。簡文中的「句與」如果讀作「苟與」，有兩種解讀方案。其一，將「苟與人面」和「矧惟人面」視作同義語互參。「苟與」相當於「矧惟」，「矧」為發語詞，在不同的語境有多種含義，故同為「矧惟」，「矧」有猶「又」、「應」、「當」、「即」等多種解釋，隨文意而有不同；「苟」猶「但」也，「惟」猶為也，「與」亦為也，「矧

惟」或「苟與」的意思相當於「只要為」、「只要是」。「夷貊」應該視為地域概念，表示遠方，並不表示種族。「四方夷貊，苟與人面」則可解讀為：四方夷貊（之地），只要是長着人面的（都會去見湯）。若將「夷貊」視作種族，則與「人面」的範圍有交叉，即「夷貊」之中亦有「人面」。其二，將「人面」與「夷貊」概念完全對立。「苟」，訓為「且」。「四方夷貊，苟與人面」一句可與下文「殷邦之君子，無小大，無遠邇」對看，後者用於描述「殷邦之君子」的成份，前者則是用於描述歸附成湯群體的成份，「人面」是主體，放在句後，「夷貊」是「人面」的追隨者。則此句可解讀為：四方夷貊隨同有面目之人（一起去見成湯）。兩種解讀均可言之成理，筆者目前傾向於後一種解讀，待求教於方家。〔註234〕

【蕭旭】：「人面」指人形面具，此四夷風俗。言四夷之人莫肯後人，戴著人形面具去朝見湯。〔註235〕

【子居】：「與人」從馬楠斷句。但認為「與」當訓為「於」，此句當讀為「四方夷莫後於人」。〔註236〕

【袁證】：當依整理者讀為「四方夷莫後」。「莫後」見賈誼《新書・傅職》：「行而莫先莫後」。「與人」理解為「與他人」亦可。《孟子・梁惠王下》：「與人樂樂」。這裏是說「四方夷」不甘落後，同別人一起「面見湯」。〔註237〕

〔「四方叵莫句與人面見湯若雱雨方奔之而而鹿雁女」斷句諸家說法整理〕

一	「四方叵莫句，與人面見湯，若雱雨方奔之而而鹿雁女」	1 整理者	
		2 袁證	依整理者。
二	「四方叵莫句與人，面見湯若雱雨」	1 馬楠	「與人」當上屬為句。（「雨」後斷句無說）
		2ee	從馬楠之說。

〔註234〕陶金：〈清華簡七《子犯子餘》「人面」試解〉，簡帛網，http://www.bsm.org.cn/show_article.php?id=2815，2017 年 5 月 26 日。

〔註235〕蕭旭：〈清華簡（七）校補（一）〉，復旦大學出土文獻與古文字研究中心網站，http://www.gwz.fudan.edu.cn/Web/Show/3055，2017 年 5 月 27 日。

〔註236〕子居：〈清華簡柒《子犯子餘》韻讀〉，中國先秦史網站，http://xianqin.22web.org/2017/10/28/405?i=1，2017 年 10 月 28 日。

〔註237〕袁證：《清華簡〈子犯子餘〉等三篇集釋及若干問題研究》（武漢：武漢大學碩士學位論文，2018 年）

三 「四方尸莫，句與人面，見湯若雺雨」	1 林少平	（「雨」後斷句無說）
	2 陶金	傾向於林少平先生的斷句，但對其「四方尸莫，句與人面」的解讀有不同看法。
四 「面見湯若雺雨，方奔之而鹿雁女」	1 王寧	「湯」後不當斷句，而應讀作「面見湯若雺雨」為句。（「面見」前句斷句無說）
五「四方夷莫后與人面見湯，若雺雨方奔之而鹿膺，女用果念政九州而寚君之。」	1 水墨翰林	
六「「四方尸莫句與人，面見湯若雺雨，方奔之，而麌雁女」。」	1 子居	
	2 伊諾	

謹按：林少平先生將此句與網開三面的典故連結，則下句「見湯若雺（濡）雨」的主語不明。陶金先生將「人面」解讀為「長著人面的夷貊」或「有面目之人」，整句話解讀為四方夷貊（之地），只要是長着人面的（都會去見湯）或四方夷貊隨同有面目之人（一起去見成湯）兩種解釋都有未安之處。其一，四方夷貊如何分別長著人面和非人面的？在史書上也尚未記載四方夷貊有跟隨著「人面」歸順成湯一事。

「與人」當上屬為句，斷讀為「四方尸莫句與人」。「與」字於此可看作表示比較的介詞，《詩・小雅・車舝》：「雖無德與女，式歌且舞。」楊樹達《詞詮》：「與，用同於」。對照《容成氏》簡39：「湯聞之，於是乎慎戒徵賢，德惠而不賢，祇三十尸而能之。」、《孟子・梁惠王下》：「《書》曰：『湯一征，自葛始。』天下信之。『東面而征，西夷怨；南面而征，北狄怨。曰：奚為後我？』」來看，可見此句即說明成湯當時的確有柔撫夷方之事。蹇叔回應秦穆公所問的昔日聖哲之道，即是湯的「以惪（德）和民」，使四方夷皆爭先恐後欲歸附湯。

（五十一）面見湯若雺（暴）雨方奔之

| 面 | 見 | 湯 | 若 | 雺（暴） |

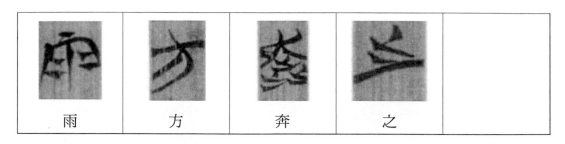

雨	方	奔	之	

2. 霻（暴）雨方奔之

【整理者】：霻，從雨，鼻聲（參看單育辰：《談國文字中的「鼻」》，《簡帛》第三輯，上海古籍出版社，二〇〇八年，第二一～二八頁），疑讀為「濡」。《史記‧刺客列傳》「鄉使政誠知其姊無濡忍之志」，司馬貞索隱：「濡，潤也。」（頁97）

【馬楠】：「霻」從鼻得聲，可讀為溥，訓為大。〔註238〕

【難言】：從「雨」從「鼻」那字是「霻」字，簡文可能不通假為別字。〔註239〕

【ee】：「[雨＋鼻]雨」疑讀為「暴雨」。〔註240〕

【金宇祥】：「[雨＋鼻]」字原考釋讀為「濡」，ee先生讀為「暴」。今按，原考釋認為這句話講湯征伐夷的情況，並引《孟子‧滕文公下》為書證。此句原文作：「湯始征，自葛載，十一征而無敵於天下，東面而征西夷怨，南面而征北狄怨，曰『奚為後我？』民之望之，若大旱之望雨也。」原考釋未引最後一句「民之望之，若大旱之望雨也。」若簡文此句與湯征伐夷有關，在文獻中大旱望雨的情況常用「淫雨」或「霖雨」來形容。「暴雨」會造成災害，如《管子‧小問》：「飄風暴雨為民害，涸旱為民患。」故原考釋的思路較佳，但「[雨＋鼻]」可考慮讀為「霧」，兩者為唇音，皆為合口三等侯部，見《楚辭‧大招》：「霧雨淫淫，白皓膠只。」〔註241〕

〔註238〕石小力整理：〈清華七整理報告補正〉，清華大學出土文獻讀書會，http://www.ctwx.tsinghua.edu.cn/publish/cetrp/6831/2017/20170423065227407873210/20170423065227407873210_.html，2017年4月23日。

〔註239〕難言：清華七《子犯子餘》初讀，簡帛論壇，http://www.bsm.org.cn/bbs/read.php?tid=3458，第一樓，2017年4月23日。

〔註240〕ee：清華七《子犯子餘》初讀，簡帛論壇，http://www.bsm.org.cn/bbs/read.php?tid=3458，第五樓，2017年4月23日。

〔註241〕金宇祥：清華七《子犯子餘》初讀，簡帛論壇，http://www.bsm.org.cn/bbs/read.php?

【王寧】：「湯」後不當斷句，而應讀作「面見湯若霍雨」為句，「方奔之而鹿雁焉」為句，與簡 13 的「方走去之」句式略同，「方」當訓「并」，《漢書・揚雄傳上》：「方玉車之千乘」，顏注：「方，并也。」《揚雄傳上》又云：「雖方征僑與偓佺兮」，顏注：「方謂並行也。」《荀子・致士》：「莫不明通方起以尚盡矣」，楊注：「方起，并起。」「方奔」、「方走」即「并奔」、「并走」，也可以理解為「皆奔」、「皆走」。「霍」字原字形作：，分析為從雨鳥聲，應該沒問題。這個從雨鳥聲的「䨚」字本音「伏」而可讀為「風」。「風雨」乃古書常見詞彙，說「若（或如）風雨」的話也很多，如：《管子・幼官（玄宮）》：「說行若風雨，發如雷電。」又《輕重甲》：「發若雷霆，動若風雨。」《淮南子・兵略》：「發如雷霆，疾如風雨。」《新序・善謀下》：「且匈奴者，輕疾悍前之兵也，……至不及圖，去不可追；來若風雨，解若收電。」均言行動之疾速。簡文言「面見湯若風雨」，謂象風雨一樣急速地去面見湯。〔註 242〕

【潘燈】：清華簡七《子犯子餘》中「霍雨」之「霍」，或是「霍」的繁構，直接讀「霍」。宗福邦等《故訓匯纂》（商務印書館，2007 年）4598 頁「霍」字條：1、霍，鳥飛急疾皃也。《玉篇・隹部》。2、霍，倏忽急疾之皃也。《慧琳音義》卷十七「霍然」注引顧野王云。3 霍，疾貌也。《文選枚乘〈七發〉》「霍然病已」李善注。若把霍釋為「霍」，訓為疾速貌，則句「面見湯若霍（霍）雨」正如王寧先生所言「象風雨一樣急速地去面見湯」，可能字義會更為妥帖些。〔註 243〕在荊州當地，形容雨大迅疾，至今還有「huǒ 地 huǒ 地下」的方言，從霍音，與 huǒ 音近，此方言之字，或許即為，似也可備一說。〔註 244〕關於「䨚」字，雨下所從，在包山簡、曾侯乙簡和新蔡簡中都有出現，

tid=3458&page=5，第四十樓，2017 年 4 月 27 日。

〔註 242〕王寧：〈清華簡七《子犯子餘》文字釋讀二則〉，簡帛網，http://www.bsm.org.cn/show_article.php?id=2798，2017 年 5 月 2 日。

〔註 243〕潘燈：清華七《子犯子餘》初讀，簡帛論壇，http://www.bsm.org.cn/bbs/read.php?tid=3458&page=6，第五十九樓，2017 年 5 月 03 日。

〔註 244〕潘燈：清華七《子犯子餘》初讀，簡帛論壇，http://www.bsm.org.cn/bbs/read.php?tid=3458&page=7，第六十樓，2017 年 5 月 03 日。

作： 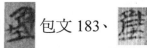 包文 183、 曾 46、 曾 86、 曾 89、 新乙四‧76 等形，其字肯定與

雨有關，音義還有待進一步探究。〔註245〕簡帛網字形庫把 包文 183、

望 2‧13 釋為「堆」。〔註246〕

【水之甘】：「雨＼鼍雨」懷疑鼍字為夒的訛體，包山「鼍芷」之鼍下部寫
的類似又形，懷疑二者有訛混，從夒則可以讀為「雩」，雩于為祈雨。但字形
上並不太好。〔註247〕

【水墨翰林】：「四方夷莫后與人面見湯若[雨＋鼍]雨方奔之而鹿臂焉用果
念政九州而命君之」斷句方式應為「四方夷莫后與人面見湯，若[雨＋鼍]雨方
奔之而鹿臂，焉用果念政九州而命君之。」其中的「[雨＋鼍]雨方奔之而鹿臂」
一句是大家爭論最多的地方。「[雨＋鼍]」字結構清晰，但不能確定它到底是
哪個字，寫的是哪個詞，其中的原因之一是對「方奔」與「鹿臂」這兩個詞
沒有搞清楚。實際上，我們認為「方奔」是一個雙聲連綿詞，「方」為幫母陽
部字，「奔」乃幫母文部字，「方奔」一詞應讀為「滂渤／滂浡」，「方」通作
「滂」自無問題，「渤／浡」為並母物部字，與「奔」相通音理也自無問題。
「滂渤／滂浡」指氣勢勃發盛大，《後漢書‧馮衍傳下》：「淚汎瀾而雨集兮，
氣滂浡而雲披。」是此詞可用來形容雨勢之大之證。「方奔」也可能讀為「滂
霈」，只不過「奔」與「霈」韻部不是太近，待考。整理者引《孟子‧滕文公
下》為書證，是合適的。但誠如金宇祥先生所言「原考釋未引最後一句『民
之望之，若大旱之望雨也。』」實際上這最後一句也十分重要，對於我們正確
理解「[雨＋鼍]雨方奔之而鹿臂」十分有幫助。先秦典籍在講述先聖王宣教化，
蠻夷歸之唯恐不及，而用比喻的方式來描寫這種歸附情形的例子很多，如《孟
子‧梁惠王》：「民歸之如水之就下，沛然誰能禦之。」簡文在此也應是用比

〔註245〕潘燈：清華七《子犯子餘》初讀，簡帛論壇，http://www.bsm.org.cn/bbs/read.php?
　　　　tid=3458&page=7，第六十四樓，2017 年 5 月 04 日。

〔註246〕潘燈：清華七《子犯子餘》初讀，簡帛論壇，http://www.bsm.org.cn/bbs/read.php?
　　　　tid=3458&page=7，第六十五樓，2017 年 5 月 04 日。

〔註247〕水之甘：清華七《子犯子餘》初讀，簡帛論壇，http://www.bsm.org.cn/bbs/read.php?
　　　　tid=3458&page=7，第六十二樓，2017 年 5 月 04 日。

喻的方式說明四方夷面見湯之情形。暴雨確實容易成災，但用暴雨來形容不可阻擋之勢也無不可。《藝文類聚》卷二引晉潘尼《苦雨賦》曰：「始夢濊而徐墜，終滂霈而難禁。」是其證。「之」應是助詞而無實意。〔註248〕

【蕭旭】：整理者句讀不誤，讀句為後，引《孟子》以證，亦不誤。惟謂「《書》已佚」則失考，《書・仲虺之誥》：「初征自葛，東征西夷怨，南征北狄怨。曰：『奚獨後予？』攸徂之民，室家相慶，曰：『徯予後，後來其蘇。』」「方奔之」與下文「方走去之」相對應，「而」非衍文。與，介詞，猶以也，用也。某氏說「雺雨」讀為暴雨，是也，專字作「瀑雨」，指急疾之雨、大雨。《孟子・梁惠王下》：「民望之，若大旱之望雲霓也。」又《滕文公下》：「民之望之，若大旱之望雨也。」司馬相如《諭難蜀父老書》「蓋聞中國有至仁焉，舉踵思慕，若枯旱之望雨」，亦用此典。簡文言民之望湯如大旱之望大雨也，狀其急迫、渴望之心，而不是狀其急速奔走。

【羅小虎】：整理報告對這句話的理解可商。對「雺」字的釋讀，應該考慮這個字下半部分的相關字形在楚簡中的辭例及用法。本文暫從單育辰先生所說，把這個字的下半看成「鼂」字。所以對形的分析與整理報告相同。鼂，並母魚部。懷疑可讀為並母藥部的「暴」（ee（單育辰）先生在第五樓發言亦已經提及）。楚系文字中，魚部與藥部的字可通。如《容成氏》「虍（下有口字）」通「虐」，前者為魚部字，後者為藥部字。「暴雨」一詞，古書多見。如《逸周書・月令解》：「行秋令則民大疫，疾風暴雨數至，藜莠蓬蒿並行。」〔註249〕

【子居】：「雺」從難言釋為「雹」，但認為「雹雨」當為「靈雨」之誤，《說文・雨部》：「䨔，古文雹。」而春秋晚期《邾公釛鐘》靈字作「🐾」，胡厚宣《殷代的冰雹》文更是以甲骨文中「靈」、「雹」為一字。因此，無論二者是否曾為一字，「🐾」都有被抄手誤為「䨔」因而轉寫為「雺」的可能，類似於「豈」字被誤書為「豐」字的情況。《詩經・鄘風・定之方中》：「靈雨既零，命彼倌人，星言夙駕，說于桑田」鄭箋：「靈，善也」諸書皆記湯時曾大旱，所以此處

〔註248〕水墨翰林：清華七《子犯子餘》初讀，簡帛論壇，http://www.bsm.org.cn/bbs/read.php?tid=3458&page=7，第六十六樓，2017年5月04日。

〔註249〕羅小虎：清華七《子犯子餘》初讀，簡帛論壇，http://www.bsm.org.cn/bbs/read.php?tid=3458&page=10，第九十六樓，2017年7月13日。

將湯比喻為靈雨，《廣雅‧釋詁》：「時，善也。」故時雨即靈雨，《孟子‧梁惠王下》：「《書》曰：『湯一征，自葛始。』天下信之。『東面而征，西夷怨；南面而征，北狄怨。曰：奚為後我？』民望之，若大旱之望雲霓也。歸市者不止，耕者不變。誅其君而弔其民，若時雨降，民大悅。」《孟子‧滕文公下》：「『湯始征，自葛載』，十一征而無敵于天下。東面而征，西夷怨；南面而征，北狄怨，曰：『奚為後我？』民之望之，若大旱之望雨也。歸市者弗止，芸者不變，誅其君，弔其民，如時雨降，民大悅。」皆同樣是以雨比湯。〔註250〕

〔「雹」字諸家說法整理〕

一	「濡」	1 整理者	從雨，雹聲，疑讀為「濡」。
二	「溥」	1 馬楠	從雹得聲，可讀為溥，訓為大。
三	「雹」	1 難言	從「雨」從「雹」那字是「雹」字
		2 子居	從難言釋為「雹」，但認為「雹雨」當為「靈雨」之誤。
四	「暴」	1 ee	疑讀為「暴雨」。
		2 蕭旭	某氏說「雹雨」讀為暴雨，是也，專字作「瀑雨」，指急疾之雨、大雨。
		3 羅小虎	雹，並母魚部。懷疑可讀為並母藥部的「暴」。
五	「霧」	1 金宇翔	「暴雨」會造成災害，故原考釋的思路較佳；但「[雨＋雹]」可考慮讀為「霧」，兩者為唇音，皆為合口三等侯部。
六	「風」	1 王寧	這個從雨雹聲的「雹」字本音「伏」而可讀為「風」。「風雨」乃古書常見詞彙。
七	「霍」	1 潘燈	或是「霍」的繁構，直接讀「霍」。
八	「雩」	1 水之甘	懷疑雹字為葭的訛體，……懷疑二者有訛混，從葭則可以讀為「雩」，雩于為祈雨。但字形上並不太好。

謹按：綜觀各家說法，「雹」有讀為「濡」、「溥」、「雹」、「暴」、「風」、「靈」、「霧」、「霍」或「雩」等；「方奔」讀為「滂渤」，「方」或如字讀，釋為「正在」、「并」或「將」等義；「之」如字讀，代詞，或助詞無實義；「而」是「衍文」。

由「雹雨方奔之」的「奔」可見「雹雨」應該是大雨，故「霧雨」、「靈雨」暫不考慮。「濡雨」、「溥雨」、「雹雨」、「霍雨」在文獻中尚未見，似不辭。

〔註250〕子居：〈清華簡柒《子犯子餘》韻讀〉，中國先秦史網站，http://xianqin.22web.org/2017/10/28/405?i=1，2017 年 10 月 28 日。

　　「![雹]」字就字形上看從雨，鼂聲。「鼂」字甲金文從「隹」，「勹」聲，為幫紐幽部字，則可將「![雹]」字視為幫紐幽部字。「暴」字為並母宵部字，「![雹]」、「暴」二字聲音相近，故此處或可將「雹雨」釋為「暴雨」。「方」則可如字讀，解釋為正在，例如《詩・大雅・行葦》「方苞方體，維葉泥泥」孔穎達疏：「此葦方欲茂盛，方欲成體。」「之」字可解釋為句末助詞，無義。如《孟子・梁惠王上》：「七八月之間旱，則苗槁矣。天沛然下雨，則苗勃然興之矣。」「面見湯若雹（暴）雨方奔之」可解釋為四方夷貉面見成湯之心如同暴雨驟奔，道出四方夷貉莫後與人而急於奔向成湯的渴望與氣勢。

（五十二）而鹿雁（膺）女（焉）

而	鹿	雁（膺）	女（焉）	

1. 而鹿雁（膺）女（焉）

　　【整理者】：「鹿」字形近於「![字形]」（睡虎地秦簡《日書》甲七五背）。雁，讀為「膺」。《楚辭・天問》「鹿何膺之」，王逸注：「膺，受也。」《楚辭・天問》「萍號起雨，何以興之？撰體脅脅，鹿何膺之」，以鹿喻風神，呼應雨神萍號。疑簡文也是以鹿喻風呼應上文的雨。（頁97）

　　【馬楠】：「雁」讀為鷹。「方」用作副詞，表示正在，如《左傳》「國家方危，諸侯方貳」。「面見湯，若溥雨方奔之而鹿鷹焉」，「而」字或為衍文。與下文「見受若大岸將具崩方走去之」正相對應。〔註251〕

　　【ee】：「鹿」字釋可疑，寫法也有訛誤，可能是「廌」或從「廌」的字。〔註252〕正規的「廌」頭與「鹿」頭的寫法並不一樣，單育辰已說：「雖然處文字中「廌」頭與「鹿」頭常常混同，但 B 字的頭部做兩角交叉形，可參新

〔註251〕石小力整理：〈清華七整理報告補正〉，清華大學出土文獻讀書會，http://www.ctwx.tsinghua.edu.cn/publish/cetrp/6831/2017/20170423065227407873210/2017042306522 7407873210_.html，2017 年 4 月 23 日。

〔註252〕ee：清華七《子犯子餘》初讀，簡帛論壇，http://www.bsm.org.cn/bbs/read.php? tid=3458，第五樓，2017 年 4 月 23 日。

蔡甲三 401「」、上博三《周易》簡 51「」亦如此寫，它們大概是正規寫法的「廌」頭（參《由清華四〈別掛〉談上博四〈柬大王泊旱〉的「廌」字》，《古文字研究》第三十一輯）原釋文中所謂的「鹿」明顯是先寫「鹿」頭，後發覺有誤，改為「廌」頭，這種改比的例子還可見上博八《志書乃言》中「禹」字（參李松儒文），其字可隸定為「〔廌＋比〕」，「比」形是否由鹿足演化而來尚不可知，但此字若從「比」聲，則應讀為「庇」，「雁」字怎麼讀尚不詳。〔註 253〕

【明珍】：〈越公其事〉簡 26 有「廌」字作，字形的上部與下部結構皆與本篇字不同。故本篇的當從原考釋為「鹿」字，〈越公其事〉的為「廌」字。甲骨「鹿」字有作（28334）、（28353）者，其特徵為下足近似「匕匕」形，「廌」字作（05658 反）、（28420）則無此特徵。〔註 254〕

【王寧】：「鹿」這個字應該是從鹿苟（敬）省聲，可能就是「慶」字的異構。其字形如下：「」，它上面的筆畫即不似「鹿」也不似「廌」，非常特別。同書《越公其事》中的「敬」字如下：「」簡 59、「」、「」簡 53、「」簡 58，對照可以看出，《子犯子餘》的所謂「鹿」字上面的筆畫其實就「苟（敬）」的頭部，中間的橫筆和「勹」形筆與「鹿」的筆畫重合或共用，所以這個字當分析為從鹿苟（敬）聲。「敬」是見紐耕部字，「慶」見紐陽部字，二字雙聲、耕陽對轉疊韻音近，古書裡「荊」、「慶」通假，而「荊」、「敬」都是見紐耕部字，這個字從鹿敬聲，自可讀為「慶」，它很可能是「慶」的一種特殊寫法。在簡文中「慶雁」當讀為「響應」，「響」、「慶」曉溪旁紐雙聲、同陽部疊韻；「應」從「雁」聲，均音近可通。「響應」一詞典籍習見，《文子‧上義》：「發號行令而天下響應。」賈誼《過秦論》：「（陳涉）斬木為兵，揭竿為旗，天下雲合響應。」《春秋繁露‧郊語》：「王者有明著之德行於世，則四方莫不響應，風化善於彼矣。」所以，這段簡文可能當讀為：「昔者成湯以神事山川，以德和民，四方夷莫后與人，面見湯若風雨，方奔之而響應焉。」

〔註 253〕ee：清華七《子犯子餘》初讀，簡帛論壇，http://www.bsm.org.cn/bbs/read.php?tid= 3458，第七樓，2017 年 4 月 23 日。

〔註 254〕明珍：清華七《子犯子餘》初讀，簡帛論壇，http://www.bsm.org.cn/bbs/read.php? tid=3458&page=6，第五十三樓，2017 年 5 月 01 日。

這樣文從字順，也比較容易理解。《藝文類聚》卷十一引《尚書中候》曰：「天乙（湯）在亳，諸鄰國禓負歸德」，說的也是這個事情。〔註255〕

【潘燈】：「雁」我們直接讀「鷹」，在版主詮釋的基礎上，我們把全句暫理解為：以前成湯用事奉鬼神的方式來事奉山川地祇，用德來親和人民。周邊方國亦緊隨其後，無不效仿。眾人面見湯，就像疾風暴雨、鷹鹿飛奔一樣急著拜見。因此成湯最終能夠臨政九州，百姓都敬重他奉為聖君。〔註256〕

【水墨翰林】：至於「鹿膺」當是何詞，現在不能遽定，其意當如「難擋」。「焉用」指哪裡用得着，如《左傳・僖公三十年》：「焉用亡鄭以陪鄰。」簡文前述湯以神事山川，以德和民，四方夷即來之，後反問哪裡用得著武力征伐，符合述理邏輯。〔註257〕

【蕭旭】：方，猶將也。「鹿」字是。「雁」是「鷹」古文（見《玉篇》），《說文》作「雁」，云：「雁，鳥也，從隹，瘖省聲，或從人，人亦聲。鷹，籀文從鳥。」俗字譌變從广作雁、瘖。雁，讀為應。《詩・鹿鳴》：「呦呦鹿鳴，食野之苹。」毛傳：「興也。苹，蓱也。鹿得蓱，呦呦然鳴而相呼，懇誠發乎中，以興嘉樂賓客當有懇誠相招呼以成禮也。」簡文言湯至仁，四夷之人如大旱之望大雨，將奔走朝見湯，其往也，如鹿鳴之相呼應也。〔註258〕

【羅小虎】：方，正在、正當。奔，奔跑、急走。鹿，可看成是「麗」字形省，附著、依附。「雁」字，疑為「膺」字形省，可讀為「蔭」。「膺」為影母蒸部，「蔭」為影母侵部，音近可通。蔭，蔭蔽。「鹿膺」，即「麗蔭」，依附四方夷見到商湯，就如同下大雨正奔跑著避雨時，遇到蔭蔽並且依附之一樣於蔭蔽。《論衡・指瑞篇》：「夏后孔甲畋於首山，天雨晦冥，入於民家……夫孔甲之入民室也，偶遭雨而蔭蔽也。」此句與簡文在「遭雨而蔭蔽」這一

〔註255〕王寧：〈清華簡七《子犯子餘》文字釋讀二則〉，簡帛網，http://www.bsm.org.cn/show_article.php?id=2798，2017 年 5 月 2 日。

〔註256〕潘燈：清華七《子犯子餘》初讀，簡帛論壇，http://www.bsm.org.cn/bbs/read.php?tid=3458&page=7，第六十四樓，2017 年 5 月 04 日。

〔註257〕水墨翰林：清華七《子犯子餘》初讀，簡帛論壇，http://www.bsm.org.cn/bbs/read.php?tid=3458&page=7，第六十六樓，2017 年 5 月 04 日。

〔註258〕蕭旭：〈清華簡（七）校補（一）〉，復旦大學出土文獻與古文字研究中心網站，http://www.gwz.fudan.edu.cn/Web/Show/3055，2017 年 5 月 27 日。

點上有近似之處。結合上下文，這句話可以理解為：。蹇叔說這句話，是為了形容商湯的德政，並以此與商紂的虐政相比較。〔註259〕

【水之甘】：（回應羅小虎）釋為「鹿」的字非常可疑，當成「麗」的省體的話，可能要讀為「灑」；當成「鹿」，則讀為「漉」，漉可以訓為「竭、涸」，「膺」為影母蒸部，訓為受。當然目前最好的看法讀為「慶膺」，《文選》：「昭哉世族，祥發慶膺。」李善注：「慶膺，猶膺慶也。」指接受福澤。〔註260〕

【子居】：「」字當是從倒矢從鹿，即麎字。麎即麛，《說文‧鹿部》：「麛，大麋也。狗足。從鹿旨聲。麂，或從幾。」故當麎可讀為「皆」。按全句用韻，此處的「雁」似當讀為「安」，《荀子‧議兵》：「因其民，襲其處，而百姓皆安。」〔註261〕

【伊諾】：從子居先生說，即將此句釋讀為：「四方尼（夷）莫句（後）與人，面見湯若霝（靈）雨，方奔之，而麎（皆）雁（安）女（焉）」。「莫句（後）與人」即「莫句（後）於人」〔註262〕

〔「鹿」字諸家說法整理〕

一 「鹿」	1 整理者	疑簡文是以鹿喻風呼應上文的雨。
	2 明珍	當從原考釋為「鹿」字。
	3 水墨翰林	至於「鹿膺」當是何詞，現在不能遽定，其意當如「難擋」。
	4 蕭旭	「鹿」字是。
二 「庇」	1 ee	可能是「麃」或從「麃」的字。其字可隸定為「〔麃＋比〕」，「比」形是否由鹿足演化而來尚不可知，但此字若從「比」聲，則應讀為「庇」，
三 「慶」	1 王寧	應該是從鹿苟（敬）省聲，可能就是「慶」字的異構。在簡文中「慶雁」當讀為「響應」，「響」、「慶」曉溪旁紐雙聲、同陽部疊韻；「應」從「雁」聲，均音近可通。

〔註259〕羅小虎：清華七《子犯子餘》初讀，簡帛論壇，http://www.bsm.org.cn/bbs/read.php?tid=3458&page=10，第九十六樓，2017 年 7 月 13 日。

〔註260〕水之甘：清華七《子犯子餘》初讀，簡帛論壇，http://www.bsm.org.cn/bbs/read.php?tid=3458&page=10，第九十七樓，2017 年 7 月 26 日。

〔註261〕子居：〈清華簡柒《子犯子餘》韻讀〉，中國先秦史網站，http://xianqin.22web.org/2017/10/28/405?i=1，2017 年 10 月 28 日。

〔註262〕伊諾：〈清華柒《子犯子餘》集釋〉復旦大學出土文獻與古文字研究中心網站，http://www.gwz.fudan.edu.cn/Web/Show/4210，2018 年 1 月 18 日。

	2 水之甘	目前最好的看法讀為「慶麐」，指接受福澤。
四 「麗」	1 羅小虎	鹿，可看成是「麗」字形省，附著、依附。
五 「皆」	1 子居	當是從倒矢從鹿，即麞字。麞即麐，故當麞可讀為「皆」。
	2 伊諾	從子居之說。

〔「雁」字諸家說法整理〕

一 「麐」	1 整理者	受也。
	2 水墨翰林	至於「鹿麐」當是何詞，現在不能遽定，其意當如「難擋」。
	3 羅小虎	疑為「麐」字形省，可讀為「蔭」。
	4 水之甘	目前最好的看法讀為「慶麐」。
二 「應」	1 王寧	「應」從「雁」聲，均音近可通。
	2 蕭旭	讀為應。
三 「鷹」	1 馬楠	「雁」讀為鷹。
	2 潘燈	「雁」我們直接讀「鷹」。
四 「安」	1 子居	此處的「雁」似當讀為「安」。
	2 伊諾	從子居之說。

　　謹按：各家將「」或釋為「鹿」（如字讀或讀為「漉」）、「麐」、「慶」（讀為「響」）、「麞」（讀為「皆」）、「麗」（讀為「灑」）；「雁」或讀為「麐」、「鷹」、「應」、「安」、「蔭」等。「」字，整理者釋為「鹿」，ee 認為可隸定為〔麃＋比〕，明珍已提出〈越公其事〉簡 26 有「麃」字作，字形的上部與下部結構皆與本篇字不同，並且甲骨「鹿」字有作（28334）、（28353）者，其特徵為下足近似「匕匕」形，故本篇的當從原考釋為「鹿」。「鹿」可讀為「祿」，如銀雀山漢木竹簡《孫臏兵法‧見威王》：「黃帝戰蜀（涿）祿（鹿）」其中可證「祿」、「鹿」可通假。《詩‧大雅‧既醉》：「天被爾祿」，即福也。「雁」即「祿麐」。《文選》：「昭哉世族，祥發慶麐。」李善注：「慶麐，猶麐慶也。」指接受福澤。則「祿麐」即「麐祿」，《尚書‧必命》：「三后協心，同底于道，道洽政治，澤潤生民，四夷左衽，罔不咸賴，予小子永麐多福。」「四方厾莫句與人，面見湯若霜（霈）雨方奔之，而鹿雁（麐）女（焉）」則解釋為四方夷狄不想慢於人，面見成湯都如同大雨正驟奔般聲勢浩大，並且接受成湯的福澤。

簡十二

（五十三）用果念（咸）政（征）（八十一）九州而寱（均）君之

用	果	念（咸）	政（征）	九
州	而	寱（均）	君	之

1. 用果念（奄）政（征）九州而寱君之

【整理者】：用，裴學海《古書虛字集釋》（第九二頁）：「猶則也。」果，《國語‧晉語三》「果喪其田」，韋昭注：「果猶竟也。」（按：終於）念，疑讀為「臨」。「念」在泥母侵部，「臨」在來母侵部，音近可通。臨，《穀梁傳》哀公七年「春秋有臨天下之言焉」，范甯注引徐乾曰：「臨者，撫有之也。」政，讀為「正」。《周禮‧宰夫》「歲終則令羣吏正歲會」，鄭玄注：「正，猶定也。」寱，不識，疑讀為「承」，或讀為「烝」。《詩‧文王有聲》「文王烝哉」，毛傳：「烝，君也。」（頁97～98）

【趙嘉仁】：「果」應該就訓為「果敢」、「果決」。〔註263〕

【陳斯鵬】：整理者注前者引裴學海《古書虛字集釋》云：「猶則也。」然檢裴書該條所引書證，如《尚書‧盤庚》：「今我民用蕩析離居，罔有定極」，《尚書‧立政》「其在商邑，用協于厥邑。其在四方，用丕式見德」等，句式與簡文實不相類。值得注意的是，裴氏引《尚書‧微子》：「我祖厎遂陳于上，我用沈酗于酒，用亂敗厥德于下。」他認為「猶則也」的是上一個「用」，而特別說明：「下『用』字訓『以』。」仔細體味，這下一個「用」才與簡文的

「用」字用法相同，應該是一個表結果的連詞，可譯作「於是……」。簡文「用果念政（正／征）九州而薾君之」大意是，（成湯有道）於是果能征服九州而為天下君主。〔註264〕

【陳偉】：《古書虛字集釋》「用」之訓「則」，存在質疑。簡文「用」，恐當訓為「乃」，于是義。念，疑當讀為「咸」或「奄」，皆、盡義。政，在讀為「正」之外，也可能讀為「征」。《孟子‧滕文公下》：「湯始征，自葛載。十一征而無敵于天下。東面而征，西夷怨；南面而征，北狄怨，曰：『奚為後我？』」《叔夷鐘》銘「（成唐）咸有九州」，《詩‧商頌‧玄鳥》「（湯）奄有九有」，可參看。〔註265〕

【ee】：「念政」原讀為「臨政」，按此句「念」應與清華一《保訓》簡3：「恐弗念終」之「念」義應近，《保訓》之「念」有讀為「堪」者，此處或亦然，不過讀為「勘」也通。〔註266〕

【心包】：「堪」字從ee老師讀，「政」似讀為「定」好一些。附帶一提：《康王之誥》：「惟新陟王畢協賞罰，戡定厥功……」中「勘」要讀為「咸」（參同學趙朝陽兄的碩論，「畢」、「咸」解釋參蘇建洲先生《出土文獻》7上文章及蔣文女士的博論），句中的「戡」與簡文中的「堪」字所表達的詞有別。〔註267〕（又「念（臨）政（正）」）應從整理者說，讀為「臨政（正）」。（另，《康王之誥》中「勘定厥功」中「勘」讀為讀為「咸」，已見蔡偉先生博論）〔註268〕左冢漆局的「A民」，朱曉雪師姐釋讀為「寵」（《中國文字》新36輯），類比其中的「敕民」、「陵民」，順讀為「寵民」，是可以的。A字即可以分析為從宀從龍（四郎兄指出了「勹」、「宀」形近的例子，http://www.bsm.org.cn/bbs/

〔註264〕陳斯鵬：〈清華大學所藏戰國竹書（柒）虛詞札記〉，第三屆出土文獻與上古漢語研究（簡帛專題）學術研討會論文集，2017年8月14～16日。

〔註265〕陳偉：《清華七〈子犯子餘〉校讀（續）》，武漢大學簡帛網，2017年5月1日。

〔註266〕ee：清華七《子犯子餘》初讀，簡帛論壇，http://www.bsm.org.cn/bbs/read.php? tid=3458，第五樓，2017年4月23日。

〔註267〕心包：清華七《子犯子餘》初讀，簡帛論壇，http://www.bsm.org.cn/bbs/read.php? tid=3458&page=2，第十六樓，2017年4月24日。

〔註268〕心包：清華七《子犯子餘》初讀，簡帛論壇，http://www.bsm.org.cn/bbs/read.php? tid=3458&page=8，第七十三樓，2017年6月03日。

read.php?tid=3116），也可以分析為從今從龍雙聲（今與龍共用一筆，上引朱文已指出，字形并已見于金文），一般來說，「今」字下一筆較短，但是楚簡中有些「今」字，下邊一橫也不短，上引朱文也認為上部從今。《越公其事》「胄」字作 B 形，章水根師兄在其未刊稿中指出上部應該是變形聲化為「今」聲，我們雖然不同意這種看法（雖然第一次看見這個字形，也如此考慮過），但是 B 這個字形也能說明「宀」和「勹」形近的關係。不管從龍聲出發，還是從今／龍雙聲出發，我們都認為「A 民」要讀為「臨民」，文獻中不見「寵民」的說法，「臨民」的說法倒是很常見。這裡還要說的是漆局的「C 民」，可以讀為「陰」（如陳偉武先生讀為「禁」也是很好的），即《洪範》「惟天陰騭下民」中的「陰」，黃國輝先生認同整理者的意見將上面提到的《厚父》中的「天今／見司民」中我們認同讀為「臨」的「今／見」與「陰」聯繫（復旦網，2015 年 4 月 27 日），與「A 民」不同。（A：、B：、C：）
〔註 269〕

【lht】：把「念」讀為「臨」可從，「政」讀如本字即可。「臨政」一詞古書習見。《左傳》襄公二十六年：「夙興夜寐，朝夕臨政，此以知其恤民也。」《管子‧正》：「廢私立公，能舉人乎？臨政官民，能後其身乎？」「臨政九州」與《墨子‧節用上》「為政一國」、「為政天下」意思相當。用從「今」聲之「念」表示「臨」，可以佐證「」是「臨」字異體的觀點。〔註 270〕

【羅小虎】：「用」，可理解為「於是」、「所以」，表示結果。《書‧益稷》：「朋淫於家，用殄厥世。」簡 13「用凡君所問莫可聞」之中的「用」也是表示結果。簡 13 可以理解為「所以說凡君所問莫可聞」。〔註 271〕

【程浩】：整理報告從「蠅」的角度考慮將其讀為「承」，放在簡文中「承君之後世」還是比較通達的。〔註 272〕

〔註 269〕心包：清華七《子犯子餘》初讀，簡帛論壇，http://www.bsm.org.cn/bbs/read.php?tid=3458&page=9，第八十二樓，2017 年 6 月 27 日。

〔註 270〕lht：清華七《子犯子餘》初讀，簡帛論壇，http://www.bsm.org.cn/bbs/read.php?tid=3458&page=9，第八十九樓，2017 年 7 月 01 日。

〔註 271〕羅小虎：清華七《子犯子餘》初讀，簡帛論壇，http://www.bsm.org.cn/bbs/read.php?tid=3458&page=10，第九十一樓，2017 年 7 月 02 日。

〔註 272〕程浩：《清華簡第七輯整理報告拾遺》，清華大學出土文獻研究與保護中心網站，

　　【王寧】：《趙簡子》中「寠將軍」的從宀、黽、廾的字恐怕就是崇尚之「尚」的後起字，讀為「上」。清華 6《管仲》簡 16 中有「嚐天下之邦君」，「嚐」的字應該是「嘗」的或體，也該讀為「上」。《子犯子餘》中「寠君」，「君」前一字當是從宀嘗聲，恐怕也該讀「上君」。「上將軍」、「上君」二詞古書習見。〔註 273〕

　　【厚予】：「九州」後可點斷，「寠」可讀為「黽」，勉也。〔註 274〕

　　【劉偉浠】：讀為「耆」，訓「強大」，《廣雅·釋詁一》：「耆，強也。」此意使君的後代強大起來。〔註 275〕

　　【雲間】：莊子天運，命冥相叶。黽冥可通。「用果念政九州，而命君之后世。」〔註 276〕

　　【張崇禮】：[黽＋甘]當為蜩字初文，下部甘像蟬的腹部。鼂即朝旦字，旦表意，其聲旁黽應即蜩字。郭店簡、清華簡《管仲》和此處簡文應讀朝，其他簡文讀如與綢字音近義通的字。〔註 277〕

　　【陳偉】：這裏所說的從「黽」之字，目前所見，有兩種寫法，即（以下用「A」代替）和（以下用「B」代替）。所在文句含義大致可曉者有五，即：（1）郭店簡《窮達以時》7 號簡：百里轉鬻五羊，為伯牧牛，釋板桎而為 A 卿，遇秦穆。（2）清華簡六《管仲》16-17 號簡：桓公又問于管仲曰：「仲父，A 天下之邦君，孰可以為君，孰不可以為君？」（3）清華簡七《子犯子餘》11-12 號簡：（成湯）用果念政九州而 A 君之。（4）清華簡七《趙簡子》

2017 年 4 月 23 日。

〔註 273〕王寧：清華七《子犯子餘》初讀，簡帛論壇，http://www.bsm.org.cn/bbs/read.php?tid=3458&page=2，第十四樓，2017 年 4 月 24 日。

〔註 274〕厚予：清華七《子犯子餘》初讀，簡帛論壇，http://www.bsm.org.cn/bbs/read.php?tid=3458&page=2，第十八樓，2017 年 4 月 24 日。

〔註 275〕劉偉浠：清華七《子犯子餘》初讀，簡帛論壇，http://www.bsm.org.cn/bbs/read.php?tid=3458&page=3，第二十五樓，2017 年 4 月 25 日。

〔註 276〕雲間：清華七《子犯子餘》初讀，簡帛論壇，http://www.bsm.org.cn/bbs/read.php?tid=3458&page=3，第二十六樓，2017 年 4 月 25 日。

〔註 277〕張崇禮：清華七《子犯子餘》初讀，簡帛論壇，http://www.bsm.org.cn/bbs/read.php?tid=3458&page=5，第四十四樓，2017 年 4 月 27 日。

1 號簡：趙簡子既受 B 將軍（5）清華簡七《趙簡子》2 號簡：今吾子既為 B 將軍已學者對此二字，有多種推測。由于這兩種寫法的字使用語境類似，程浩、王寧二氏把兩者看作一字應該是合理的。綜觀上述文例，我們懷疑此字應如楊蒙生先生所說，是從「黽」得聲，讀為「命」。例（1）「命卿」《左傳》成公二年：「不使命卿鎮撫王室。」楊伯峻注：「『命卿』，由周王室加以任命之卿。」《漢書·王嘉傳》：「『故繼世立諸侯，象賢也。』雖不能盡賢，天子為擇臣，立命卿以輔之。」顏師古注：「命卿，命於天子者也。」例（4）（5）「命將軍」可能類似于命卿，是得到天子任命的將軍。例（2）、例（3）中的「命」則是命令義，「命君」猶命令、君臨，「命天下」即號令天下。〔註278〕

【陳治軍】：在清華簡 7（《子犯子餘》簡 12）中「政」不必改釋為「正」。可讀作「用果，臨政九州而朕君之。」意是用這樣的方法結果則可臨政九州而君臨天下。可謂文通字順。〔註279〕

【Jdskxb】：關於此字有多位學者論及，包括大家少引的蘇建洲、譚生力、張峰等先生文章，我還是覺得从龜要好。……　讀為「久」（均屬見母之部）。
〔註280〕

【潘燈】：「用」為「於是」的意思（陳偉先生已有說）。　當讀為「久」（均屬見母之部），《詩·商頌·玄鳥》：「古地命湯武，正域彼四方。方命厥後，奄有九有。」毛傳：「正，長。域，有也。九有，九州也。」鄭箋：「天帝命有威武之德者成湯，使之長有邦域，為政於天下。方命其君，謂便告諸侯也。湯有是德，故覆有九州，為之王也。」《管仲》16-17：「仲父，　天下之邦君，孰可以為君？孰不可以為君？」整理者讀為「舊」，今據此及《子犯》簡9「昔之舊聖哲人之敷政令刑罰」可知，整理者讀法可信。〔註281〕

〔註278〕陳偉：〈也說楚簡從「黽」之字〉，簡帛網，http://www.bsm.org.cn/show_article.php?id=2792，2017 年 4 月 29 日。

〔註279〕陳治軍：〈清華簡〈趙簡子〉中從「黽」字釋例〉，復旦大學出土文獻與古文字研究中心網，2017 年 4 月 29 日。

〔註280〕Jdskxb：清華七《子犯子餘》初讀，簡帛論壇，http://www.bsm.org.cn/bbs/read.php?tid=3458&page=6，第五十八樓，2017 年 5 月 03 日。

〔註281〕潘燈：清華七《子犯子餘》初讀，簡帛論壇，http://www.bsm.org.cn/bbs/read.php?

【lht】：應該都讀尊吧。（8）昔者成湯以神事山川，以德和民。四方夷莫後。與（舉）人面見湯，若電雨方奔之而鹿雁（應）焉。用果念（臨）政九州而𡩋君之。（清華竹簡《子犯子餘》11-12）例（8）所說是湯的事跡，用來說明「民心」「或易成」。湯用事奉鬼神的方式來事奉山川，用德來親和人民。對自己的臣民如此，對邊遠地區的少數民族也是如此，沒有先後之分。因此，凡是人見到湯，就像是大雨正奔向大地而見又應和之一樣。因此是終能夠臨政九州而為之君。整理者把「𡩋」讀為「承」，又讀為「烝」，引《詩・大雅・文王有聲》「文王烝哉」，毛傳：「烝，君也。」這是把「𡩋」、「君」看成同義詞。我們認為這種看法是正確的。因此，在確定「𡩋」字如何解讀之前，需要先搞清楚「君」字的詞性和用法。《孟子・公孫丑上》：「得百里之地而君之，皆能以朝諸侯、有天下。行一不義、殺一不辜而得天下，皆不為也。」，趙岐注：「此三人君國，皆能使鄰國諸侯尊敬其德而朝之。」（8）「念（臨）政九州而𡩋君之」與《公孫丑上》「得百里之地而君之」文例相近，二「君之」用法應該相同。《公孫丑上》「君」之賓語為方圓百里之國。則例（8）「君」之賓語應為「九州」，指天下。《史記・平原君列傳》「湯以七十里之地而王天下」是也。《詩・大雅・公劉》：「食之飲之，君之宗之。」毛傳：「為之君，為之大宗也。」鄭玄箋：「宗，尊也。公劉雖去邰國來遷，群臣從而君之宗之，猶在邰也。」〔註282〕

【林少平】：從各學者的各種觀點來看，明珍先生以為此等字例當從竈得聲，讀為「箈」，訓作「副」。筆者以為可信。「副」，《廣韻》：「佐也。」又《爾雅・釋詁》注：「副者，次長之稱。」「倅」，《說文》：「副也。」可知，古文「副」、「倅」皆有「佐」義。清華簡柒《子犯子餘》「（成湯）用果念政九州而竈君之」即「（成湯）以『果念』正九州而佐其君之」。〔註283〕

【水之甘】：（回63樓（lht）的帖子）那還不如直讀君，君君。〔註284〕

---

　　tid=3458&page=6，第五十九樓，2017年5月03日。

〔註282〕lht：清華七《子犯子餘》初讀，簡帛論壇，http://www.bsm.org.cn/bbs/read.php? tid=3458&page=7，第六十三樓，2017年5月04日。

〔註283〕林少平：《也說清華簡〈趙簡子〉從黽字》，復旦大學出土文獻與古文字研究中心網，2017年5月10日。

〔註284〕水之甘:清華七《子犯子餘》初讀，簡帛論壇，http://www.bsm.org.cn/bbs/read.php?

【羅小虎】：簡 12：A 君之。此字當讀為「命」，命君，意思為「天命之君」或「受天命之君」，此處用為動詞。命君之，作他們的天命之君。〔註285〕

【子居】：「▨」，或即「定」字異體，讀為「正」，《孟子‧離婁上》：「君義莫不義，君正莫不正，一正君而國定矣。」《說苑‧建本》：「有正春者無亂秋，有正君者無危國。」皆為「正君」辭例，只不過《子犯子餘》此處的「正君」是名詞動用。〔註286〕

【孟蓬生】：關於「䵼」「䚈」二字所從「黽」形的來源和讀音，學者有不同意見，但似乎還沒有找到一個完美的解釋能夠把上揭所有例句都講通。詳細情況請大家參考附註所列文章，這裡不再轉引。我們同意學者們把此字中間象形部分看作該字的聲符的意見，並暫且把它跟「蠅」所從之聲符加以認同。然後通過出土文獻與傳世文獻綜合考察「黽」聲字的語音信息，探索兩字在上舉各個例句中的意義和讀法。黽聲與尋聲丨（十、兊）聲古音相通。……黽聲與乘聲丨（十、兊）聲古音相通。……丨（十、兊）聲與中聲古音相通。……中聲與冬聲古音相通。《書‧禹貢》：「荊岐既旅，終南惇物，至于鳥鼠。」《左傳‧昭公四年》：「陽城、大室、荊山、中南，九州之險也。」「中南」即「終南」。《文選‧鄒陽‧獄中上書自明》：「於陵子仲辭三公，為人灌園。」李善注：「《列女傳》曰：『於陵子終賢，楚王欲以為相，使使者往聘迎之。子終辭使者，與其妻逃，乃為人灌園。』」「於陵子終」即「於陵子仲」。據此可以把一些從黽之字讀為「終」。清華簡七《子犯子餘》11-12 號簡：「（成湯）用果念政九州而䵼君之。」「念政」即傳世文獻之「奄征」。此句話可以試讀為「（成湯）用果念（奄）政九州而終君之」，意謂成湯果然大舉征伐九州並最終君臨天下。郭店簡《成之聞之》：「君子曰：『唯有其恆而可，能終之為難。』『槁木三年，不必為邦旗』曷，言䵼之也。」「䵼」似即上文之「終」。〔註287〕

---

tid=3458&page=8，第七十樓，2017 年 5 月 12 日。

〔註285〕羅小虎：清華七《子犯子餘》初讀，簡帛論壇，http://www.bsm.org.cn/bbs/read.php?tid=3459&page=10，第九十八樓，2017 年 7 月 30 日。

〔註286〕子居：〈清華簡柒《子犯子餘》韻讀〉，中國先秦史網站，http://xianqin.22web.org/2017/10/28/405?i=1，2017 年 10 月 28 日

〔註287〕孟蓬生：〈楚簡「黽」字音釋〉，第三屆出土文獻與上古漢語研究（簡帛專題）學

【袁證】：諸位學者所訓（「用」字）乃、於是、因此等，含義基本相同，皆可從。〔註288〕

〔「甹」字諸家說法整理〕

一 「承」或「烝」	1 整理者	疑讀為「承」，或讀為「烝」。
	2 程浩	放在簡文中「承君之後世」還是比較通達的。
二 「上」	1 王寧	「君」前一字當是從宀甹聲，恐怕也該讀「上君」。
三 「黽」	1 厚予	可讀為「黽」，勉也。
四 「耆」	1 劉偉淅	讀為「耆」，訓「強大」
五 「命」	1 雲間	莊子天運，命冥相叶。黽冥可通。
	2 陳偉	懷疑此字應如楊蒙生先生所說，是從「黽」得聲，讀為「命」。
	3 羅小虎	此字當讀為「命」，命君，意思為「天命之君」或「受天命之君」，此處用為動詞。
六 「朝」	1 張崇禮	其聲旁黽應即蜩字。郭店簡、清華簡《管仲》和此處簡文應讀朝。
七 「朕」	1 陳治軍	可讀作「用果，臨政九州而朕君之。」
八 「久」	1 Jdskxb	从龜要好。……𣫏讀為「久」。
	1 潘燈	當讀為「久」。
九 「尊」	1 lht	應該都讀尊吧。
十 「籄」	1 明珍	當从竈得聲，讀為「籄」，訓作「副」。
	2 林少平	從明珍之說。
十一 「君」	1 水之甘	不如直讀君。
十二 「正」	1 子居	或即「定」字異體，讀為「正」。
十三 「終」	1 孟蓬生	从黽之字讀為「終」。

謹按：「用」字從陳斯鵬先生、陳偉先生、袁證先生說法，當訓為「乃，」表結果的連詞，可譯作「於是……」。「果」字整理者釋為「竟」。即「終」也。解惠全《古書虛詞通解》中提到此用法與「果」作表態副詞，指凡先事豫期，後來事實竟相符應的用法相去不遠，其來源亦相同。〔註289〕如《史記·殷本紀》：

術研討會暨 2017 中國社會科學院社會科學論壇，2017 年 8 月 14～16 日。

〔註288〕袁證：《清華簡〈子犯子餘〉等三篇集釋及若干問題研究》（武漢：武漢大學碩士學位論文，2018 年）

〔註289〕解惠全、崔永琳、鄭天一編著：《古書虛詞通解》（北京：中華書局，2008 年），

「武丁夜夢得聖人，名曰說。以夢所見視群臣百吏，皆非也。於是乃使百工營求之野，得說於傅險中。是時說為胥靡，筑於傅險。見於武丁，武丁曰是也。得而與之語，果聖人，舉以為相，殷國大治。」此處不如解釋為「果然」，則順承前文因為成湯以德和民，四方夷競相奔之，於是果然能征服九州統治之。

　　「念」字則從陳偉之說讀為「咸」。「念」字屬侵韻見母，「咸」字屬侵韻匣母，兩字聲音接近。

　　「政」可通假為「征」，例如《阜陽‧頤》：「六二，奠（顛）頤，弗（拂）經‧于丘頤，政（征）兇（凶）。」傳世文獻本有「奄征」一詞，如《左傳‧襄公十三年》：「君命以共，若之何毀之，赫赫楚國，而君臨之，撫有蠻夷，奄征南海，以屬諸夏，而知其過，可不謂共乎。」「奄」，皆、盡義。故「念（咸）征」應與「奄征」意同。

　　「竈」字說法大致可分為從「黽」聲、從「龜」聲兩種。楚文字常見「」一類的字形，研究者的看法非常分歧，劉洪濤先生曾作過總結，其說如下：「黽卿」之「黽」，《郭店》145頁釋文讀為「朝」，應該是把它看作「鼂」字異體。很多學者已經指出，此字從「黽」從「甘」（或釋作「曰」），不從「旦」或「日」，因此不可能是「鼂」字異體。楷書作為偏旁的「黽」至少有四種來源：（1）一種鼃類動物的象形，如「黽」、「鼃」、「鼀」、「鼁」等字所從；（2）一種龜類動物的象形，如「竈」、「鼈」、「鼉」、「鼇」等字所從；（3）一種鼀鼃類昆蟲的象形，如「鼂」、「鼀」等字所從；（4）蒼蠅的象形，如「蠅」、「繩」等字所從。第（1）種來源即今天的「黽」字。第（2）種來源即今天的「龜」字，只是由原來寫作側視龜形變為正面俯視龜形，才與「黽」字混同。《說文》「龜」字古文即此種寫法，可以釋寫作「龜」。楚文字中用為「龜」的所謂「黽」其實就是正面俯視寫法的「龜」字，並非「黽」字。第（3）、（4）兩種來源之字則僅保存在上述形聲字中，只能依稀看到它們曾經獨立成字的影子。何琳儀先生、裘錫圭先生、宋華強先生等認為是第（1）種來源即「黽」字，裘先生把本篇「黽卿」讀為「名卿」，宋先生讀為「命卿」。馮勝君先生、禤健聰先生根據楚文字可以確認的「龜」字與本篇「竈」所從之「黽」寫法相同，認為是第（2）種來源，馮先生把「黽卿」讀為「軍卿」，禤先生讀為「耆卿」。

　　　　頁243～244。

李家浩師、李守奎先生、劉國勝先生等認為是第（4）種來源，把一部分「噩」字及「繘」字釋為或讀為繩索之「繩」。宋華強先生後來放棄前說，改從第（4）種來源之說。按楚文字中可以確認用為「龜」的字全都作「黽」，不從「甘」。根據這種現象，我們認為「噩」應該是「黽」字的異體。古文字「甘」旁常用作羨符，可加也可不加，但是作為「黽」字異體的「噩」之所以一定要加羨符「甘」，大概是為了跟寫作「黽」形的「龜」字區別開來。〔註290〕

　　蘇師建洲則認為楚簡「蠅」或「繩」字都從「興」旁，如「蠅」作 （《上博一・孔子詩論》28）、《清華一・皇門》11「是楊（陽）是繩（繩）」、《清華三・芮良夫》19「約結繩（繩）劃（斷）」。更直接的例證是左塚漆梮既有「」，研究者或釋為「繩德」。但還有「」，此字無疑是「繩」字，這也證明「噩」不可能是「蠅」或是「蠅」、「繩」等字所從。左塚漆梮既有「」，研究者或釋為「繩德」。但還有「」，此字無疑是「繩」字，這也證明「噩」不可能是「蠅」或是「蠅」、「繩」等字所從。那「」能否考慮為從「竈」得聲？戰國文字的「竈」字有兩種寫法，一是寫作從「告（造）」得聲，見於齊系文字陳麗子戈、莒公孫潮子編鎛、編鐘等均作「窖」。另一種是沿襲金文從「𪊨（秋）」得聲，如秦系、三晉系的「竈」均寫作從「黽」。這兩種寫法從不在同一文字系統中出現，如後者均不從「告（造）」。齊系文字則均從「告（造）」得聲，不從「黽」。《包山》木籤用「𡧊」來表示為五祀之一的「竈」。又見於《清華七・趙簡子》簡8「宮中六窖（竈）并六祀」。可以證明楚系文字的「竈」不會寫作「黽」旁，這也與上述「蠅」、「繩」寫作從「興」聲的現象相同。凡此均可證明「」不會從「竈」聲，也可以比較放心的推測楚簡的「黽」形應該就是「龜」，「」可以隸定作「噩」。至於「噩」字「甘」旁的性質，可能是單純的飾符，這種情形在楚文字很常見，如：

（1）「禱」作：（《新蔡》乙四140）、（《新蔡》乙一13）

（2）「禱」作：（《望山》1・10）、（《望山》1・108）

〔註290〕劉洪濤：〈郭店《窮達以時》所載百里奚史事考〉，簡帛網，2009.02.29，http://www.bsm.org.cn/show_article.php?id=996。

（3）「鄴」作：（4616，鄴子㺇匜）、（2738，蔡大師鼎）

但考慮到「龜」這個詞從沒有寫作「𪚰」者，二者用法顯然不同。這從底下這個例證可以看得更清楚。《上博九・陳公治兵》簡 20「偝申（陣）遧（後），乃右林左林，申（陣）遧（後）若𪘁；或偝申（陣）前，右林左」，其中「𪘁」作：，雖然簡文殘缺無法釋讀，但顯然是作為名詞用，可能就讀為「龜」。《包山》竹牘「（繰）」應該是「𪘁」加上「甘」旁區別符號，辭例「繰鞁」是形容詞的用法，這說明「𪚰」與「龜」用法確實不同，形成「異體分工」的現象。至於「𪚰」的本義是什麼意思，以目前的材料來看仍無法確知。〔註 291〕《子犯子餘》9 亦出現「上繜（繩）不遉（失）」，與此處「𪚰君之」對照，亦證明「𪚰」不是「蠅」或是「蠅」、「繩」等字所從。據此，「𪚰」應是從「龜」得聲。

從「龜」聲，可讀為「鈞／均」。《莊子・逍遙遊》：「宋人有善為不龜手之藥者」，郭慶藩《集釋》：「李楨曰：『龜手，《釋文》云：徐舉倫反，蓋以龜為皸之叚借。』」《廣雅・釋言》：「皸，皼也。」王念孫《疏證》：「龜，與皸聲近義同。」「皸」從「軍」聲，「軍」又從「勻」聲，可見「龜」可以讀為「鈞」。「鈞」可做為副詞，訓為「同」，如《國語・晉語一》：「鈞之死也，無必假手于武王。」《孟子・告子上》：「鈞是人也，或為大人，或為小人，何也？」此處「𪚰君」可與「念（咸）政（征）」對看，皆為副動結構，則「𪚰」讀為「鈞／均」作副詞用，釋為「同」，詞意也可對應「奄」。《清華六・管仲》有「𪚰（鈞／均）天下之邦君，箮（孰）可以為君？箮（孰）不可以為【一六】君？」整理者認為「𪚰」從「龜」聲，故讀為「舊」。蘇師建洲則贊同「𪚰」分析為從「龜」聲，亦讀為「鈞／均」。〔註292〕「君」作動詞，解釋為統治，如《管子・權修》：「君國不能壹民，而求宗廟社稷之無危，不可得也。」故簡文「用果念（咸）政（征）九州而𪚰（鈞／均）君之」意即（成湯）於是果然盡征（四夷）而全部統治之。

〔註291〕蘇師建洲：〈論楚文字的「龜」與「𪚰」〉，《出土文獻與物質文化【饒宗頤國學院國學叢書 3】》（香港，中華書局，2017 年 10 月），頁 1～35。

〔註292〕詳見蘇師建洲：〈論楚文字的「龜」與「𪚰」〉，《出土文獻與物質文化【饒宗頤國學院國學叢書 3】》（香港，中華書局，2017 年 10 月），頁 34～35。

（五十四）遱（後）殜（世）嚻（就）受（紂）之身

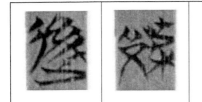					
遱（後）	殜（世）	嚻（就）	受（紂）	之	身

1. 嚻（就）

【整理者】：就，《爾雅·釋詁》：「終也。」（頁 98）

【鄭邦宏】：「就」，當與《趙簡子》簡 2、簡 8、簡 10 的「就」一樣，為介詞，與其後內容組成介詞短語，表示時間。〔註 293〕

【陳偉】：這種寫法的「就」，楚文字多見。曾有一些推測，李零先生釋為「就」，學者從之。李零先生歸納此字在《鄂君啟節》和望山、天星觀、包山卜筮簡中的用法，認為其指空間或時間的起迄，是抵達或到的意思。其實，卜筮簡中也有從某人至某人的用法。如包山 246 號簡「與禱荊王，自酓鹿（麗）以嚻（就）武王」。而在辭義方面，早先朱德熙、李家浩先生討論此字時，已將此字在卜筮簡中的用法，與天星觀簡「從七月以至來歲之七月」的「至」對比，指出其與「至」同義。簡文此字，與楚卜筮簡中的「就」字作相同理解，訓為至、到，當更為允當。

【羅小虎】：簡文中的「就」，即「趨近，往」。在具體的語境中，可理解為「及」，到。《詩經·邶風·谷風》：「就其深矣，方之舟之。」孔穎達疏：「若值其難也，則勤之勞之。」《漢語大字典》據此專設「遇、值」一義項。但是孔穎達的解釋是有價值的。此例中的「值」，與「及」同義，其實也是從「趨向」、「到往」這一具體動作引申而來。所以，「就受之身」可以理解為「及受之身」。結合上下文，這句話的意思大致是說，後世到了商紂的時候，殺三無辜，為炮烙之刑……從文意來看，商紂的虐政與湯的德政是有對比的意味。傳世古籍中，有如下的例子：《孟子·滕文公下》：「及紂之身，天下又大亂。」《孟子·梁惠王上》：「及寡人之身，東敗於齊，長子死焉。」《淮南子·道應

〔註 293〕石小力整理：〈清華七整理報告補正〉，清華大學出土文獻讀書會，http://www.ctwx.tsinghua.edu.cn/publish/cetrp/6831/2017/20170423065227407873210/2017042306522 7407873210_.html，2017 年 4 月 23 日。

訓》：「及孤之身，而晉罰楚，是孤之過也。」這幾個例子和簡文中的例子取意相近。尤其是第一例，與簡文表達的意思相同，也是談商紂之事，可為確證。〔註294〕

謹按：此處可從陳偉所說，訓為「及」，至、到之意。

（五十五）殺三無殆（辜）

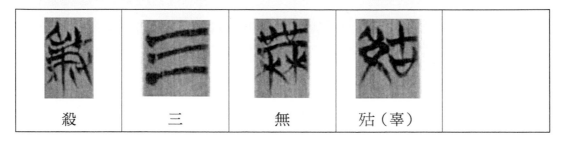

殺	三	無	殆（辜）	

1. 殺三無殆（辜）

【整理者】：殺三無辜，《史記‧殷本紀》有載，即「醢九侯」、「脯鄂侯」、「剖比干」。（頁 98）

（五十六）為爙（炮）為烙

為	爙（炮）	為	烙	

1. 為爙（炮）為烙

【整理者】：爙，從橐省，缶聲，讀為「炮」。為炮為烙，指炮烙之刑，也作「炮格」。《荀子‧議兵》：「紂……為炮烙刑。」《史記‧殷本紀》：「紂乃重刑辟，有炮格之法。」（頁 98）

【趙平安】：「烙」，認為就是《容成氏》中的「盂」，是盛炭的器具。「為炮為烙」顯示「炮」、「烙」當為兩種不同的東西。所謂炮烙，「炮」和「烙」都是名詞，炮烙不是偏正結構，而是並列結構。「烙」相當於盂，是盛炭的器具。「炮」相當於《容成氏》中的「圓木」。這個「圓木」，古書也叫金柱、銅柱。「木」和

〔註294〕羅小虎：清華七《子犯子餘》初讀，簡帛論壇，http://www.bsm.org.cn/bbs/read.php?tid=3458&page=10，第九十二樓，2017 年 4 月 23 日。

「柱」是同一種東西的不同叫法。〔註295〕

　　謹按：趙平安先生對「爥（炮）」、「烙」的解釋可從。

（五十七）殺某（梅）之女

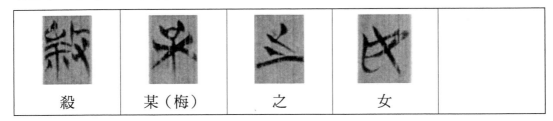

殺	某（梅）	之	女	

1. 殺某（梅）之女

　　【整理者】：某，音在明母之部，讀為滂母的「胚」，《爾雅・釋詁》：「胎未成。」《墨子・明鬼下》「刳剔孕婦」，孫詒讓《閒詁》引皇甫謐《帝王世紀》：「紂剖比干妻，以視其胎。」或疑讀為「梅」。梅之女，即梅伯之女，紂時有梅伯。《楚辭・天問》：「梅伯受醢。」《韓非子・難言》也記「梅伯醢」，但《殷本紀》載為「醢九侯」，並云「九侯有好女，入之紂。九侯女不熹淫，紂怒，殺之。」據此，梅伯疑即九侯，簡文所記「梅之女」即為《史記》所載的「九侯女」。（頁98）

　　【趙平安】：「梅之女」這種結構，慣常的理解就是梅伯之女，可是古書未見紂殺梅伯之女的說法，故整理報告取第一說。《淮南子・俶真訓》：「逮至夏桀、殷紂，燔生人，辜諫者，為炮烙，鑄金柱，剖賢人之心，析才士之脛，醢鬼侯之女，葅梅伯之骸。」高誘注：「鬼侯、梅伯，紂時諸侯。梅伯說鬼侯之女美好，令紂妻之，女至，紂以為不好，故醢鬼侯之女，葅梅伯之骸。一曰紂為無道，梅伯數諫，故葅其骸也。」根據高誘的說法，梅之女，可以理解為梅伯介紹的鬼侯之女。名詞加之加名詞這類偏正結構，兩者之間的關係是極其複雜的。〔註296〕

　　【羅小虎】：整理報告的第二個意見，即釋讀為「梅」，可從。某，「梅」之本字。《說文・木部》：「某，酸果也。」《說文・木部》：「梅，柟也……楳，或從某。」從文字的角度看，釋為「梅」是非常合適的。從文意上看，前面提到「殺三無辜」，指的是「醢九侯」、「脯鄂侯」、「剖比干」，三人都有具體所指。

〔註295〕趙平安：〈清華簡第七輯字詞補釋（五則）〉，出土文獻第十輯，2017年4月。

〔註296〕趙平安：〈清華簡第七輯字詞補釋（五則）〉，出土文獻第十輯，2017年4月。

所以，此處把「某」理解為梅伯之梅，也就有具體所指，文意要更恰當一些。關於「梅伯」的記載，古書出現多處：《韓非子‧難言》：「翼侯炙，鬼侯腊，比干剖心，梅伯酸。」、《呂氏春秋‧恃君覽》：「昔者紂為無道，殺梅伯而醢之，殺鬼侯而脯之，以禮諸侯於廟。」、《呂氏春秋‧貴直論‧過理》：「刑鬼侯之女而取其環……殺梅伯而遺文王其醢，不適也。」、《晏子春秋‧景公問古者君民用國不危弱》：「乾崇侯之暴，而禮梅伯之醢。」、《楚辭‧惜誓》：「梅伯數諫而至醢兮」、《楚辭‧天問》：「梅伯受醢，箕子詳狂」、《淮南子‧說林訓》：「紂醢梅伯，文王與諸侯構之。」；關於九侯的記載，多出自《史記》：《魯仲連鄒陽列傳》：「九侯有子而好，獻之於紂。紂以為惡，醢九侯。」、《殷本紀》：「九侯女不喜淫，紂怒，殺之，而醢九侯。」從這些例子來看，相關的記載有一些糾葛。先賢早已經指出，「九」、「鬼」二字可通，「九侯」即是「鬼侯」。《韓非子》、《呂氏春秋》中的例子都是鬼侯、梅伯並列，則說明鬼侯、梅伯非一人，也就意味著九侯、梅伯非一人。而且「九」、「梅」二字的語音也不太相近。但古書中確實只記載了「鬼侯之女」、「九侯之女」的事，與梅伯無關。此處解釋為「梅之女」似於古無據。這不是很大的問題。上古對相關事件的記載，一者非目驗，二者語出多源。在記錄流傳的過程中發生糾葛演變，以至張冠李戴，也是常有的事。如果懷疑梅伯、九侯為一人，就目前的材料來看，尚不太充足。〔註297〕「某」，孫玉文先生認為似可讀為「腜」，《說文》：「腜，婦始孕腜兆也。」《廣雅‧釋親》：「腜，胎也。」腜之女，即懷孕的女子。〔註298〕

【伊諾】：「某」讀為「腜」，訓「胎也」，或可從。腜之女，即懷孕的女子。

謹按：「某」字，整理者第一說讀為滂母的「胚」，《爾雅‧釋詁》：「胎未成。」若指胎為成，則應讀為「腜」才是。《說文》：「腜，婦始孕腜兆也。從肉，某聲。」《墨子‧明鬼下》：「昔者殷王紂，貴為天子，富有天下，上詬天侮鬼，下殃傲天下之萬民，播棄黎老，賊誅孩子，楚毒無罪，刲剔孕婦，庶舊鰥寡，號咷無告也。」、《春秋繁露‧王道》：「孤貧不養，殺聖賢而剖其心，

〔註297〕羅小虎：清華七《子犯子餘》初讀，簡帛論壇，http://www.bsm.org.cn/bbs/read.php?tid=3458&page=11，第一百樓，2017 年 8 月 17 日。

〔註298〕羅小虎：清華七《子犯子餘》初讀，簡帛論壇，http://www.bsm.org.cn/bbs/read.php?tid=3458&page=11，第一百零六樓，2017 年 11 月 15 日。

生燔人聞其臭，剖孕婦見其化，朝涉之足察其胟，殺梅伯以為醢，刑鬼侯之女取其環。」說明紂曾「刲剖孕婦」、「剖孕婦見其化」。然而《聖濟總錄》：「凡妊娠之初，月水乍聚，一月為腜，二月為胚，三月為胎，胎成則男女分，方食于母，而口以焉。」〔註299〕可見「腜」僅是懷孕一個月，一般來說尚難看出有孕之身，「刲剖孕婦」、「剖孕婦見其化」的行為不應該出現在「腜」之女身上。

簡文前面「殺三無辜（辠）」中「三無辜（辠）」為特定人物，對照下來，此處的「殺某（梅）之女」應從整理者第二說：讀為「梅」。在《呂氏春秋·恃君覽》：「昔者紂為無道，殺梅伯而醢之，殺鬼侯而脯之，以禮諸侯於廟。」、《韓非子·難言》：「翼侯炙，鬼侯臘，比干剖心，梅伯醢。」中可見梅柏與鬼侯並列，故整理者將梅伯疑為鬼侯應不確。而趙平安先生根據高誘的說法而將「梅之女」理解為梅伯介紹的鬼侯之女，在傳世文獻上無此稱呼鬼侯之女。《史記·殷本紀》：「九侯有好女，入之紂。九侯女不喜淫，紂怒，殺之，而醢九侯。」、《潛夫論·潛歎》：「昔紂好色，九侯聞之，乃獻厥女。……紂則大怒，遂脯厥女而烹九侯。」皆直接稱其為九侯（之）女。在史書上，提到商紂暴虐濫殺時，九侯與梅伯經常併舉，或許受此影響，「九侯之女」誤說成「梅之女」。

（五十八）為桒（桎）㭘（梏）三百

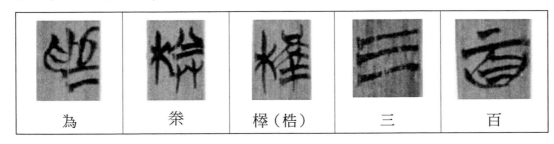

為	桒	㭘（梏）	三	百

1. 桒（桎）㭘（梏）

【整理者】：桒，疑讀為「桎」，《說文》：「足械也。」㭘，從木，㚔聲，讀為「梏」，《說文》：「手械也。」㚔，「梏」的本字（參看趙平安：《釋「㚔」及相關諸字》，《新出簡帛與古文字古文獻》，商務印書館，二〇〇九年，第一一九頁）。桎梏，《易·蒙》「用說桎梏」，鄭玄注：「木在足曰桎，在手曰梏。」

紂用桎梏，也見於上博簡《容成氏》：「不從命者從而桎舉（梏）之，於是虐（乎）复（作）為金桎三千。」（頁 98）

【王挺斌】：「絭」、「桎」古音遠隔，恐怕難以相通。「絭」字，可能是指圈束，《廣雅》：「絭，枸也。」王念孫《疏證》：「枸，猶拘也……絭，猶圈束也。《說文》：『絭，牛鼻中環也。』《眾經音義》卷四云：『今江北曰牛拘，江南曰絭。』《呂氏春秋‧重己》篇：『使五尺豎子引其棬，而牛恣所以之。』『棬』與『絭』同。」這種意思的「絭」、「棬」、「圈」可能是同源詞關係。「絭」本指牛鼻中環，類似圈束，有拘繫作用。〔註300〕

【馬楠】：「絭」當讀為「拳」。梏，《說文》「手械也」，「拳梏」與「梏」義同，與「桎梏」指足械、手械不同。〔註301〕

【王寧】：從文意上看，「絭」這個字很可能相當於「挈」字，或作「槑」。《說文》：「挈，兩手同械也。从手从共，共亦聲。《周禮》：『上罪，梏挈而桎。』槑，挈或从木。」《周禮‧秋官‧掌囚》鄭司農注：「挈者，兩手共一木也。在手曰梏，在足曰桎。」「絭」有可能和「槑」音近通假。證之者，「絭」字也是從「𢍰」聲，和「絭」讀音相同（同居倦切），而在《廣韻‧入聲‧三燭》、《集韻‧入聲九‧三燭》里，「絭」和「挈」都讀居玉切或拘玉切，讀音相同，可能此二字本音近（同見紐雙聲、東元通轉），後在流變中逐漸同音。故懷疑這裡的「絭」可能讀為「槑（挈）」，「槑梏」是同時鎊住兩隻手的手械。〔註302〕

【孟躍龍】：整理者讀「絭」為「桎」，只是從辭例比勘得出的推測，並沒有真正解決字形和讀音的問題，故王挺斌和馬楠兩先生皆致疑焉。但不論是「絭梏」還是「拳梏」，皆不見於典籍，故王、馬兩說恐均難以成立。整理者所謂「絭」字，核之原書，其形實為左右結構：「」，就字形而言，此字

〔註300〕石小力整理：〈清華七整理報告補正〉，清華大學出土文獻讀書會，http://www.ctwx. tsinghua.edu.cn/publish/cetrp/6831/2017/20170423065227407873210/2017042306522 7407873210_.html，2017 年 4 月 23 日。

〔註301〕石小力整理：〈清華七整理報告補正〉，清華大學出土文獻讀書會，http://www.ctwx. tsinghua.edu.cn/publish/cetrp/6831/2017/20170423065227407873210/2017042306522 7407873210_.html，2017 年 4 月 23 日。

〔註302〕王寧：清華七《子犯子餘》初讀，簡帛論壇，http://www.bsm.org.cn/bbs/read.php? tid=3458&page=6，第五十五樓，2017 年 5 月 02 日。

已見於信陽簡和包山簡，是與瑟相關的一種器物，與訓「牛鼻桊」之「桊」無關，與「桎梏」之義更不相干。我們認為該字實為「栚」之訛字，從木、夵（朕字右旁所從）聲，訛而從关（卷字上部所從）。夵聲字古音侵部或蒸部，但又可讀入職部，與質部之「桎」語音相通。「夵」、「关」兩字構形本不相同，但春秋晚期金文偶有相訛情形，至戰國楚簡則相混之例漸多，至隸楷階段則基本不分。例如：包山楚簡「豢」字或從「夵」作：「」包 2·240；清華簡《保訓》之「朕」字或從「关」作：「」簡 2、「」簡 3、「」簡 10；清華簡《程寤》之「朕」字或作：「」《程寤》簡 6，右旁所從則是「夵」和「关」雜糅之形；清華簡《繫年》之「关（浣）」字：「」簡 115，同樣是「夵」和「关」雜糅之形；包山楚簡「豢」字或作：「」簡 2·227，右旁所從也是「夵」和「关」雜糅之形，「夵」的「十」和「关」的「二」有共用筆畫，形似「土」字。簡文之「栚」從「关」作，與《保訓》「朕」字從「关」作同例，可以互證。……本文開頭所引之簡文，內容可與上博簡《容成氏》對讀。《容成氏》簡 44：「於是乎作為九成之台，寅盂炭其下，加圓木於其上，使民道之，能遂者遂，不能遂者入而死，不從命者從而桎羣（梏）之。於是乎作為金桎三千。」簡文之「為炮為烙」即《容成氏》之「寅盂炭其下，加圓木於其上」，簡文之「桊桯」即《容成氏》之「桎羣」。「三百」或「三千」，皆極言其多而已，並非實指。〔註303〕

【林少平】：「」，整理者釋作「桊」，無誤。但包括整理者在內用《周禮》等記載的常見刑具名去解釋，是一種不負責的說法，完全遠離文意和實際。此刑具應理解為一種不尋常的刑具，如同炮烙之刑，突顯商紂的殘酷性。故桊字當如《說文》一樣，解釋為一種類似穿牛鼻一樣的刑具。〔註304〕

【范常喜】：「桊」字原簡文作「」，楚文字中「关」及從「关」之字多見，分別作如下諸形：（望山 2·49）、（郭店·窮 6）、（清華六·

〔註303〕孟躍龍：〈《清華七》「栚（桎）」字試釋〉，復旦大學出土文獻與古文字研究中心網站，http://www.gwz.fudan.edu.cn/Web/Show/3043，2017 年 5 月 11 日。

〔註304〕林少平：清華七《子犯子餘》初讀，簡帛論壇，http://www.bsm.org.cn/bbs/read.php?tid=3458&page=10，第九十三樓，2017 年 7 月 03 日。

子儀 2）、⿰字（信陽 2·03）、⿰字（包山 260）、⿰字（包山 206）、⿰字（上博
二·容 28）、⿰字（清華七·晉文公 03）、⿰字（包山 194）、⿰字（信陽 2·8）、
⿰字（清華三·芮 20）、⿰字（郭店·唐 26）、⿰字（上博二·從政甲 12）、⿰字⿰字
（清華六·子產 22、23）、⿰字（上博一·孔 4）、⿰字（上博三·相 1）、⿰字（上
博三·中 13、17）、⿰字⿰字（包山 133、190）、⿰字（上博五·季 4）、⿰字⿰字（清
華六·管仲 08、11）、⿰字⿰字（清華二·繫 115、116）、⿰字（清華二·繫 46）。
比較可知，簡文⿰字右部所從與上述簡文中大部分常見「关」旁相同，因此整
理者隸定作「秦」可從，不過「秦」字在《說文》中訓作「牛鼻中橛」，實為
另一字，所以為了避免不必要的誤會，我們將此字依形隸定作「桼」。清華簡
二《繫年》中多處「关」旁寫作⿰字，可隸定作「尖」，即「关」字之異寫。
雖然「关」「斧」二旁在楚簡中偶有相混，如馬（案：應是孟）躍龍先生文中
所舉清華簡《保訓》中的「朕」字，其右部所從「斧」旁便誤作「关」。然而，
研究者已經指出，《保訓》篇無論是簡長還是簡文都有異於一般楚簡，尤其是
文字方面更是眾體雜糅、諸系並存，而且時有錯訛，很可能是一篇「書法練
習之作」。因此該篇中「朕」字的寫法屬於特例，用於立論應當謹慎。此外，
馬（按：應是孟）文中所舉包山 227 號簡中的「豢」字寫作⿰字，其右旁所從
「关」旁基本同於清華二《繫年》中的「⿰字」旁，只不過上部中間豎點寫得
稍長，遂致下穿其下部橫畫。清華簡《程寤》篇 6 號簡中的「朕」字寫作⿰字，
其右部所從仍應視為「斧」旁，其上部中間所從近於「十」形，與寫作⿰字形
的「关」旁有明顯區別。因此，簡文還是應當釋作「桼」。……楚簡中「关」
旁之字的表詞情況，在簡文中「关」旁之字一般可用作表示「券」、「豢」、「倦」、
「惓」、「浣」、「莞」、「梡」、「管」等詞，基於「关」旁之字在上述楚簡中的
表詞情況，尤其是根據其多用於表示「管」的辭例，我們認為，清華簡《子
犯子餘》12 號簡中的「桼」當讀為「錧」。錧是裝在車轂兩端的轂飾，起加
固束縛車轂的作用，早在西周就已出現。製作錧的材質多為銅，亦有木制者，
字亦多寫作「輨」。……從出土實物來看，輨形如管，釘在轂端以管制輪轂，
使之牢固，此即輨之得名的緣由。在這一點上，輨與鉗鎖犯人脛足的腳械十
分相似。值得注意的是，「輨」還有一個同義詞「軑」，字亦或寫作「釱」。《說
文》：「軑，車輨也。」《方言》卷九：「輨、軑，煉也，關之東西曰輨，南楚

曰軟，趙魏之間曰煉。」《楚辭・離騷》:「屯余車其千乘兮，齊玉釱而並馳。」
王逸注:「釱，錕也。一云車轄也。」《漢書・揚雄傳上》載《甘泉賦》:「陳
眾車於東坑兮，肆玉釱而下馳。」顏師古注引晉灼曰:「釱，車轄也。」段玉
裁《說文解字注》曰:「《離騷》曰:『齊玉軟而竝馳。』王逸釋為車轄，非也。
《玉篇》《廣韻》皆云車轄，轄皆錧之誤也。」可見，「軟」應與「錧」同義，
可能是楚地一個方言詞。「釱」除了用作轂飾名之外還用作刑具腳械之名，字
亦或作「杕」。《史記・平準書》:「敢私鑄鐵器煮鹽者，釱左趾。」裴駰集解
引韋昭曰:「釱以鐵為之，著左趾以代刖也。」司馬貞索隱引《三蒼》:「釱，
踏腳鉗也。」又引張斐《漢晉律序》:「狀如跟衣，著足下，重六斤，以代臏。」
睡虎地秦墓竹簡《秦律十八種》簡 134:「公士以下居贖刑罪、死罪者，居於
城旦舂，毋赤其衣，勿枸櫝欙杕。……皆赤衣，枸櫝欙杕，將司之。」又簡
147:「城旦舂衣赤衣，冒赤氈，拘櫝欙杕之。」整理小組注:「枸櫝欙杕，均
為刑具。枸櫝應為木械，如枷或桎梏之類。欙讀為縲（音雷），係在囚徒頸上
的黑索。杕，讀為釱（音第），套在囚徒足脛的鐵鉗。」可見，與「錧」同義
的「釱」可以表示刑具腳械，與訓為「足械」的「桎」表義相同。雖然現存
傳世文獻中未見「錧」或「輨」用作刑具之稱，但「官」聲之字多有管束、
抑止之意，……如果再結合與「錧」同義的「釱」也可以表示刑具腳械之名
推測，「錧」或「輨」應該也存在用作刑具腳械之名的可能。據此可知，清華
簡《子犯子餘》中的相關簡文可釋作「為桊（錧）檈（梏）三百」。此處的「錧
梏」亦即上博簡《容成氏》中所記之「桎梏」。「桊（錧）」與「桎」所表示的
都是刑具腳械，屬於同義異文，並非同音假借關係。因此整理者將「桊」直
接讀作「桎」並不可信，王挺斌先生將「桊」按「桊」字解之，並認為「『桊』、
『桊』、『圈』可能是同源詞關係。『桊』本指牛鼻中環，類似圈束，有拘繫作
用。」事實上從「关」得聲之字的語源義是捲曲，並非圈束、拘繫。因此，
直接以「桊」字解之亦不可從。〔註305〕

【子居】:「桊」的牛鼻環義當非本義，這一點可類比於「絭」字，《說文・
糸部》:「絭，攘臂繩也。」段玉裁注:「《禾部》曰:『稛，絭束也。』《一部》

〔註305〕范常喜:〈清華七《子犯子餘》「錧梏」試解〉，中國文字學會第九屆學術年會論文
集，2017 年 08 月 19～20 日。

曰：『冠，絭也。』是引申為凡束縛之稱。」由此不難推知，同為束縛，繩制束縛器具即為「絭」，木制束縛器具即為「桊」，「桊」的「牛鼻環」與「絭」的「攘臂繩」皆非其本義。〔註306〕

〔「桊」字諸家說法整理〕

一	「桎」	1 整理者	「桊」疑讀為「桎」，《說文》：「足械也。」
二	「桊」	1 王挺斌	「桊」字，可能是指圈束，《廣雅》：「桊，枸也。」
		2 林少平	此刑具應理解為一種不尋常的刑具，如同炮烙之刑，突顯商紂的殘酷性。故桊字當如《說文》一樣，解釋為一種類似穿牛鼻一樣的刑具。
三	「拳」	1 馬楠	「桊」當讀為「拳」
四	「摰」	1 王寧	從文意上看，「桊」這個字很可能相當於「摰」字，或作「桊」。
五	〈桊〉	1 孟躍龍	我們認為該字實為「桊」之訛字，從木、夯（朕字右旁所從）聲，訛而從关（卷字上部所從）。
六	「錧」	1 范常喜	我們認為，清華簡《子犯子餘》12 號簡中的「桊」當讀為「錧」。錧是裝在車轂兩端的轂飾，起加固束縛車轂的作用，早在西周就已出現。製作錧的材質多為銅，亦有木制者，字亦多寫作「輨」。

謹按：「桊」字本在包山簡、信陽簡出現過，作：**粉**（包 2‧260）、**燒**（信 2‧03）。在簡文中「桊」字用法不詳〔註307〕。可見楚簡中本有此字，不應再視為誤字。范常喜先生認為楚簡中基於「关」旁之字多用於表示「管」的辭例，則是因為从「关」、「官」得聲的字皆是元韻，將其字隸定為「桊」，讀為「錧」。並且結合與「錧」同義的「釱」也可以表示刑具腳械之名推測，「錧」或「輨」應也存在用作刑具腳械之名的可能。但文獻上尚未見「錧」或「輨」為刑具名，故此說尚存疑。

此處應從王挺斌先生、林少平先生說法，「桊」當如《說文》一樣，解釋為一種類似穿牛鼻一樣的刑具。此一刑具應理解為一種不尋常的刑具，有圈束的效果，突顯商紂的殘酷性。「為桊（桊）櫜（桎）三百」即指紂（命人）做了龐大的「桊（桊）」與「櫜（桎）」的刑具來拘繫、囚禁人。

〔註306〕子居：〈清華簡柒《子犯子餘》韻讀〉，中國先秦史網站，2017 年 10 月 28 日。
http://xianqin.22web.org/2017/10/28/405?i=1。
〔註307〕解釋依劉釗：《出土簡帛文字叢考》（上海：上海古籍出版社，2004 年），頁 30。

（五十九）無遠逐（邇）

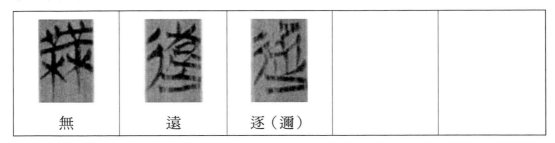

無	遠	逐（邇）		

1. 逐

　　【整理者】：逐，讀為「邇」，《說文》：「近也。」（頁98）

　　謹按：{邇}甲骨文記寫作「犾」，裘錫圭先生有詳論。鄔可晶先生據郭永秉先生「西周金文中用為「邇」的「犾」，所以「犬」旁已有變作「豕」之例（如大克鼎、番生簋蓋等，見《集成》02836、04326），當是聲化的結果」的意見，進而推測{邇}記寫作「逐」。鄔文並已指出，{逐}在楚簡中多記寫作「达」，與「逐」不相混。〔註308〕《容成氏》19：「夫是以逐者悅怡，而遠者自至」、《季庚子問於孔子》19：「毋禁遠，無詣逐」中兩「逐」字皆是與「遠」對文。

簡十三

（六十）見受（紂）若大隓（岸）牂（將）具隉（崩）

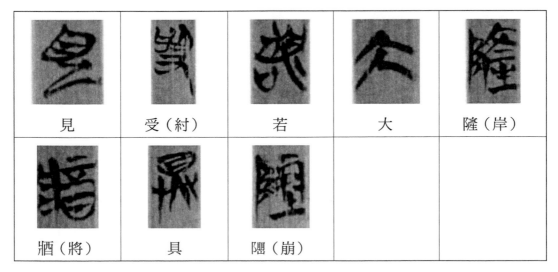

見	受（紂）	若	大	隓（岸）
牂（將）	具	隉（崩）		

〔註308〕鄔可晶：〈釋上博楚簡中所謂的「逐」字〉，《簡帛研究二〇一二》（廣西，廣西師範大學出版社，2013年），頁20～33。

1. 𡺆

【整理者】：𡺆，疑為「岸」字異體。（頁 98）

【子居】：「產」與「山」上古音同音，先秦稱山崩之例甚多，而稱岸崩者則無一例，故「𡺆」當讀為「山」。《國語‧周語上》：「夫國必依山川，山崩川竭，亡之征也。」因此這裡用山崩比喻商亡。〔註309〕

謹按：「𡺆」字應是从阜、產聲，「阜」本可釋作山阜，「產」、「岸」皆為元部字音近，故整理者疑為「岸」字異體可从。

2. 具

【陳偉】：楚簡中「鼎」有時寫得與「具」相似。如上海博物館楚簡《性情論》15、38 號簡中用作「則」者。從這個角度考慮，整理者釋為「具」的字，也可能釋為「鼎」，讀為「顛」。〔註310〕

【羅小虎】：整理報告云對具字無注。具字，似可讀為「遽」。具，羣母侯部。遽，羣母魚部。楚系文字中魚侯兩部關係比較密切，音近可通。遽，突然、猝然。所以，這句話的意思是說，就像大岸將要猝然崩塌一樣。〔註311〕

謹按：「鼎」字在楚簡中作：（上（1）‧性‧15）、（信 2‧025）、（包山 2‧254）可明顯見「鼎」下之足或火；「具」字下部則明顯從「廾」，如：（上（1）‧紂‧9）、（郭‧緇‧16）。簡文「」明顯為「具」形。若從羅小虎所言讀為「遽」，則「突然、猝然」意與「將」字則矛盾，「猝然」是無法預期的。應通「俱」，釋為「皆、全」，「具𨹶（崩）」應是指高山整個崩塌。

3. 𨹶（崩）

【整理者】：𨹶，「𨸏」字繁寫，《說文》以「𨸏」為「崩」的古文，《玉篇》：「毀也。」（頁 98）

〔註309〕子居：〈清華簡柒《子犯子餘》韻讀〉，中國先秦史網站，http://xianqin.22web.org/2017/10/28/405?i=1，2017 年 10 月 28 日。

〔註310〕陳偉：〈清華七《子犯子餘》校讀（續）〉，簡帛網，http://www.bsm.org.cn/show_article.php?id=2796，2017 年 5 月 1 日

〔註311〕羅小虎：清華七《子犯子餘》初讀，簡帛論壇，http://www.bsm.org.cn/bbs/read.php?tid=3458&page=9，第八十八樓，2017 年 7 月 01 日。

（六十一）思（懼）不死型（刑）以及于㡇（厥）身

思（懼）	不	死	型（刑）	以
及	于	㡇（厥）	身	

1. 不死型（刑）

【整理者】：不死刑，唯恐不死的刑，形容紂刑的恐怖。（頁98）

【鄭邦宏】：「思（懼）不死型（刑）以及于㡇（厥）身」，當斷為「思（懼）不死，型（刑）以及于㡇（厥）身」，意思是說懼怕自己不死，紂的各種酷刑加害于自己；換句話說，就是寧願死去，也不受紂的各種酷刑，足見刑罰之殘酷。〔註312〕

【趙嘉仁】：「（懼）不死型（刑）以及于㡇（厥）身。」中的「以」字應該通作「已」。乃「已經」之意。《國語・晉語四》：「其聞之者，吾以除之矣。」「以除之」即「已除之」。所以「（懼）不死型（刑）以及于㡇（厥）身。」這句話的意思就是「害怕還沒死，刑就已經加于身了。」〔註313〕

謹按：此處可依鄭邦宏先生斷為「思（懼）不死，型（刑）以（已）及于㡇（厥）身」。《左傳・昭公十二年》：「王揖而入，饋不食，寢不寐，數日。不能自克，以及於難。」、《韓非子・難四》：「君子之舉知所惡，非甚之也，曰知之若是其明也，而不行誅焉，以及於死，故知所惡，以見其無權也。」以上兩

〔註312〕石小力整理：〈清華七整理報告補正〉，清華大學出土文獻讀書會，http://www.ctwx.tsinghua.edu.cn/publish/cetrp/6831/2017/20170423065227407873210/20170423065227407873210_.html，2017年4月23日。

〔註313〕趙嘉仁：〈清華簡（七）散札（草稿）〉，復旦大學出土文獻與古文字研究中心網站論壇，http://www.gwz.fudan.edu.cn/forum/forum.php?mod=viewthread&tid=7968，2017年4月24日。

處「以及於～」皆等同於「以至於＋結果」。故此處「以」字可從趙嘉仁先生，通作「已」。整句的意思就是「害怕還沒死，刑就已經加于身了。」

（六十二）邦乃述（遂）岂（喪）

邦	乃	述（遂）	岂（喪）	

1. 述岂（喪）

【整理者】：述，讀為「遂」。遂亡，《荀子‧正論》「不至於廢易遂亡」，王先謙《集解》：「遂，讀為墜。」（頁 98）

【厚予】：「述」整理者讀為「遂」，愚按「乃」、「遂」皆為語辭，多餘。「述」疑讀為「墜」，「墜亡」古書習見。〔註 314〕

【云間】：末字為喪。雖然意同，但字異。從屮見於上博簡與璽印文，徐在國已論之。〔註 315〕

【子居】：「遂」有成就、終止義，引申為亡，《說文‧辵部》：「遂，亡也。」先秦文獻稱「遂亡」之例甚多，而稱「墜亡」者無一例，可見整理者所引王先謙《集解》說實不能成立。〔註 316〕

【袁證】：整理者隸為「岂」，讀為「亡」，即認為以「亡」得聲。雲間先生認為 岂 即「喪」字。我們認為 岂 字可徑隸為「喪」。楚文字喪主要有

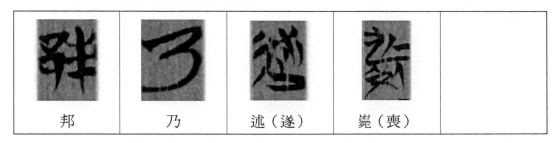

等寫法，此處 岂 字與諸字形皆不完全相同，但差別不大。

〔註 317〕

〔註 314〕厚予：清華七《子犯子餘》初讀，簡帛論壇，http://www.bsm.org.cn/bbs/read.php?tid=3458&page=2，第十八樓，2017 年 4 月 24 日。

〔註 315〕雲間：清華七《子犯子餘》初讀，簡帛論壇，http://www.bsm.org.cn/bbs/read.php?tid=3458&page=3，第二十樓，2017 年 4 月 24 日。

〔註 316〕子居：〈清華簡柒《子犯子餘》韻讀〉，中國先秦史網站，http://xianqin.22web.org/2017/10/28/405?i=1，2017 年 10 月 28 日。

〔註 317〕袁證：《清華簡〈子犯子餘〉等三篇集釋及若干問題研究》（武漢：武漢大學碩士學位論文，2018 年）

　　謹按：{遂}先秦古文字皆記寫作「述」。若依子居所謂先秦文獻中「遂亡」之例，「遂」應作副詞用，則與「乃」字意思重複。此處從整理者之說無誤。「遂」即「墜」。「嵤」字整理者無釋，以為是「亡」。參照上博《鮑叔牙與隰朋之諫》簡 2：「堋其所以衰■，」中「■」字，季旭昇先生認為是從死、芒聲，當即「亡」的之異體。〔註 318〕然而禤健聰先生認為應釋為「喪」，寫法來源於上博《三德》簡 14：「亡（無）備（服）〔之〕■（喪）」中「■」。在古文字字形演變中，常以添加新形旁來增強全字的表意功能，「喪」字既增「死」或「歺」旁，上半隨之省訛，由■而■，由■而■，遂與「芒」同形，而出現■類寫法。從■到■這種字內偏旁類化現象，古文字材料並不罕見。〔註 319〕《公羊傳・僖公二十二年》：「君子不厄人，吾雖喪國之餘，寡人不忍行也。」、《論語・子路》：「一言而喪邦，有諸？」，「喪國」、「喪邦」即亡國。簡 14-15 中「欲亡邦系（奚）以」的「亡」作■，故此處「嵤」應釋為「喪」。《中論・智行》：「成王非不仁厚於骨肉也，徒以不聰叡之故，助畔亂之人，幾喪周公之功，而墜文、武之業。」中「喪」、「墜」對文，亦可對照簡文。

（六十三）公子䗰（重）耳䚻（問）於邗（蹇）昚（叔）曰

公	子	䗰（重）	耳	䚻（問）
於	邗（蹇）	昚（叔）	曰	

〔註 318〕季旭昇：〈上博五芻議（上）〉，簡帛網，http://www.bsm.org.cn/show_article.php?id=195，2006 年 2 月 18 日。

〔註 319〕詳見禤健聰：《戰國楚系簡帛用字習慣研究》（北京：科學出版社，2017 年），頁509～511。

1. 襠（重）耳

【陳美蘭】：這應該是有史以來首次出現「重耳」的異文。「重耳」之名「重」取義於厚是極可能的。晉文公出生時，極可能是耳朵或耳垂特別肥厚，故以此顯而易見的外形特徵命名，應該是相當合理的。〔註320〕

簡十四

（六十四）嵳（喪）【一三】人不孫（遜）

嵳（喪）	人	不	孫（遜）	

1. 嵳（喪）人

【整理者】：簡首缺「人」字。亡人，逃亡在外的人，重耳自稱。《禮記‧大學》「舅犯曰：『亡人無以為寶』」，鄭玄注：「亡人謂文公也。」（頁98）

【袁證】：「喪人」亦可指失位流亡之人。《公羊傳》昭公二十五年「喪人不佞，失守魯國之社稷」，何休注：「喪人，自謂亡人。」〔註321〕

謹按：「嵳」字上述已釋為「喪」，整理者引《禮記‧大學》中「亡人無以為寶」，《禮記‧檀弓下》：「舅犯曰：『孺子其辭焉；喪人無寶，仁親以為寶。父死之謂何？又因以為利，而天下其孰能說之？孺子其辭焉。』」則為「喪人」。故逃亡在外的人亦可稱「喪人」。

2. 不孫

【整理者】：不孫，即不遜，謙詞，不恭敬。（頁98）

（六十五）天下之君子

〔註320〕陳美蘭：〈近出戰國西漢竹書所見人名補論〉，《出土文獻研究第十六輯》（上海：中西書局出版2017年9月）

〔註321〕袁證：《清華簡〈子犯子餘〉等三篇集釋及若干問題研究》（武漢：武漢大學碩士學位論文，2018年）

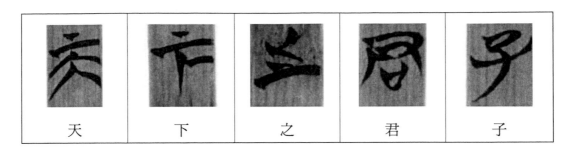

天	下	之	君	子

1. 君子

【陳偉】：看蹇叔答辭，重耳之問的斷讀可疑。因為蹇叔所舉八人都是君王而不是一般意義上的君子。即使「君子」也可以包含君王，因為君子一詞具有的正面涵義，桀、紂、厲、幽這些暴君也不應當歸入其中。比較合理的處理，應是把「子」字改屬下讀，看作重耳對蹇叔的稱謂。〔註322〕

謹按：此處依整理者斷讀即可，「君子」本可指對統治者和貴族男子的通稱，不必含有正面意涵。

（六十六）欲记（起）邦絫（奚）以

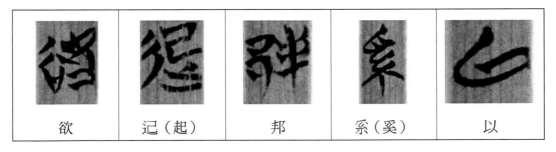

欲	记（起）	邦	絫（奚）	以

1. 絫（奚）以

【整理者】：奚，疑問詞，猶「何」。奚以，即「以奚」，以何、用何。《國語・吳語》「請問戰奚以而可」，韋昭注：「以，用也。」（頁99）

（六十七）則大甲與盤庚文王武王

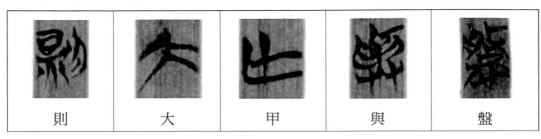

則	大	甲	與	盤

〔註322〕陳偉：〈清華七《子犯子餘》校讀（續）〉，簡帛網，http://www.bsm.org.cn/show_article.php?id=2796，2017年5月1日。

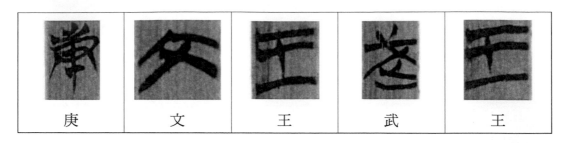

庚	文	王	武	王

1. 則

　　【整理者】：則，效法。《孟子‧滕文公上》「惟堯則之」，朱熹《集注》：「則，法也。」（頁99）

　　【陳斯鵬】：「如欲起邦，則大甲與盤庚、文王、武王，如欲亡邦，則桀及紂、厲王、幽王，亦備在公子之心已，奚勞問焉。」將二「則」字理解成效法義的動詞，非是。其實此二「則」仍是一般表順接關係的連詞而已。「……則……，……則……」這種對舉的句式，在古書中十分常見。如《周易‧損卦》：「三人行，則損一人；一人行，則得其友。」《論語‧衛靈公》：「邦有道，則仕；邦無道，則可卷而懷之。」《禮記‧表記》：「以德報德，則民有所勸；以怨報怨。則民有所懲。」《禮記‧經解》：「其在朝廷，則道仁聖禮義之序；燕處。則聽雅頌之音。」《呂氏春秋‧本生》：「出則以車，入則以輦。」簡文中蹇叔的答語，顯然是針對公子重耳所問的兩種情況，對舉指出如欲起邦則如何，如欲亡邦則如何。在「……則……，……則……」句式中，「則」字後面一般應該是謂詞性的結構，上舉諸文例即是。但簡文「則」後則是幾個並列的名號，這大概是促使整理者將「則」解釋為動詞的一個主要原因。然而此答語是緊承問語而來的，問語以二個「奚以」發問，問的焦點在「以」的對象，則答語完全可以承前省略「以」，直接給出「以」的具體對象。所以，「如欲起邦，則大甲與盤庚、文王、武王，如欲亡邦，則桀及紂、厲王、幽王（之道）。」這樣的省略「以」的結構之能夠成立，除了上述語境條件之外，還有一個前提，就是古漢語本來就允許名詞性成分充當謂語的。我們試將上引《呂氏春秋‧本生》「出則以車，入則以輦」減縮為「出則車，入則輦」，同樣是通順而不影響理解的。〔註323〕

　　謹按：「則」作效法義時，應效法良善的對象、事物，例如《孟子‧滕文

〔註323〕陳斯鵬：〈清華大學所藏戰國竹書（柒）虛詞札記〉，第三屆出土文獻與上古漢語研究（簡帛專題）學術研討會論文集，2017年8月14～8月16日。

公上》「惟堯則之」、《史記‧夏本紀》：「皋陶於是敬禹之德，令民皆則禹。」，簡文後「則」接「燦（桀）及受（紂）、剌（厲）王、幽王」作效法義則有不妥。故此處陳斯鵬先生將「則」當作是一般表順接關係的連詞可從。

簡十五

（六十八）亦備才（在）公子之心巳（已）

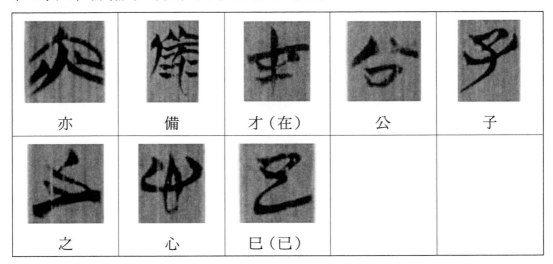

亦	備	才（在）	公	子
之	心	巳（已）		

1. 備

　　【整理者】：備，《詩‧旱麓》「騂牡既備」，朱熹《集傳》：「備，全具也。」或讀為「服」，《說文》：「用也。」（頁99）

第三章　結　語

　　本篇論文以《清華七》四篇簡文中《子犯子餘》的內容為主，旨在蒐集、整理集釋的內容，並且一一分析做出按語。

　　在具體行文過程中，主要做了兩方面的工作：

　　第一、蒐集資料。為更全面的反映目前研究成果，筆者對相關材料進行搜索。除羅列《清華七》原整理者釋文及中國知網期刊論文外，材料主要來源清華大學出土文獻研究與保護中心、簡帛研究網及其論壇、復旦大學出土文獻與古文字研究中心網及其論壇、中國先秦史網站，以及各大文字相關國際研討會論文集。

　　第二、文本集釋。大量蒐集文章的基礎上，做整合、梳理目前研究成果，對疑難字詞的隸定、釋讀及文本斷句等問題進行具體討論，並將眾多說法的釋讀部分整理成表格以便讀者參考。行文過程中的心得體會則寫入按語，整理出新的釋文。首先，對一些疑難字詞的研究概況進行梳理、分析，並做出取捨。如簡文中的「 」字，學者的觀點各異，有「止」、「恃」、「待」、「持」、「拯」、「置」等說法，筆者認為隸定「持」之說可從。「 」字有「干」、「扞」、「嫻」、「闌」、「掩」、「閑」、「閉」等說法，筆者認為隸定為「閑」之說可從。

　　其次，對於某些研究成果進行補充論證，或提出不同看法。如簡一「吾主好定而敬信」中「定」字，有解釋成「安」或「正」，筆者以《呂氏春秋・期

賢》：「吾君好正，段干木之敬；吾君好忠，段干木之隆。」、《列女傳・仁智・晉羊叔姬》：「羊舌子好正，不容於晉……」補充說明「正」可視為廉正，廉潔。據此，將「好定」則可解釋為愛好廉正。簡四中「」字，有「諤」、「勸」、「驚」、「遷」、「癉」、「劬」、「萬」等說法，筆者在謝明文先生的觀點下，提出《論語・述而》：「必也臨事而懼，好謀而成者也。」朱熹注：「懼，敬其事也。」《正字通・心部》：「懼，戒懼。」《左傳・莊公十年》：「夫大國，難測也，懼有伏焉。」說明「」字可以隸定為「懼」，為「戒懼」之意。

由於個人學識水平有限，對簡文相關研究相對淺顯，還有很多不盡如人意的地方，如研究成果搜集不全、對學者觀點分析不當、甚至提出的某些觀點還是錯誤的。

儘管如此，還是希望本文能為以後的繼續研究提供方便。

參考文獻書目

一、專　書

1. 何琳儀：《戰國古文字典：戰國古文聲系》（北京：中華書局，1998 年 9 月）。

2. 王力主編：《王力古漢語字典》（北京：中華書局，2000 年）。

3. 李守奎編著：《楚文字編》（上海：華東師範大學出版社，2003 年）。

4. 劉信芳：《包山楚簡解詁》（台北：藝文印書館，2003 年 1 月）。

5. 劉釗：《出土簡帛文字叢考》（上海：上海古籍出版社，2004 年）。

6. 李學勤《簡帛佚籍與學術史》，（南昌：江西教育出版社，2004 年 5 月再版）再版。

7. 李守奎、曲冰、孫傳龍編著：《上海博物館藏戰國楚竹書（一～五）文字編》（北京：作家出版社，2007 年）。

8. 滕壬生：《楚系簡帛文字編（增訂本）》（湖北：湖北教育出版社，2008 年。）。

9. 解惠全、崔永琳、鄭天一編著：《古書虛詞通解》（北京：中華書局，2008 年）。

10. 陳偉：《楚地出土戰國簡冊〔十四種〕》（北京：經濟科學出版社，2009 年 9 月）。

11. 陳偉：《新出楚簡研讀》（武漢：武漢大學出版社 2010 年 3 月）。

12. 蘇師建洲：《楚文字論集》（台北：萬卷樓圖書股份有限公司，2011 年）。

13. 劉釗：《古文字構形學》（福建：福建人民出版社，2011 年）。

14. 白於藍：《戰國秦漢簡帛古書通假字彙纂》（福建：海峽出版發行集團福建人民出版社，2012 年 5 月）。

15. 李守奎、賈連祥、馬楠主編：《包山楚墓文字全編》（上海：上海古籍出版社，2012 年）。

16. 陳劍：《戰國竹書論集》（上海：上海古籍出版社，2013 年）。

17. 季旭昇：《説文新證》（台北：藝文印書館股份有限公司，2014 年）。

18. 李學勤主編：《清華大學藏戰國竹書簡（壹—叁）文字編》（上海：中西書局，2014 年）。

19. 李守奎主編：《清華簡《繫年》與古史新探》（上海：中西書局，2016 年）。

20. 禤健聰：《戰國楚系簡帛用字習慣研究》（北京：科學出版社，2017 年）。

21. 清華大學出土文獻研究與保護中心編，李學勤主編：《清華大學藏戰國竹簡（柒）》（上海：中西書局，2017 年）。

二、學位論文

1. 方勇：《戰國楚文字中的偏旁形近混同現象釋例》（吉林：吉林大學碩士學位論文，2004 年）。

2. 張峰：《楚系簡帛文字訛書研究》（吉林：吉林大學博士學位論文，2012 年）。

3. 駱珍伊：《《上海博物館藏戰國楚竹書（七）～（九）》與《清華大學藏戰國竹簡（壹）～（叁）》字根研究》（台北：國立臺灣師範大學國文學系碩士論文，2015 年）。。

4. 顏至君：《新出楚簡疑難字研究》（台北：國立台灣師範大學國文學系博士論文，2016 年）。

5. 袁證：《清華簡〈子犯子餘〉等三篇集釋及若干問題研究》（武漢：武漢大學碩士學位論文，2018 年）。

三、論文集論文

1. 李家浩：〈讀《郭店楚墓竹簡》瑣議〉，姜廣輝主編《中國哲學》第二十輯（郭店楚簡研究）（瀋陽：遼寧教育出版社，1999 年 1 月）第 1 版。

2. 鄔可晶：〈釋上博楚簡中所謂的「逐」字〉，《簡帛研究二〇一二》（廣西，廣西師範大學出版社，2013 年）。

3. 趙平安：〈清華簡第七輯字詞補釋（五則）〉，《出土文獻第十輯》（上海：中西書局出版 2017 年 4 月）。

4. 李春桃：〈古文字中「閈」字解詁——從清華簡〈子犯子餘〉篇談起〉收錄於《出土文獻研究第十六輯》（上海）：中西出局，2017 年 9 月）。

5. 蘇師建洲：〈論楚文字的「龜」與「𪚰」〉，《出土文獻與物質文化【饒宗頤國學院國學叢書 3】》（香港，中華書局，2017 年 10 月）。

6. 謝明文：清華簡說字零札（二則），「清華簡」國際研討會論文集，2017 年 10 月 27～28 日。

7. 郭永秉：《春秋晉國兩子犯——讀清華簡隨札之一》，牛鵬濤、蘇輝編：《中國古代文明研究論集》（北京，科學出版社，2018 年）。

8. 陳美蘭：〈近出戰國西漢竹書所見人名補論〉，《出土文獻研究第十六輯》（上海：中西書局出版 2017 年 9 月）。

四、網路期刊

1. 陳偉：〈包山楚司法簡 131～139 號補釋〉，簡帛網，
   http://www.bsm.org.cn/show_article.php?id=24，2005 年 11 月 02 日。

2. 季旭昇：〈上博五芻議（上）〉，簡帛網，
   http://www.bsm.org.cn/show_article.php?id=195，2006 年 2 月 18 日。

3. 劉洪濤：〈郭店《窮達以時》所載百里奚史事考〉，簡帛網，
   http://www.bsm.org.cn/show_article.php?id=996，2009 年 2 月 29 日。

4. 史傑鵬：〈由郭店《老子》的幾條簡文談幽、物相通現象暨相關問題〉，簡帛網，
   http://www.bsm.org.cn/show_article.php?id=1245，2010 年 4 月 19 日。

5. 陳劍：〈《清華簡（伍）》與舊說互證兩則〉，復旦大學出土文獻與古文字研究中心
   網站（http://www.gwz.fudan.edu.cn/SrcShow.asp?Src_ID=2494），2015 年 4 月 14
   日。

6. 宋華強：〈楚簡中從「黽」從「甘」之字新考〉，簡帛網，
   http://www.bsm.org.cn/show_article.php?id=494，2016 年 12 月 30 日。

7. 石小力：〈據清華簡（柒）補證舊說四則〉，清華大學出土文獻研究與保護中心，
   http://www.ctwx.tsinghua.edu.cn/publish/cetrp/6831/2017/2017042306454543051010
   9/20170423064545430510109_.html，2017 年 4 月 23 日。

8. 石小力整理：〈清華七整理報告補正〉，清華大學出土文獻讀書會，
   http://www.ctwx.tsinghua.edu.cn/publish/cetrp/6831/2017/2017042306522740787321
   0/20170423065227407873210_.html，2017 年 4 月 23 日。

9. 程浩：《清華簡第七輯整理報告拾遺》，清華大學出土文獻研究與保護中心網站，
   http://www.ctwx.tsinghua.edu.cn/publish/cetrp/6831/2017/2017042307044327514590
   3/20170423070443275145903_.html，2017 年 4 月 23 日。

10. 陳偉：〈清華簡七《子犯子余》「天禮悔禍」小識〉，簡帛網，
    http://www.bsm.org.cn/show_article.php?id=2782，2017 年 4 月 24 日。

11. 何有祖：〈上博簡補釋一則〉，簡帛網，
    http://www.bsm.org.cn/show_article.php?id=2784，2017 年 4 月 25 日。

12. 程燕：〈清華七箚記三則〉，簡帛網，
    http://www.bsm.org.cn/show_article.php?id=2788，2017 年 4 月 26 日。

13. 陳偉：〈也說楚簡從「黽」之字〉，簡帛網，
    http://www.bsm.org.cn/show_article.php?id=2792，2017 年 4 月 29 日。

14. 陳治軍：〈清華簡《趙簡子》中從「黽」字釋例〉，復旦大學出土文獻與古文字研
    究中心網站，http://www.gwz.fudan.edu.cn/Web/Show/3016，2017 年 4 月 29 日。

15. 陳偉：〈清華七《子犯子餘》校讀〉，簡帛網，
    http://www.bsm.org.cn/show_article.php?id=2793，2017 年 4 月 30 日。

16. 陳偉：〈清華七《子犯子餘》校讀（續）〉，簡帛網，
    http://www.bsm.org.cn/show_article.php?id=2796，2017 年 5 月 1 日。

17. 劉釗：〈利用清華簡（柒）校正古書一則〉，復旦大學出土文獻與古文字研究中心網站，http://www.gwz.fudan.edu.cn/Web/Show/3018，2017 年 5 月 1 日。

18. 王寧：〈清華簡七《子犯子餘》文字釋讀二則〉，簡帛網，http://www.bsm.org.cn/show_article.php?id=2798，2017 年 5 月 2 日。

19. 馮勝君：〈清華簡《子犯子余》篇「不忻」解〉，簡帛網，http://www.bsm.org.cn/show_article.php?id=2799，2017 年 5 月 4 日。

20. 王寧：〈釋清華簡七《子犯子餘》中的「愕籥」〉，復旦大學出土文獻與古文字研究中心網站，http://www.gwz.fudan.edu.cn/Web/Show/3024，2017 年 5 月 4 日。

21. 林少平：〈也說清華簡《趙簡子》从黽字〉，復旦大學出土文獻與古文字研究中心網站，http://www.gwz.fudan.edu.cn/Web/Show/3042，2017 年 5 月 10 日。

22. 王寧：〈史說清華簡七《趙簡子》中的「上將軍」〉，復旦大學出土文獻與古文字研究中心網站，http://www.gwz.fudan.edu.cn/Web/Show/3041，2017 年 5 月 10 日。

23. 孟躍龍：〈《清華七》「桏（柜）」字試釋〉，復旦大學出土文獻與古文字研究中心網站，http://www.gwz.fudan.edu.cn/Web/Show/3043，2017 年 5 月 11 日。

24. 林少平：《清華簡所見成湯「网開三面」典故》，復旦網，http://www.gwz.fudan.edu.cn/Web/Show/3022，2017 年 5 月 03 日。

25. 翁倩：〈清華簡（柒）《子犯子餘》篇札記一則〉，簡帛網，http://www.bsm.org.cn/show_article.php?id=2808，2017 年 5 月 19 日。

26. 陶金：〈清華簡七《子犯子餘》「人面」試解〉，簡帛網，http://www.bsm.org.cn/show_article.php?id=2815，2017 年 5 月 26 日。

27. 蕭旭：〈清華簡（七）校補（一）〉，復旦大學出土文獻與古文字研究中心網站，http://www.gwz.fudan.edu.cn/Web/Show/3055，2017 年 5 月 27 日。

28. 王寧：〈北大秦簡《禹九策》補箋〉，「復旦大學出土文獻與古文字研究中心」網站，http://www.gwz.fudan.edu.cn/Web/Show/3113，2017 年 9 月 27 日。

29. 伊諾：〈清華柒《子犯子餘》集釋〉復旦大學出土文獻與古文字研究中心網站，http://www.gwz.fudan.edu.cn/Web/Show/4210，2018 年 1 月 18 日。

五、網路論壇資料

1. 趙嘉仁：〈清華簡（七）散札（草稿）〉，復旦大學出土文獻與古文字研究中心網站論壇，http://www.gwz.fudan.edu.cn/forum/forum.php?mod=viewthread&tid=7968，2017 年 4 月 24 日。

2. 清華七《子犯子餘》初讀，簡帛論壇，http://www.bsm.org.cn/bbs/read.php?tid=3458。

3. 子居〈清華簡柒《子犯子餘》韻讀〉，中國先秦史網站，http://www.xianqin.tk/2017/10/28/405，2017 年 10 月 28 日。